El
regalo
de la modista

El regalo de la modista

Título original: *The Dressmaker's Gift*

Copyright © 2019 by Fiona Valpy

© de la traducción: Rosa Fragua Corbacho

© de esta edición: Libros de Seda, S.L.
Estación de Chamartín s/n, 1ª planta
28036 Madrid
www.librosdeseda.com
www.facebook.com/librosdesedaeditorial
@librosdeseda
info@librosdeseda.com

Diseño de cubierta: Emma Rogers
Ajustes de cubierta: Rasgo Audaz
Maquetación: Marta Ruescas
Imagen de la cubierta: © Amazon Publishing

Primera edición: agosto de 2021

ISBN: 978-84-17626-50-1
Depósito legal: M-10376-2021
Primera edición: mayo 2021

El regalo de la modista

FIONA VALPY

*En memoria de las mujeres que trabajaron como agentes para la SOE
(Dirección de Operaciones Especiales), que apoyaron a la resistencia francesa
durante la Segunda Guerra Mundial y que perdieron la vida en los campos
de concentración de Natzweiler-Struthof, Dachau y Ravensbrück:*

*Yolande Beekman, Denise Bloch, Andrée Borrell, Madeleine Damerment,
Noor Inayat Khan, Cecily Lefort, Vera Leigh, Sonia Olchanezky, Eliane Plewman,
Lilian Rolfe, Diana Rowden, Yvonne Rudelatt y Violette Szabo.*

*Y a sus hermanas de armas, cuyos nombres no fueron registrados
y cuyo destino sigue siendo desconocido.*

2017

*D*esde la distancia, el vestido azul medianoche parece que ha sido cortado de una única pieza de tela de seda. Sus elegantes líneas cubren el maniquí sobre el que se muestra y fluyen sobre él.

Pero si lo miras un poco más de cerca, verás que es una ilusión óptica. Está hecho de retazos y recortes y lo han cosido con tanta pericia que lo han transformado en otra cosa.

Los años que han transcurrido han hecho que la falda se haya quedado en un hilo tan frágil que ha habido que protegerla para que pueda contar en los tiempos venideros su historia, por eso el personal del museo la ha colocado en una vitrina para la exposición. Por un lado, la vitrina tiene un cristal de aumento que permite a quien mire estudiar en detalle el trabajo de la modista. Cada pedazo de tela se ha cosido a mano con puntadas invisibles, tan pequeñas y regulares que ninguna máquina de coser de ahora podría igualarlas. La gente que venga a verlo quedará maravillada por la complejidad, el tiempo y la paciencia que debieron de ser necesarios para confeccionarlo.

En esta vitrina se cuenta una historia. Forma parte de todas nuestras historias compartidas y de mi propia historia personal.

El director del museo entra para comprobar que todo está listo para la inauguración. Asiente con la cabeza en señal de aprobación y el resto del equipo sale para tomar algo en el bar de la esquina y celebrarlo.

Pero yo me quedo atrás, justo antes de cerrar por fin el gabinete; paso las yemas de los dedos por las delicadas cuentas plateadas que atraen la vista hacia el escote del vestido. Son otro detalle acertado, un montón de estrellas que brillan sobre el cielo de la noche que hacen que te olvides de que el vestido está hecho de retazos. Puedo imaginarme cómo habrán atrapado la luz y cómo habrán llamado la atención del espectador para que mirase hacia arriba, al escote, a la línea de los pómulos, a los ojos de quien lo llevara; unos ojos cuya luz sería la misma.

Cierro la sala en la que se exhibe, sé que todo está listo. Mañana, las puertas de la galería se abrirán y la gente vendrá a contemplar el vestido cuya imagen aparece en los pósteres de las paredes del metro.

Y a distancia pensarán que el vestido fue cortado de una pieza de tela de seda. Solo cuando se acerquen se darán cuenta de que no.

Harriet

*U*na ráfaga de aire caliente y rancio que viene de la maraña de túneles bajo tierra me golpea en las piernas y me despeina mientras lucho con mi pesada maleta por subir los escalones del metro. Salgo a la luz de la tarde parisina. La calle está llena de turistas que deambulan y dan vueltas sin más, mirando mapas y teléfonos móviles para decidir hacia dónde van. Con pasos más rápidos, más decididos, los parisinos, con vestimenta formal y habiendo regresado hace poco para reclamar su ciudad tras haber pasado el mes de agosto en la playa, se afanan por entrar y salir entre la multitud.

El río de tráfico sigue circulando en una continua mancha de ruido y color y por un momento me mareo, me marea todo ese movimiento y la emoción nerviosa de hallarme en la ciudad que será mi hogar durante los próximos doce meses. Puede que ahora mismo parezca una turista, pero pronto, o eso espero, me confundirán con una parisina más.

Para darme un momento para recuperar la compostura, empujo la maleta hasta la entrada de la estación de Saint-Germain-des-Prés y consulto el correo electrónico en mi teléfono, revisando una vez más los detalles. No es que me haga falta, me lo sé de memoria…

Estimada señorita Shaw:

Tras mi llamada telefónica, me complace confirmar que su solicitud para trabajar en prácticas durante un año con la agencia Guillemet ha sido aceptada. ¡Enhorabuena!

Tal y como hemos hablado, ya que solo podemos ofrecerle la remuneración mínima para este puesto, me satisface decirle que estamos en condiciones de facilitarle alojamiento en un apartamento situado justo sobre la oficina.

Cuando haya acabado con las gestiones relacionadas con el viaje, por favor, confirme la fecha y hora de su llegada. Quedo a la espera de darle la bienvenida en la empresa.

Atentamente,

Florence Guillemet
Directora
Agencia Guillemet, Relaciones Públicas
12 rue Cardinale, París, 75000

Casi no me puedo creer que fuera capaz de hablar con Florence para que me contratara. Dirige una agencia especializada en moda, centrada en una serie de pequeños clientes y empresas emergentes que no pueden pagarse su propio personal dedicado a la comunicación. No suele aceptar gente en prácticas, pero mi carta y mi currículo resultaron convincentes para que, al final, me llamase (después de que se los enviara dos veces, es decir, de que se diera cuenta de que no iba a dejarla en paz hasta que recibiera respuesta). El hecho de que estuviera dispuesta a hacer el trabajo durante todo el año cobrando lo mínimo, además de mi francés fluido, llevaron a una entrevista más formal por Skype. Y las referencias entusiastas de mi tutor en la universidad, destacando mi interés por la industria de la moda y que no me asustaba el trabajo duro, acabaron por convencerla.

Me había preparado para buscar algo de alquiler en uno de los peores barrios de las afueras de la ciudad, dado lo poco que me había quedado en herencia. Así que el hecho de que me ofrecieran una habitación encima de la oficina era una prima fantástica por lo que a mí respectaba. Iba a vivir en el mismísimo edificio que me había llevado a dar con la agencia Guillemet para empezar.

No suelo creer en el destino, pero parecía como si hubiera una fuerza en movimiento que me estuviera llevando a París, haciendo que me dirigiera al bulevar Saint-Germain, trayéndome aquí. Al edificio de la fotografía.

Había encontrado la fotografía en una caja de cartón que se encontraba entre las cosas de mi madre y que, presumiblemente, mi padre había empujado al fondo de la estantería más alta del armario de mi habitación. Quizás había pretendido esconderla ahí arriba para que la encontrase cuando hubiera crecido lo suficiente como para estar preparada para ver lo que contenía, una vez el paso de los años hubiera suavizado las aristas de mi pena y ya no pudieran infligirme tanto dolor. O quizá fuera la culpa lo que hizo que empujara la caja cerrada lejos de la vista y del alcance de cualquiera, de modo que tanto él como su nueva esposa no tuvieran que ver aquel recuerdo patéticamente pobre del papel que habían desempeñado en la insoportable tristeza que acabó llevando a mi madre a quitarse la vida.

La había descubierto un día lluvioso cuando era adolescente, cuando pasaba las vacaciones de Semana Santa en casa tras salir del internado. A pesar de todas las molestias que se habían tomado asegurándose de que tuviera mi propia habitación —dejaron que escogiera el color de las paredes y me permitieron que colocara los libros, adornos y pósteres que había traído donde quisiera—, la casa de mi padre y de mi madrastra nunca fue para mí «mi casa». Siempre fue «su casa», nunca la mía. Era el sitio al que tenía que ir y donde debía vivir cuando mi propio hogar dejó de existir de repente.

Aquel día de abril me estaba aburriendo. Mis dos hermanastras, más pequeñas que yo, también se aburrían, lo que significaba que se dedicaban a fastidiarse la una a la otra y, claro está, de eso pasaron a insultarse, y de ahí a una discusión en toda regla y luego a propinarse una buena dosis de gritos y portazos.

Me refugié en mi habitación y me puse música en los auriculares para no oír el ruido. Sentada en la cama con las piernas cruzadas, empecé a pasar las páginas del último número de la revista *Vogue*. A petición mía, mi madrastra me había suscrito a la revista como regalo de Navidad. Siempre saboreaba el momento de abrir el último número de la revista y estudiar detenidamente cada una de las brillantes páginas, que olían a las muestras de los últimos perfumes y lociones caros, una ventana al glamuroso mundo de la alta costura. Ese día había una fotografía de una modelo que lucía una camiseta de manga corta de color amarillo claro bajo un titular que decía «Colores pastel de principios de verano». Me recordó que yo tenía una bastante parecida en alguna parte del armario, entre la ropa de verano que había lavado y doblado cuidadosamente el otoño pasado. Luego la había guardado en el estante de arriba y había bajado la ropa de abrigo y los jerséis.

Dejé la revista a un lado y puse la silla del escritorio delante del armario. Mientras alcanzaba la pila de ropa de verano, toqué con las yemas de los dedos una caja de cartón que se había vuelto suave con los años y que estaba al fondo del estante.

Nunca le había prestado atención hasta ese día, quizá porque hasta entonces no había sido bastante alta para ver lo que ponía, pero ahora, de puntillas, arrastré la caja hacia mí y vi el nombre de mi madre escrito con rotulador negro de punta gruesa sobre la cinta de embalar que mantenía la caja cerrada.

En ese momento se me olvidaron todos los colores pastel de principios de verano y bajé la caja. Junto a su nombre, Felicity, ponía: «papeles/fotos, etc., para Harriet», escrito del puño y letra de mi padre.

Pasé los dedos por encima de las palabras y los ojos se me llenaron de lágrimas al ver su nombre y el mío escritos ahí. La cinta de embalar había perdido el adhesivo con los años y se despegó nada más tocarla, crujiendo con suavidad. Me limpié las lágrimas con la manga y abrí la caja.

Parecía como si los papeles que contenía, una pila, hubieran sido lanzados dentro de manera precipitada, de cualquier forma, sin orden ni concierto. Era como si los restos más o menos ordenados de la vida de mi madre, que se habían convertido en el montón de «para Harriet», hubieran acabado en una caja de cartón igual que podrían haber terminado en una bolsa de basura negra.

Extendí los papeles por el suelo de mi dormitorio y separé los que eran documentos oficiales —su carné de conducir caducado y su pasaporte— de los boletines de notas de mi antiguo colegio y de las tarjetas de felicitación de cumpleaños hechas a mano que yo le había ido regalando a lo largo de los años. Me eché a llorar otra vez al ver mis torpes dibujos infantiles de nosotras dos de la mano, juntas. Pero sonreí entre lágrimas al darme cuenta de que incluso a aquella tierna edad ya añadía detalles de moda en los dibujos, como grandes botones en el delantero de los vestidos que llevábamos y bolsos de mano de colores brillantes a juego. La letra manuscrita de las felicitaciones pasaba de la laboriosa caligrafía de la guardería a la letra redondeada de la primaria, con mensajes de cariño sinceros que ella había guardado como tesoros para que no se perdieran. Puede que me lo imaginara, pero me parecía que, incluso después de todos aquellos años, esos dibujos todavía olían, muy poco, al perfume que ella siempre llevaba. El olor dulcemente floral me recordaba la botella negra con tapón de plata que tenía sobre el tocador, un perfume francés que se llamaba Arpège.

Y aun así, mis dibujos y mis mensajes no habían sido suficiente. No habían sido capaces de arrancarla de las arenas movedizas de la soledad y la pena que, por lo que parecía, la habían abrumado y arrastrado tan al fondo que la única escapatoria fue la muerte. Su nombre era una de las ironías finales de una vida que había sido de todo menos feliz. Solo había parecido ser feliz de verdad cuando tocaba el piano, dejándose llevar por la música que creaba mientras sus manos flotaban sin esfuerzo sobre las teclas. Se me hizo un nudo en la garganta, duro como una piedra por la amargura, mientras iba poniendo las cartas con cuidado en una pila: la prueba de que mi madre me había querido tanto; pero ese amor, al final, no había servido para salvarla.

Cuando, por fin, fui capaz de dejar los demás papeles a un lado y secarme los ojos, me llamó la atención un montón de fotografías que había en el fondo de la caja. Encima había una que me dejó sin aliento. Era una foto en la que ella me acunaba en brazos, yo tenía el cabello de bebé, como un halo de pelillos de cardo que atrapaba la luz del sol que entraba por la ventana que había a nuestro lado. La luz, que hacía que ella pareciera una madona renacentista, bañaba mis rasgos de bebé con un brillo dorado y era como si el amor de mi madre, que le brillaba en los ojos mientras me contemplaba, me iluminase. Llevaba en la muñeca, claramente visible, la pulsera de oro que llevo yo ahora. Mi padre me la dio el día de mi decimosexto cumpleaños, explicándome que había pertenecido a mi madre y a su madre antes que ella. Desde entonces, siempre la llevo. En la fotografía se perciben algunos de los detalles que luzco ahora en la muñeca: la minúscula torre Eiffel, la bobina de hilo y el dedal.

Mi padre debió de haber sido quien hiciera la fotografía, lo que hizo que me diera cuenta de que, en un tiempo muy lejano, los tres estábamos juntos y no nos hacía falta nadie más. Un tiempo en que los tres lo éramos todo.

Dejé la foto a un lado. Buscaría un marco donde ponerla y me la llevaría de vuelta al colegio para ponerla en la repisa de la ventana que había junto a mi cama y donde podría verla cada día sin tener que preocuparme por que eso molestara a mi padre o hiciera enfadar a mi madrastra, ese recuerdo de un «antes» que ambos preferirían olvidar. Como si mi presencia en su casa no fuera ya suficiente.

La caja también contenía muchas fotografías del colegio: algunas mías con una blusa blanca y un jersey azul marino sentada tiesa sobre un fondo de cielo azul del fotógrafo, poniendo una sonrisa cautelosa. Las había guardado todas, un año tras otro: en una tenía el pelo rubio fresa peinado hacia atrás, retirado de la cara con una cinta azul oscuro, y en otra llevaba una cola de caballo perfecta, pero en todas mantenía de forma invariable aquella cara de cautela, de estar vigilante.

Tomé la última de aquellas fotos, que estaba al fondo de la caja. Mientras abría la cubierta de cartulina color crema, otra foto me cayó en el regazo. Era una antigua imagen en blanco y negro curvada y amarilleada por el tiempo. Probablemente, una foto olvidada que debía de haberse quedado en aquel montón por error.

Algo en esa foto —quizá la sonrisa de las tres chicas que aparecían en ella o la elegancia del corte de los trajes que vestían— me llamó la atención. Desprendían cierto aire de elegancia europea. Al mirarla más de cerca, me di cuenta de que estaba en lo cierto. Las chicas se encontraban ante el escaparate de una tienda sobre el que se veía pintado el número del edificio, el 12, y se leía: Delavigne, *Couturier*. Cuando acerqué la imagen a la ventana para verla con más luz pude leer lo que ponía en la placa de esmalte fijada en el edificio, inconfundiblemente francés, que decía: *rue* Cardinale – *6e arrondissement*.

Reconocí a la joven de la izquierda. De rasgos delicados, tenía el pelo rubio y una sonrisa amable que hacía que el parecido con mi madre fuera inconfundible. Estaba segura de que debía de ser mi abuela, Claire. Apenas la recordaba de verla en las fotografías de los viejos álbumes familiares (¿dónde estaban esos álbumes ahora, por cierto?) y de que mi madre me contara que su madre había nacido en Francia. No obstante, nunca hablaba mucho de ella, y solo ahora me daba cuenta con sorpresa de que siempre cambiaba de tema cada vez que le preguntaba algo sobre esta abuela francesa.

Estaba segura de eso cuando di la vuelta a la fotografía y leí, escritos por detrás con letra inglesa, tres nombres: *Claire, Vivienne, Mireille;* y la fecha, *París, mayo de 1941.*

Sabía que me estaba agarrando a un clavo ardiendo, pero de algún modo aquella vieja fotografía, un fragmento de la historia familiar de mi madre, se convirtió en una parte importante de mi pasado. Sabía tan poco de esa rama de mi familia que aquel vínculo sutil con una de mis antepasadas se hizo muy importante para mí. Había estado en un marco, junto a la fotografía de mi madre conmigo de bebé, y luego me había hecho compañía durante el tiempo que me quedaba de colegio y hasta que llegó la universidad. Y a pesar de que yo ya había empezado a interesarme por el negocio de la moda antes de descubrir la fotografía olvidada en la caja de cartón, la imagen de hacía más de cuarenta años de aquellas tres elegantes jóvenes de pie en una esquina de la calle ejerció desde luego su influencia para que me sintiera fascinada por ese mundo. Tal vez el amor por la moda lo llevara en la sangre, pero la fotografía me ayudó a dar forma a mis sueños. Me pareció un designio del destino cuando descubrí la dirección del 12 de la *rue* Cardinale —fue durante un viaje con el colegio a París en el que acabé plantada frente a una ventana de cristal en la que se leía Agence Guillemet, *Relations Publiques (spécialiste Mode)*. En ese momento supe cuál sería mi futuro. Aquel letrero me abrió un camino profesional que jamás imaginé que existiera y me llevó a presentar mi solicitud para trabajar como becaria en alta costura cuando hube acabado el grado de Empresariales con francés.

Dudé antes de ponerme en contacto con la agencia; me faltaba confianza para llamar a puerta fría y mi padre no me animaba. Si acaso, lo que siempre había hecho era tratar de desanimarme en lo relativo a mi interés por el mundo de la moda, pues parecía que desaprobaba mi elección. Pero, como si me incitaran a ello, mi abuela Claire y sus dos amigas me sonreían desde aquella fotografía en blanco y negro que tenía en el escritorio junto a mi ordenador portátil, como si me estuvieran diciendo: «¡Por fin! ¿A qué estás esperando? ¡Ven a conocernos!».

Así que aquí estoy, en París, una tarde de septiembre, estirándome el *blazer* y colocándome el pelo antes de arrastrar la maleta por la acera llena de gente y llamar al timbre de la puerta de la oficina. Las ventanas están medio cubiertas por las persianas, que lucen el logo de la agencia Guillemet, para evitar que el sol de la tarde entre, lo que hace que mi ansiedad se refleje y me dé cuenta de que tengo el corazón a mil.

Con un clic, la puerta se abre. La empujo y entro en la recepción, débilmente iluminada.

En las paredes de color gris claro cuelgan portadas enmarcadas de revistas —*Vogue, Paris Match, Elle*— y fotografías de moda. Incluso al echar un primer vistazo puedo identificar el sello de fotógrafos como Mario Testino, Patrick Demarchelier y Annie Leibovitz. Hay un par de sofás minimalistas tapizados en un lino de color marfil que es de todo menos práctico, el uno enfrente del otro y, en el centro, una mesita baja con una selección de las últimas revistas de moda en varios idiomas. Por un momento me imagino dejándome caer en uno de ellos y quitándome los zapatos, que me muerden y tengo los pies deshechos del viaje.

En lugar de eso, doy un paso adelante para dar la mano a la recepcionista, que ha salido de detrás del mostrador para darme la bienvenida. Lo primero que percibo de ella es la masa de rizos negros que le enmarcan la cara y le caen sobre los hombros. Y lo segundo es esa elegancia que sostiene sin esfuerzo. Lleva un vestidito negro que abraza las curvas de su figura y unas manoletinas planas que poco añaden a su escasa estatura. De pronto me siento embarazosamente alta y desgarbada con mis tacones altos y demasiado formal con mi traje sastre y la blusa blanca y ajustada que llevo, arrugada tras el viaje y por el calor.

Afortunadamente, lo tercero que percibo es su sonrisa amable, que le ilumina los ojos oscuros mientras me saluda diciendo: «Hola, usted debe de ser Harriet Shaw. Soy Simone Thibault. Encantada de conocerla. Estaba deseando contar con su compañía» —vamos a ser compañeras de piso, compartiremos el apartamento de arriba—. Asiente con la cabeza en dirección a la elaborada escayola decorativa del techo que hay sobre nuestra cabeza mientras me lo dice, con lo que los rizos le bailan. Enseguida me siento bien con ella y, en secreto, me alivia ver que no es una de esas francesas presumidas y superdelgadas que yo había imaginado como compañeras de trabajo en este mundo.

Simone pone mi maleta detrás del mostrador y me acompaña a una puerta que hay tras la zona de recepción. Enseguida me doy cuenta del ruido discreto que hacen los teléfonos y del murmullo bajo de voces de la ajetreada oficina de alta costura. Uno de la media docena más o menos de empleados —gestores de cuentas y sus asistentes— se planta frente a mí para darme la mano, pero los demás están completamente absortos en su trabajo y solo tienen tiempo de saludar brevemente con la cabeza cuando pasamos junto a ellos. Simone se detiene delante de una puerta con paneles que hay al fondo de la estancia y llama con los nudillos. Después de un momento, se oye una voz que dice: «*Entrez!*» y me veo ante un amplio escritorio de caoba tras el que está sentada Florence Guillemet, la directora de la agencia.

Levanta los ojos de la pantalla del ordenador y se quita las gafas de montura oscura que lleva. Viste de manera inmaculada, lleva el traje de americana y pantalón más elegante que haya visto jamás. ¿Chanel, quizá? ¿O será de Yves Saint Laurent? Lleva el pelo rubio con mechas y cortado de un modo que deja a la vista la altura de sus mejillas mientras disimula una línea de mandíbula que empieza a mostrar los primeros signos de flacidez debidos a la edad. Tiene los ojos de un color marrón ambarino cálido y parece que me miran de arriba abajo.

—¿Harriet? —pregunta.

Asiento con la cabeza, aturdida por un momento ante la magnitud de lo que he conseguido. ¿Un año? ¿En esta agencia de relaciones públicas profesional y de primera línea? ¿En la capital del mundo de la moda? ¿Qué estoy haciendo aquí? ¿Y cuánto tardarán en darse cuenta de lo poco cualificada que estoy —acabo de salir de la universidad— para hacer algo que tenga valor para el trabajo que aquí se hace?

Entonces me sonríe.

—Me recuerdas a mí misma, hace muchos años, cuando empecé en la industria. Has demostrado tanto coraje como determinación para llegar hasta aquí. No obstante, quizá te resulte todo un poco abrumador ahora mismo.

Asiento otra vez, incapaz de decir palabra…

—Bueno, es natural. Has recorrido un largo camino y debes de estar cansada. Hoy Simone te enseñará el apartamento y te dejará que te instales. Tienes el fin de semana para ir adaptándote. El trabajo empieza el lunes. Nos vendrá bien contar con un par de manos más. Estamos muy ocupados con los preparativos de la Semana de la Moda.

La ansiedad que siento, con la mención de la Semana de la Moda de París, uno de los acontecimientos más importantes del calendario del sector, solo hace que aumente. Se me debe de notar en la cara, porque añade:

—No te preocupes. Vas a hacerlo bien.

Me las arreglo para recuperar la voz y suelto:

—*Merci, madame* Guillemet.

Entonces suena el teléfono que tiene en el escritorio y nos despide con otra sonrisa y un saludo con la mano mientras se vuelve para contestar.

Simone me ayuda a arrastrar la maleta los cinco tramos de escaleras arriba, unas escaleras empinadas y estrechas. El primer piso, me explica, se usa como estudio fotográfico, se alquila a autónomos. Asomamos la cabeza a la puerta para echar un vistazo. Es una estancia vasta con paredes blancas y limpias, completamente vacía, salvo un par de biombos que hay en un rincón. Con sus ventanales y sus techos altos, es el lugar perfecto para una sesión fotográfica.

Los tres pisos siguientes se subarriendan como oficinas. Las placas de latón que hay en las puertas anuncian que los distintos espacios están ocupados por una firma de contabilidad y un fotógrafo.

—Florence tiene que hacer que el edificio se mantenga a sí mismo —dice Simone—. Y siempre hay gente interesada en alquilar una pequeña oficina en Saint-Germain. No obstante, es condición del arriendo que las habitaciones del piso de arriba no pueden alquilarse, así que pueden considerarse como un incentivo de este puesto. ¡Por suerte para ti y para mí!

La planta de arriba del edificio, bajo el tejado, consiste en una serie de pequeñas habitaciones, un par de las cuales se utilizan como almacén: están llenas de archivadores, cajas con viejo material de oficina, ordenadores que ya no funcionan y pilas de revistas. Simone me muestra la pequeña cocina, larga y estrecha, en la que solo hay espacio para un frigorífico, una cocinilla y un fregadero, y el salón, que cuenta con una mesa redonda de bar con dos sillas en un rincón y un pequeño sofá colocado contra la pared del fondo. Su limitado tamaño queda más que compensado por la ventana inclinada del techo por la que entra la luz del sol. Si me pongo de puntillas y estiro un poco el cuello, puedo ver la silueta de París y vislumbrar el tejado de la iglesia que da nombre al bulevar Saint-Germain.

—Y esta es tu habitación —dice Simone, empujando otra puerta para abrirla—. Es diminuta, solo hay sitio para un somier de cama individual, una cómoda y una barra para colgar la ropa que tiene el aspecto de haber sido rescatada de un almacén hace muchísimo tiempo.

Si me agacho, desde el pequeño recuadro de la ventana de la buhardilla puedo ver un océano de tejados de pizarra por entre los que sobresalen chimeneas y antenas de televisión aquí y allá bajo un claro cielo azul de septiembre.

Me vuelvo para sonreír a Simone.

Ella se encoge de hombros como disculpándose.

—Es pequeña, pero…

—Es perfecta —digo. Y así lo creo. Porque esta minúscula habitación es mi habitación. Tendré mi propio espacio los próximos doce meses. Y de alguna manera, incluso aunque no la haya visto nunca en mi vida, tengo la sensación de pertenecer a este lugar: me siento como en casa.

Una vieja fotografía, olvidada hacía tiempo, que encontré por casualidad en una caja de recuerdos borrosos es mi único vínculo, muy tenue, con este lugar. Pero a falta de lazos más fuertes en la vida, estos frágiles hilos, tan finos como los de una tela de seda de años, se han convertido ahora en mi único salvavidas uniéndome a esta diminuta habitación de un edificio desconocido en una ciudad extranjera. Me ha traído aquí y siento que algo me empuja muy fuerte para ver adónde me lleva, siguiéndola a través de los años para llegar al pasado, a las generaciones anteriores, a la fuente donde nace.

—Bueno, será mejor que vuelva al trabajo. —Simone se mira el reloj de pulsera—. Todavía queda una hora para que el fin de semana empiece oficialmente. Te dejo que deshagas la maleta. Nos vemos luego. —Se va, cierra tras de sí la puerta del apartamento y oigo cómo sus pisadas se desvanecen escaleras abajo.

Abro la maleta y me pongo a rebuscar entre las capas de ropa doblada cuidadosamente hasta que con las yemas de los dedos palpo el duro perfil del marco que había envuelto en un jersey de lana para que no se rompiera.

Los ojos de las tres jóvenes de la foto parecen fijos en mí mientras busco en sus caras por enésima vez alguna prueba de lo que fueron sus vidas. Al poner el marco sobre la cómoda que hay junto a la estrecha cama soy más consciente que nunca del desarraigo que padezco y de lo importante que es para mí saber más sobre ellas.

No solo quiero saber quiénes eran. También quiero saber quién soy yo.

El ruido de la gente que vuelve decidida a casa al final de otra semana de trabajo llega a mi ventana desde la calle. Estoy colgando en la barra el último vestido que traigo cuando oigo que la puerta del apartamento se abre. Simone dice con voz cantarina:

—¡Cu-cú! —Aparece en el umbral de la puerta de mi habitación y lleva en la mano una botella con el cristal empañado porque el vino blanco que contiene está frío—. ¿Te apetece una copa? Había pensado que teníamos que celebrar tu primera noche en París. —Deja la bolsa de la compra que lleva en la otra mano y dice—: Tengo algo para picotear, también, no habrás tenido tiempo de darte una vuelta por las tiendas todavía. Mañana te enseñaré dónde está todo.

Mira alrededor de la habitación fijándose en los pocos toques personales que he puesto: un par de libros junto a la cama, además de mi perfume y un joyero de porcelana de mi madre que contiene las pocas joyas que tengo; un par de pendientes y un collar de perlas. También guardo dentro la pulsera, que saco por la noche.

Ve la fotografía y deja en el suelo la bolsa de la compra y se pone a mirarla de cerca.

Señalo a la rubia de la izquierda.

—Esa es mi abuela, Claire, delante de este mismo edificio. Ella es la razón por la que estoy aquí.

Simone levanta la vista con una mirada dubitativa.

—Y esa —dice, apuntando a la chica de la derecha— es mi abuela, Mireille. Delante de este mismo edificio con tu abuela Claire.

Se ríe al ver que me quedo con la boca abierta por la sorpresa.

—¡No puede ser! —exclamo—. Menuda coincidencia.

Simone asiente, pero luego sacude la cabeza.

—O quizá no sea una coincidencia, ni mucho menos. Estoy aquí porque mi abuela me inspiró con las historias de su vida en París durante la guerra, y por su relación con el mundo de la costura ahora estoy trabajando aquí, en la agencia Guillemet. Por lo que parece, tanto tú como yo hemos venido por una historia que compartimos.

Asiento lentamente, pensando en lo que me ha dicho; luego tomo el marco con la foto para ver más de cerca la cara de Mireille. Con esos ojos sonrientes y esos zarcillos, imposibles de domesticar con la cinta con la que se aparta el pelo de la cara, creo que puedo ver el parecido entre ella y Simone.

Señalo la tercera figura, la joven que está en el centro del grupo.

—Me pregunto quién será. Su nombre está escrito en el dorso de la foto: Vivienne.

De repente, Simone se pone seria y me doy cuenta de algo que no sé muy bien qué es, ¿un atisbo de tristeza, de miedo, quizá de dolor? Cierta cautela en sus ojos. Pero entonces se recompone y dice, con una despreocupación calculada:

—Creo que su amiga, Vivienne, también vivió y trabajó aquí. ¿No te parece impresionante imaginar que las tres trabajaran aquí para Delavigne?

¿Me lo estoy imaginando, o está tratando de cambiar de tema y no hablar de Vivienne?

Simone prosigue:

—Mi *mamie* Mireille me contó que dormían en estas pequeñas habitaciones, encima del taller de costura, durante los años que duró la guerra.

Por un instante creo estar oyendo el sonido de una risa haciendo eco por las paredes del pequeño apartamento mientras me imagino a Claire, Mireille y Vivienne aquí.

—¿Podrías contarme algo más del tiempo que tu abuela pasó aquí en la década de 1940? —pregunto con impaciencia—. Podría llevarme a descubrir pistas de las preguntas que me hago sobre mi propia historia familiar.

Simone mira de reojo la fotografía, está pensativa. Luego levanta la vista para mirarme a los ojos y dice:

—Puedo contarte lo que sé de la historia de Mireille. Y esa historia está inextricablemente ligada a las de Claire y Vivienne. Pero Harriet, quizá deberías preguntar solo si estás completamente segura de que quieres saber la respuesta.

Le devuelvo la mirada sin titubear. ¿Debería negarme esta oportunidad de saber más de la única familia con la que tengo la sensación de estar conectada? Al pensarlo, un rayo de desilusión me atraviesa, tan fuerte que casi no puedo respirar.

Pienso en ese hilo tan frágil, que me lleva hasta el pasado, que me une a mi madre, Felicity, y a ella a la suya, Claire.

Y entonces asiento con la cabeza. Sea cual sea la historia, sea quien sea yo, necesito saberlo.

1940

*P*arís era una ciudad muy distinta.

Naturalmente, algunas cosas parecían iguales: el signo de exclamación de la torre Eiffel seguía puntuando el perfil de la ciudad; el Sagrado Corazón seguía en lo alto de la colina de Montmartre mirando a los habitantes de la ciudad mientras iban y venían; el curso plateado del Sena seguía abriéndose paso entre palacios, iglesias y jardines públicos, rodeando los flancos en que se apoyaba Notre-Dame en la Île de la Cité y fluyendo bajo los puentes que unían las dos orillas.

Pero algo había cambiado. No era solo lo obvio, como los grupos de soldados alemanes que marchaban por el bulevar y las banderas que ondeaban al viento en las fachadas de los edificios como una amenaza lánguida —mientras caminaba bajo ellas, el susurro del tejido blasonado por esvásticas blancas y negras, de un negro intenso sobre un fondo de color rojo sangre, le parecía a Mireille tan fuerte como el sonido de un bombardeo cualquiera—. No, sentía que algo más era distinto, algo menos tangible, mientras iba de la estación de Montparnasse de regreso a Saint-Germain. Era algo que se veía en la mirada de derrota en los ojos abatidos de la gente que pasaba de largo con prisa; lo oía en las voces ásperas y monótonas de los alemanes que estaban en las mesitas de las terrazas de los cafés y los bares, y te lo llevabas a casa al ver los vehículos militares que lucían más insignias nazis —esos emblemas sombríos que parecían estar por todas partes ahora— cuando pasaban a su lado por las calles.

El mensaje estaba claro: la capital de su país ya no pertenecía a Francia. Su gobierno la había abandonado, los políticos franceses la habían entregado como quien entrega a la novia en un matrimonio concertado deprisa y corriendo.

Y aunque muchos de ellos, como Mireille, que había huido ante el inminente avance alemán unos meses antes, estaban ahora regresando, volvían a casa a una ciudad que se había transformado. Igual que a sus habitantes, a la ciudad parecía caérsele la cara de vergüenza al ver las señales que aparecían por todas partes. París estaba ahora en manos alemanas.

Cuando la luz de la tarde empezó a proyectar sombras alargadas sobre los marcos de las ventanas a través de la amplia superficie de la mesa de corte, Claire se encorvó un poco más sobre la falda en la que estaba cosiendo una trencilla. La remató con unas cuantas puntadas rápidas por encima y cortó el hilo con las tijeras que le colgaban de una cinta alrededor del cuello. Incapaz de evitarlo, bostezó y se estiró para eliminar el dolor de cervicales tras un día de trabajo.

En aquellos días, el *atelier* era aburrido, pues muchas chicas se habían ido y no había nadie para cotillear y reírse en los ratos de descanso. La supervisora, la señorita Vannier, estaba incluso de peor humor de lo habitual mientras el trabajo aumentaba. Engatusaba a las costureras para que cosieran más deprisa, pero se tiraba encima de cualquiera que cometiera el más mínimo error, lo que a los ojos de Claire era, en general, imaginaciones suyas.

Esperaba que algunas de las demás volvieran pronto ahora que la nueva administración estaba organizando trenes especiales para traer trabajadores de vuelta a sus puestos en París, y así no estaría tan sola por la noche en los dormitorios que había bajo el tejado. Los ruidos de la ciudad que entraban por las ventanas parecían haber enmudecido ahora, y un silencio misterioso caía tan pronto como llegaba el toque de queda de las diez. Pero en la tranquila oscuridad el edificio crují y murmuraba para sí, y a veces Claire se imaginaba que oía pisadas en la noche, así que se echaba las mantas sobre la cabeza mientras se imaginaba que entraban soldados alemanes buscando más gente a la que arrestar.

Podría haber sido una de las jóvenes que huyeron, pero Claire no lo había hecho, a diferencia de muchas otras, aquel día de junio en que Francia cayó en manos de los nazis. Simplemente, volver a casa en Bretaña con el rabo entre las piernas no era una opción cuando hacía poco que se las había apañado para escapar del pequeño pueblo pesquero de Port Meilhon, donde nadie tenía el más mínimo sentido del estilo y los únicos hombres que había eran viejos o apestaban a sardinas o ambas cosas a la vez. Con la temeridad de la juventud, había decidido arriesgarse y quedarse en París. Y resultó ser una buena elección, ya que, como el gobierno se había rendido, los alemanes dejarían que la ciudad permaneciera intacta. La partida de bastantes de sus colegas *senior* significaba poder trabajar en los encargos más interesantes que llegaban desde el salón de la planta baja. Si las cosas seguían así, quizá pudiera llamar la atención del señor Delavigne y cumplir su sueño de convertirse en asistente en el salón y luego vendedora antes de tener que pasarse muchos más años de duro trabajo en el taller de costura.

Se imaginaba a sí misma vestida con un traje a medida, con el pelo recogido en un elegante moño, asesorando a los mejores clientes de Delavigne sobre lo último en moda. Tendría su propia mesa con una sillita dorada, un equipo de ayudantas que la llamarían señorita Meynardier y que saltarían a la mínima orden suya.

La supervisora encendió las luces eléctricas que iluminaron la estancia en la que varias de las chicas estaban empezando a terminar lo que estaban haciendo ese día. Guardaron las tijeras, el acerico y el dedal en su bolsa y colgaron la bata blanca en la hilera de perchas que había junto a la puerta. A diferencia de Claire, la mayoría de ellas vivían en la ciudad y podían irse a casa, así que se apresuraban para volver con su familia y cenar.

La señorita Vannier se detuvo al pasar por detrás de la silla de Claire y alargó una mano para tocar la falda. La levantó para mirarla a la dura luz de las bombillas que tenían sobre la cabeza y fijarse en la prenda más de cerca. Sus labios, ya con profundas arrugas —la inevitable consecuencia de la edad y de la costumbre que tenía de fumarse veinte cigarrillos diarios—, se arrugaban aún más cuando apretaba la boca al concentrarse. Por fin asintió bruscamente con la cabeza y le devolvió la falda.

—Plánchala y cuélgala y luego podrás irte también.

La señorita Vannier siempre había dejado claro que las que gozaban del privilegio de alojarse en el apartamento de arriba del taller de costura estaban a su disposición hasta que decidía que podían dejar el trabajo por ese día, incluso si a veces eso significaba trabajar hasta muy tarde por la noche por una importante comisión. A Claire le molestaba que, como era habitual, hicieran que se quedase más tarde que las demás, y con la precipitación nacida del enfado se quemó la fina piel del interior de la muñeca con la plancha. Se mordió el labio para evitar llorar al sentir el dolor agudo de la quemadura. Cualquier aspaviento no serviría más que para llamar la atención de la señorita Vannier otra vez y hacer que su salida se retrasara de nuevo con otra reprimenda por no tener cuidado.

Colgó la falda en la percha para que se quedara ahí por la noche. Tocó la suave textura punteada del *tweed* con forro de seda rojizo y admiró el contraste entre la cinturilla y la trencilla que había cosido. Era un bonito diseño clásico, típico de Delavigne, y sus propias puntadas, minúsculas y limpias, habían quedado perfectas, invisibles, destacando la elegancia de la prenda. El *blazer* a juego lo estaba terminando el sastre y el nuevo traje pronto estaría listo para entregarlo a su propietaria.

El sonido de pisadas en las escaleras y que la puerta se abriera hicieron que Claire se volviera para ver quién era, pensando que debía de ser otra de las costureras, que habría olvidado algo y volvía para recogerlo.

Pero la figura que había de pie en el umbral de la puerta no era una de las costureras. Era otra chica con rizos morenos que le rodeaban la cara, una cara tan delgada y pálida que a Claire le costó un momento reconocerla.

La señorita Vannier habló primero:

—¡Mireille! —exclamó—. ¡Has vuelto! —Dio un paso hacia la figura apostada en el umbral, pero luego se detuvo y volvió a su habitual comportamiento formal—. Así que has decidido regresar, ¿no? Muy bien, estaremos encantados de contar con otro par de manos. Tu habitación de arriba está vacía. Claire puede ayudarte a hacer la cama. Y dime, ¿Esther también ha vuelto contigo?

Mireille sacudió la cabeza y apretó una mano contra el marco de la puerta como si necesitara apoyarse en él. Y luego habló, con voz áspera por la pena:

—Esther ha muerto.

Se tambaleó un poco y la dura luz de la sala de costura hizo que las ojeras que tenía parecieran hematomas sensibles.

Se produjo un silencio desconcertante mientras Claire y la supervisora digerían las palabras de Mireille, tras lo cual la señorita Vannier volvió a recuperarse.

—Muy bien, Mireille. Estás cansada después del viaje. Ahora no es momento de hablar. Ve al piso de arriba con Claire. Duerme y mañana podrás retomar tu puesto en el equipo otra vez. —Suavizó el tono un poco al añadir—: Me alegra que hayas vuelto.

Fue solo entonces cuando Claire —que se había quedado helada al ver aparecer de manera inesperada, alterada, a su amiga y por las palabras que esta había pronunciado— se acercó rápidamente a ella y la abrazó un instante.

—Ven —dijo, tomando la bolsa que Mireille tenía en la mano—. Hay un poco de queso y pan en la cocina. Debes de estar hambrienta. —Con paso rápido y ligero la guio mientras Mireille la seguía lentamente escaleras arriba.

Sabiendo que su amiga necesitaría tiempo para acostumbrarse a estar de nuevo en el apartamento, Claire se ocupó de hacerle la cama y de preparar una cena escasa para ambas. Compartiendo su ración semanal, Claire se preguntó por un momento qué les quedaría para comer al día siguiente, pero decidió dejar de pensar en ello. Era más importante que Mireille comiera en condiciones esa noche. Quizá pudiera encontrar un poco de verdura para preparar una sopa. Y con Mireille de nuevo en casa, también conseguirían el doble de raciones, lo que ayudaría a que todo fuera mejor.

—*A table!* —llamó. Pero al ver que Mireille no venía de inmediato, fue a buscarla.

La joven había abierto la puerta de la habitación que hasta entonces había ocupado Esther cuando llegó a París refugiada desde Polonia, embarazada y desesperada por proteger a su hijo no nacido. Pocos meses después, el bebé llegó al mundo en aquella diminuta habitación del ático. Era una niña a la que llamó Blanche. Claire recordó lo asombroso que le pareció ver a Esther apoyada en las almohadas con su hija recién nacida en brazos. Nunca olvidaría la cara de euforia y agotamiento de su amiga al mirar a los ojos azul oscuro de su bebé; la fuerza de su amor parecía instantánea y visceral.

Mientras Mireille permanecía en el umbral de la puerta de la habitación de Esther, Claire le pasó un brazo por los hombros.

—¿Qué le pasó? —preguntó en voz baja.

Con la mirada fija en la cama de hierro con el colchón desnudo, Mireille le contó con la cara inexpresiva y en voz baja que habían acabado atrapadas en la riada de refugiados que huían de París ante el avance de las tropas alemanas, que habían roto la línea Maginot y avanzaban hacia la capital. La carretera que iba hacia el sur estaba abarrotada por la marea de civiles cuando un avión solitario atacó, dando una pasada tras otra mientras disparaba ráfagas de ametralladora hacia la multitud.

—Esther había ido a intentar conseguir un poco de comida para Blanche. Cuando la encontré, su cara reflejaba paz. Pero había sangre por todas partes, Claire. Por todas partes.

Claire tenía los ojos muy abiertos por el horror, y luego la cara se le contrajo al tiempo que empezaron a fluir las lágrimas.

—¿Y Blanche? —susurró—. ¿También ha muerto?

Mireille sacudió la cabeza. Y luego se volvió para mirar por fin a los ojos a su amiga con un destello desafiante.

—No. No capturaron a Blanche. Está a salvo con mi familia, en el sudoeste. Mi madre y mi hermana se están ocupando de ella. Pero, por su propia seguridad, hay que mantener en secreto su origen mientras los nazis continúen con esa bárbara persecución de los judíos. ¿Lo has entendido, Claire? Si alguien pregunta, di simplemente que tanto Esther como Blanche han muerto.

Claire asintió al tiempo que trataba, sin mucho éxito, de secarse las lágrimas con la manga de la blusa. Mireille la agarró por los hombros con tanta fuerza que le llamó la atención.

—Ahórrate las lágrimas, Claire. Ya habrá tiempo de llorar cuando todo esto haya pasado, pero no ahora. En este momento tenemos que hacer todo lo que podamos para luchar, para resistir esta pesadilla que estamos viviendo.

—Pero ¿cómo, Mireille? Los alemanes están por todas partes. No hay nada que podamos hacer ahora que nuestro gobierno ha rendido Francia.

—Siempre hay algo que hacer, por pequeño e insignificante que pueda parecer. Tenemos que «resistir». —Repetía esa palabra una y otra vez con tal énfasis que Claire no dejaba de abrir más y más los ojos por el miedo.

—¿Quieres decir…? ¿Te involucrarías…?

Los rizos de Mireille se movieron con un poco de la que fuera su antigua determinación; tenía el desafío escrito en los rasgos mientras asentía con la cabeza. Luego preguntó:

—¿Y tú, Claire? ¿Qué vas a hacer?

La aludida sacudió la cabeza.

—No estoy segura… No sé, Mireille. Seguramente no haya nada que la gente corriente como tú y yo podamos hacer.

—Pero si la «gente corriente» no hace nada, ¿quién va a dar un paso y enfrentarse a los nazis? Los políticos de Vichy desde luego que no, son marionetas del nuevo régimen; y tampoco el ejército francés, cuyos batallones se pudren en fosas poco profundas por todo el frente del este. Lo único que queda somos nosotros, Claire. La gente corriente como tú y como yo.

Tras una pausa, Claire repuso:

—Pero ¿no te da miedo, Mireille? ¿Involucrarte de un modo tan peligroso… y hacerlo delante de las narices del ejército alemán? París es ahora suyo. Están por todas partes.

—Una vez tuve miedo. Pero he visto lo que le hicieron a Esther y a otros muchos de los que estaban en la carretera ese día. Más «gente corriente». Y ahora estoy enfadada. Y la ira es más fuerte que el miedo.

Claire se encogió de hombros, lo que hizo que Mireille la abrazase de nuevo.

—Es demasiado tarde, Mireille. Tenemos que aceptar que las cosas han cambiado. Francia no es el único país que ha caído en manos de los alemanes. Deja que sean los aliados los que se enfrenten a ellos. Ya es bastante lucha mantenerse con vida hoy en día, no hace falta salir a buscar problemas a ninguna otra parte.

Dando un paso atrás en el estrecho recibidor, Mireille alargó el brazo para alcanzar la puerta de la habitación de Esther y cerrarla bien.

Claire se tiró nerviosa del bajo de la blusa sin saber bien qué decir.

—Tengo algo de cena… —empezó.

—Está bien —repuso Mireille, con una sonrisa que no podía borrar la tristeza de sus ojos—. No tengo hambre. Creo que solo voy a deshacer la maleta e irme a la cama.

Se volvió hacia su propia habitación, pero entonces hizo una pausa, sin mirar atrás.

—Pero te equivocas, Claire. Nunca es tarde —dijo con voz calmada y baja.

Harriet

Mientras estoy echada en la oscuridad desconocida de mi nueva habitación oyendo los sonidos de la noche parisina que me llegan desde la calle, me pongo a pensar en lo que Simone me ha contado de la historia de mi abuela. Parece importante que me quede con sus palabras, así que he empezado a escribirlas en el diario que he traído conmigo. Quería utilizarlo para escribir en él lo que aconteciera durante el año que estaré trabajando en París, pero la historia de Claire y Mireille me parece tan cercana, es una parte tan vital de quien soy, que quiero recordar todos los detalles.

Releyendo las primeras páginas, debo admitir que estoy un poco desilusionada porque fuera Mireille la que quisiera unirse a la resistencia en lugar de Claire, que con bastante franqueza parece no estar muy convencida, en comparación. Pero era joven, me digo, y no había conocido los horrores de la guerra del modo en que lo había hecho Mireille.

El ruido de fondo del tráfico un par de calles más allá del bulevar Saint-Germain se ve interrumpido por el pitido urgente de las sirenas de policía. Ese sonido repentino hace que se me acelere el pulso. Al oír que se alejan, las luces de la ciudad lanzan un halo de luz de un color naranja anodino a través de la ventana del ático y me agarro a los barrotes del cabecero para estabilizarme. El metal está frío, a pesar del bochorno que hace en la ciudad esta noche. El colchón de la cama es nuevo, se ve, y es suficientemente cómodo, sin embargo

¿será el cabecero el mismo que había en el apartamento hace ahora tantos años? ¿Dormiría Claire aquí? ¿O Esther y su bebé, Blanche?

Me pongo de lado, quiero dormir. Con la escasa luz, la fotografía que tengo sobre la cómoda brilla ligeramente en el marco. Solo puedo ver a las tres chicas, no su cara en la oscuridad.

Me vuelven a la cabeza las palabras de advertencia de Simone hace un rato, que solo debo hacer preguntas si estoy completamente segura de que quiero saber la respuesta. Y me pregunto qué será peor: ¿conocer los horrores de la guerra, como Mireille, o elegir mantenerse al margen todo lo que sea posible, como Claire?

Simone debe de haberse dado cuenta de que me siento un poco decepcionada con la pasividad de mi abuela y su negativa a unirse a la lucha contra la ocupación. Quizá fuera ese el motivo por el que no quería contarme la historia. Pero ¿quién puede saber lo que se siente cuando invaden tu país? ¿Lo que se siente viviendo con necesidad y miedo, en manos de un poder extranjero, con la amenaza siempre presente de que se produzca algún acto de brutalidad?

Me duermo por fin. Y sueño con filas de chicas vestidas con un abrigo blanco que tienen la cabeza inclinada sobre lo que están haciendo mientras cosen un río sin fin de seda de color rojo sangre.

1940

Mireille se estremeció mientras esperaba fuera del estanco en la rue Buffon haciendo como que esperaba un autobús. Hacía un frío tremendo y tenía los pies helados. Sabía que más tarde, cuando los metiera en una palangana de agua caliente en el apartamento, los dedos de los pies le dolerían y arderían debido a los sabañones.

Para olvidarse del frío, se puso a repasar mentalmente las instrucciones, una vez más, asegurándose de que se acordaba de todo. «Espera aquí hasta que un hombre con un sombrero Homburg gris adornado con una cinta verde entre en la tienda. Saldrá con un periódico *Le Temps* en la mano. Entra en la tienda, compra un ejemplar de ese mismo periódico y pregunta al estanquero si tiene alguno del día anterior. Él te dará uno doblado que sacará de debajo del mostrador. Guárdatelo en el bolso. Camina hasta la estación de metro de Austerlitz y toma un tren de vuelta a Saint-Germain-des-Prés. Verás sentado a la mesa, en un rincón del fondo del Café de Flore, a un hombre de pelo rubio arena que lleva una corbata de seda con estampado de cachemira. Acércate y salúdalo como si fuera un amigo. Entonces, él te pedirá un café. Deja el periódico doblado en la mesa mientras te lo tomas. Cuando te vayas, no te lo lleves».

No era la primera vez que pasaba mensajes para la resistencia. Poco después de volver a París, un día que estaba dejando un retal de seda en la tintorería para que se lo tiñeran del color que necesitaba para un vestido de noche que tenía que forrar con esa misma tela, había hablado con un contacto de quien había descubierto que se dedicaba a ayudar a la resistencia. Este le había presentado a alguien que estaba en esa red y pronto habían empezado a encargarle misiones como aquella. Sabía que al principio la estaban probando, asegurándose de que era quien decía ser y de que era un correo fiable. Ni siquiera estaba segura de si los mensajes que había estado pasando hasta ahora serían de verdad. Pero la misión de hoy era algo distinta de lo habitual, sabía que la proximidad del punto de recogida a la estación de Austerlitz, que era una de las puertas de llegada a París de los trenes que venían del este y del sur y la puerta de salida de los transportes que iban a los campos de trabajo, era importante. Así que trató de no hacer caso del frío, que se le metía por las suelas de los zapatos, desgastadas de lo mucho que había caminado con ellos, e hizo como si se estuviera fijando en el horario del autobús. Por el rabillo del ojo vio al hombre del Homburg gris entrar en el estanco.

Una nube de calor, ruido y humo de cigarrillo la envolvió al abrir la puerta y entrar en el Café de Flore. Caminó entre las columnas dirigiéndose al fondo, junto al mostrador de madera, tal y como le habían dicho. En un banco, junto a la ventana, un grupo de soldados nazis reían a carcajadas. Uno chascó los dedos para llamar al camarero y pedir otra botella de vino. Al pasar por su lado, otro se puso de pie de un salto y le cortó el paso. El corazón casi se le salió del pecho al pensar que pudiera preguntarle qué llevaba en el bolso y que descubriera el mensaje escondido entre las páginas del periódico. Sin embargo, lo que hizo fue hacerle una reverencia con mucha pompa y hacer como que le ofrecía su asiento al tiempo que sus camaradas lo jaleaban.

Primero se contuvo para no escupirle en la cara, y luego para no darse la vuelta. Consiguió no sin esfuerzo dedicarle una sonrisa educada y, sacudiendo la cabeza con diplomacia, pasó de largo y se dirigió a la mesa del fondo, donde el hombre de pelo rubio con la corbata de seda de cachemira se estaba tomando un *café-crème* mientras leía su propio ejemplar de *Le Temps*.

El hombre dejó el periódico en la mesa y se incorporó al acercarse ella; ambos se abrazaron como si se conocieran. Por un instante, se percató del olor a perfume caro que desprendía, un aroma sutil entre cedro y lima; se sentó en la banqueta que había frente a él.

Apareció un camarero y el hombre le pidió un café mientras ella sacaba el periódico doblado del bolso y lo dejaba sobre la mesa. El hombre no hizo caso, como si nada, y empujó ambos periódicos a un lado para inclinarse hacia ella como lo haría un enamorado.

—Soy el señor Leroux —dijo—. Y usted, creo, ¿es Mireille? Es un placer conocer a una nueva amiga de nuestra causa.

Ella asintió. Se sentía incómoda y cohibida, no sabía muy bien qué decirle a un hombre del que no sabía nada absolutamente, a pesar de que estaba claro que él sí sabía algo de ella.

Había cumplido su misión y ahora no quería más que salir de la cafetería y volver corriendo a la paz y la seguridad de su habitación en el ático. Pero se obligó a permanecer sentada y a sonreír y asentir con la cabeza, a seguir con la actuación.

Entre ambos se produjo un silencio momentáneo cuando llegó el camarero y dejó un café en la mesa ante Mireille al tiempo que deslizaba bajo el cenicero una nota garabateada con el precio en el centro de la mesa. El señor Leroux aprovechó la oportunidad para retirar los periódicos, que se guardó como si tal cosa en el bolsillo del sobretodo que había colgado en el respaldo de su asiento.

La miró mientras ella tomaba la taza de porcelana y soplaba con precaución para enfriar el café antes de tomar un sorbo. No estaba mal del todo, un poco aguado, pero no demasiado amargo por un exceso de achicoria.

—¿Así que eres una de las costureras de Delavigne? ¿Cómo le va al mundo de la costura en estos tiempos? He oído decir que han dado licencias especiales a todas las casas de moda de renombre para permitir que continúen con su negocio. Según parece, a nuestros amigos alemanes les gusta que sus esposas y amantes vayan vestidas con las mejores galas francesas.

Hablaba en un tono constante, de conversación, pero ella se dio cuenta de que bajo sus palabras se escondía el desdén que sentía por el enemigo invasor.

—Estamos más ocupadas que nunca —asintió—. Incluso trabajando con dos equipos a pleno rendimiento, apenas llegamos a cubrir la demanda. Toda parisina a la que le guste vestir bien quiere seguir teniendo un traje nuevo y un vestido de noche para la temporada. Y es cierto, aunque el gobierno esté racionando la comida y el combustible para nuestras casas, se ha asegurado de que los botones y las pasamanerías no lo estén. No obstante, a veces cuesta conseguir todo lo que hace falta y, claro está, se nota en los precios.

El señor Leroux asintió.

—París se ha convertido en un campo extraño para los alemanes. Mientras los parisinos se mueren de hambre y de frío, los recién llegados van por ahí vestidos con los mejores modelos y diseños, bebiendo vinos de reserva y divirtiéndose en el Moulin Rouge.

Una vez más, Mireille se sorprendió por la aparente serenidad con que hablaba; solo la amargura de lo que decía desmentía que aquella fuera una agradable conversación de café.

Al tomarse el café, que se le estaba quedando frío, el señor Leroux le preguntó unas cuantas cosas sobre el taller de costura. ¿En qué consistía su trabajo? ¿Cuántas chicas había? ¿Cuántas vivían en el ático?

Cuando dejó la taza vacía en el plato, el hombre puso una mano sobre la suya. Para un observador ocasional, no sería más que un gesto romántico.

—Gracias por tu ayuda, Mireille —dijo—. Me pregunto si estarías interesada en ayudarnos un poco más. No obstante, debo advertirte, es peligroso, el peligro es real y muy serio.

Ella le sonrió y retiró la mano; era la pura imagen de la timidez.

—Quiero hacer todo lo que pueda para ayudar, señor.

—Entonces puede que tengamos otra tarea para ti. Nuestro amigo común, el tintorero, te lo hará saber. Gracias por venir hoy, Mireille. Cuídate.

Mireille empujó la silla hacia atrás, se levantó y recogió el abrigo y el bolso.

—También usted, señor Leroux.

Al salir de la cafetería, miró donde estaba el hombre de pelo rubio y con la corbata de seda de cachemira pagando al camarero.

Se levantó y se puso el sobretodo. Apenas perceptible, pudo ver que una esquina del periódico doblado le sobresalía del bolsillo.

Al otro lado de las altas ventanas del taller de costura, el cielo de diciembre había vuelto a tener ese color gris metal de los uniformes de los invasores nazis, como si también hubiera perdido toda esperanza y se hubiera rendido al nuevo orden. El brillo de las bombillas que colgaban sobre su cabeza se le antojaba a Claire tan brillante como las luces que surcaban el cielo en busca de aviones aliados, cuyos haces podían verse a distancia si uno se ponía a mirar desde la oscuridad que cubría las ventanas del ático por la noche. Tomó el corpiño de crepé chino de color escarlata para el vestido de noche en el que estaba trabajando y se lo acercó un poco más, pues las puntadas le bailaban; llevaba horas con la vista fija en la prenda para acabarla. Junto a la ventana donde estaba sentada hacía corriente, pero no hubiera cambiado aquel sitio por ninguno de los de sus compañeras, cerca de un radiador en la pared más alejada. Necesitaba buena luz para trabajar. Además, en los tiempos que corrían aquellos radiadores no es que calentaran mucho, pues el carbón estaba racionado y no podía alimentarse suficientemente la caldera del sótano. A menudo, se apagaba y pasaban días hasta que la volvían a encender, aunque siempre había bastante carbón para mantener encendida la chimenea del salón, de modo que las clientas estuvieran calientes cuando venían a probarse.

Tanto Claire como las demás costureras estaban ahora más delgadas, pues sobrevivían con las escasas raciones por las que tenían que hacer cola los fines de semana. Pero, echando un vistazo alrededor de la mesa, se dio cuenta de que eso solo se notaba cuando la luz dibujaba sombras bajo los ojos y las mejillas hundidas. Parecían tener el cuerpo hinchado, bien rellenito bajo la bata blanca, e incluso a alguna de las chicas parecía que los botones le tiraban y no abrochaban bien. En realidad se debía a las muchas capas de ropa que llevaban debajo para tratar de no pasar frío estando sentadas trabajando en el taller.

Delavigne Couture tenía más trabajo que nunca y el período previo a la Navidad demostraba que, al menos, la actividad era más frenética que durante los años de preguerra. París se había convertido en un oasis de escapismo lujoso en una Europa destrozada, y los alemanes venían para gastarse la paga comprando comida de estraperlo, vino y vestidos de diseño para sus esposas y sus amantes. Además, su dinero valía ahora más, pues cada marco del Reich valía casi veinte francos.

Incluso las alemanas que habían sido destinadas a París para ocuparse de la nueva administración podían pagarse un guardarropa de alta costura hecho a medida. Las vendedoras del salón hablaban de ellas a sus espaldas y las llamaban irónicamente «ratones grises», pues venían a probarse con uniforme y desaliñadas.

La señorita Vannier dejó la estancia unos minutos para ir a buscar otra pieza de muselina fina y sin blanquear que se utilizaba para hacer los detalles más complejos de los vestidos. Cuando se cortaban y se hilvanaban, estas piezas se retiraban y se usaban como patrones, de manera que los tejidos más caros se cortaran con cuidado para aprovecharlos bien y desperdiciando lo mínimo.

Aprovechando su ausencia, Claire se unió a la charla y al cotilleo de las demás costureras que se encontraban alrededor de la mesa: se rumoreaba que una de las modelos del salón se había liado con un soldado alemán y las opiniones entre las chicas eran dispares. Algunas se mostraban sorprendidas y enfadadas, mientras otras decían que a ver qué iba a hacer. Quedaban muy pocos franceses sanos en

42

edad de trabajar que hubieran sobrevivido al trabajo en las fábricas y a los campos a los que habían sido enviados en Alemania, así que las francesas se veían abocadas bien a convertirse en solteronas bien a dejarse mimar y encaprichar por un amante alemán rico.

De reojo, Claire echó un vistazo a Mireille, que estaba sentada junto a ella. En aquellos días parecía estar muy distante. Mireille ya no participaba de la charla con las demás, permanecía muy concentrada en su trabajo. Ahora siempre estaba preocupada, apenas quedaba rastro de la amiga vivaz y amante de la diversión que había sido antes de la ocupación alemana, parecía perdida en sus pensamientos la mayoría del tiempo. También se había vuelto más reservada por las noches y los fines de semana a menudo desaparecía sin invitarla a que la acompañase. Y, por supuesto, no se le podían hacer preguntas, ya se había dado cuenta, pues Mireille solo respondía con una sonrisa de ojos tristes y sacudía la cabeza, rehusando contestar. Quizá solo estaba jugando con ella sus juegos de «resistencia», tal y como había dicho que haría cuando volvió a París, pero Claire no veía qué podía haber de bueno en hacer cosas así. De todos modos, si Mireille quería jugar a los secretos, pues jugarían.

Sin embargo, Claire echaba de menos la amistad que antes compartían. De momento solo había dos chicas más que durmieran en las habitaciones del ático y ambas eran del otro grupo de costureras, así que solían excluirla de sus salidas de fin de semana, quizá porque pensaban que ella saldría con Mireille.

Cortó una hebra y estiró la tela escarlata saboreando indirectamente la sensación de lujo que desprendía. Los dedos, endurecidos por el frío y el trabajo, se le engancharon un poco en el tejido.

Al pasarse el pulgar por la piel agrietada de las yemas de los dedos se sintió transportada otra vez a los años que había pasado en Port Meilhon. Después de que su madre muriera de una neumonía provocada por la humedad, el frío y el agotamiento, lo único que le había quedado en herencia siendo la única niña de entre sus hijos fue un dedal de plata y un alfiletero relleno de posos de café. Desde entonces tuvo que encargarse de zurcir los calcetines y remendar la ropa de su padre y de sus cuatro hermanos mayores. Las agujas y los alfileres se le oxidaban rápidamente debido a la brisa marina y a menudo tenía que dejar de coser para pasarlos por papel de lija y que no se pusieran ásperos ni mancharan las camisas de su padre y sus hermanos con manchitas marrones que parecían gotitas de sangre secas. Cuando se sentaba con su labor junto a la cocina de la casa que había sido su hogar, las grietas que tenía en los dedos se le abrían y le causaban dolorosas fisuras. Por eso, en su interior había crecido una determinación: el legado de agujas y alfileres que le había dejado su madre le serviría para salir de allí. Era lo único que tenía. Lo aprovecharía para cambiar de camino, no quería seguir los pasos de su madre. En lugar de disminuir la pena que sentía por haber perdido a su madre, enterrada en el cementerio de la colina junto a la iglesia en aquella tumba, era más de lo que podía soportar. Prefería pensar en que algún día tendría una vida en alguna otra parte, elegante y sofisticada. Así que se había concentrado en dar puntadas más pequeñas y perfectas y en hacerlo deprisa pero meticulosamente.

Su deseo de tener cosas bonitas era una forma de escaparse de la dura realidad que suponía haber crecido en aquella casa llena de hombres que pasaban el día luchando entre las frías aguas del Atlántico. Cuando su padre y sus hermanos salían a faenar, ella zurcía para los vecinos del pueblo, les cobraba pequeñas cantidades y guardaba lo que le daban en un calcetín viejo que ocultaba en el fondo del costurero. Poco a poco, el calcetín fue pesando cada vez más, tanto que al final, según se acumulaban las monedas, parecía salirle un dedo del pie. Cuando, por fin, contó el dinero que había ahorrado, vio que era suficiente para comprar un billete de tren a París.

Su padre casi ni reaccionó cuando le dijo que se iba a la gran ciudad. Sospechaba que para él sería más bien un alivio que otra cosa —una boca menos que alimentar—. Y también se daba cuenta de que ella le recordaba cada vez más a su esposa muerta, a su madre, un recuerdo que seguramente hacía que sintiera culpa en el corazón cada vez que la veía. Él debía de saber que aquel no era sitio para ella, se dijo a sí misma, que no podía culparla por querer marcharse.

Así que un día la llevó a la estación de Quimper y le dio un golpecito en el hombro cuando el tren se detuvo; tomó su bolsa y se la dio después de subir al vagón. Aquello fue lo más parecido a una bendición que podría esperar.

Dejando a un lado el corpiño del vestido rojo de noche, suspiró. Vaya, había llegado a París, y solo le había servido para ver cómo la guerra interfería en sus planes de tener una vida mejor. Seguía pasando los días inclinada sobre la labor, dando puntadas con meticulosidad, pasando frío la mayor parte del tiempo, y para colmo tenía más hambre de la que jamás había sentido estando en casa.

Por un instante, la nostalgia y la pena la superaron al pensar en la familia que había dejado atrás en Port Meilhon. Se imaginaba la sonrisa de sus hermanos volviendo a casa del muelle: Théo alborotándose el pelo y Jean-Paul levantando la tapa de la cazuela de *cotriade*, la deliciosa sopa de pescado bretona que ella había preparado para cenar, para probar lo rica que estaba, mientras Luc y Marc se quitaban las botas frente a la puerta delantera. ¿Acaso ahora que ya no estaba allí llevarían las camisas sin remendar y los calcetines sin zurcir? Echaba de menos el sonido de sus risas y sus bromas amables, así como la presencia tranquilizadora de su padre sentado en el sillón empalmando una cuerda o deshaciendo algún enredo. Resultaba cómico, pensó, cómo cuando todos estaban en casa el espacio se le hacía pequeño y cómo, cuando estaban fuera, la casa se le hacía demasiado grande.

Dejó de pensar en eso: compadecerse de sí misma no servía de nada ni iba a ayudar a nadie. Pinchó la aguja cuidadosamente en el alfiletero de su madre y se acordó de lo lejos que había llegado, a pesar de las dificultades. La ciudad seguía siendo un sitio que ofrecía oportunidades infinitas comparada con un pueblo de pescadores de Bretaña. Solo tenía que esforzarse, salir un poco más para hacer que esas oportunidades la encontraran.

Harriet

Se había producido otro atentado terrorista. La ciudad estaba conmocionada y los titulares de los periódicos gritaban al mundo la angustia que se vivía. París todavía estaba traumatizada por el ataque brutal que había sufrido la plantilla del *Charlie Hebdo* en sus oficinas en enero, y ahora un grupo de hombres armados habían asesinado a casi cien personas que asistían a un concierto en la sala Bataclan y habían retenido como rehenes a un grupo de supervivientes durante horas hasta que la policía francesa acabó con el secuestro. Los medios estaban inundados de informes sobre las vidas perdidas, vidas que habían sido alteradas de la manera más inimaginable en un acto de brutalidad enfermiza. Se hacía difícil leerlos, pero era imposible no hacerlo.

Mi padre me llama.

—¿Estás bien? ¿Por qué no te vienes a casa? —pregunta.

Trato de hacerle entender que estoy aquí tan segura como podría estarlo en cualquier otro sitio, a pesar de que me siento mareada de la ansiedad cada vez que salgo a la calle. Me duele el corazón por las víctimas según sus historias van saliendo a la luz. La mayoría eran jóvenes, más o menos de la edad de Simone o la mía. Pero ambas tratamos de mantenernos centradas en nuestro trabajo; el incesante flujo de trabajo nos obliga a seguir adelante.

De nueve a cinco se oye en la oficina el ajetreo de las conversaciones en voz baja y el discreto timbre de los teléfonos. Me turno con Simone para atender el mostrador de recepción, lo que hace que sienta el peso de la responsabilidad de ser el primer contacto de la agencia Guillemet para los clientes. Puede que la empresa sea relativamente pequeña, pero tiene un desempeño superior al que su tamaño haría suponer y cuenta entre sus clientes con varios diseñadores prometedores, una marca de accesorios de lujo y una nueva casa de cosmética ecológica. Naturalmente, las firmas de moda más grandes cuentan con sus propios equipos de relaciones públicas, pero Florence se ha ganado un espacio propio en el desalentador mundo de la moda parisina. Tiene buen ojo para descubrir nuevos talentos y para encontrar maneras creativas de promover a los más jóvenes en el mundo de la moda. Con los años, se ha ganado el respeto de sus competidores y ha desarrollado una red de contactos envidiable. Así que, según pasan los días, no es extraño que me toque mantener una pequeña charla con alguna antigua supermodelo que está desarrollando su propia línea de prendas de baño, con el editor de alguna revista de moda o con algún diseñador de calzado, joven y nervioso, y su musa, que viste una camiseta pegada a la piel acompañada por un par de plataformas de vértigo, de las más altas que he visto, decoradas con piñas doradas.

Florence también me da la oportunidad de trabajar con las responsables de cuentas, lo que me permite sentirme más que orgullosa del primer comunicado de prensa en el que colaboro. Es para el lanzamiento de la última colección de zapatos de un diseñador, que se presentará durante la Semana de la Moda de París, dentro de quince días, y la responsable de la cuenta me enseña la lista de las personas que deben recibirlo y me pide que se lo envíe. Mientras lo hago, se me ocurre una idea.

—¿Hay alguien en el Reino Unido que conozca el trabajo de este tipo? —pregunto.

—Todavía no. Resulta difícil entrar en ese mercado, así que, de momento, nos centraremos en París.

—¿Y qué te parece si traduzco el comunicado de prensa y se lo envío a un par de compradores de los *outlets* londinenses más vanguardistas?

La gestora de la cuenta se encoge de hombros.

—Haz lo que te parezca. No tenemos nada que perder y quizá sea una buena manera de empezar a despertar el interés al otro lado del Canal.

Así que esbozo un correo electrónico de introducción y adjunto el comunicado traducido. Después de investigar un poco y de hacer algunas llamadas, consigo unos cuantos contactos en Londres y, después, con la aprobación de Florence y del responsable de la cuenta, hago clic en «enviar».

Simone está impresionada.

—¡Tu primer comunicado de prensa! Tenemos que celebrarlo esta noche. Conozco un bar estupendo al que podríamos ir. Habrá música en directo y estarán algunos de mis amigos.

Ya me he dado cuenta de lo mucho que le gusta su música; siempre la escucha en el apartamento y generalmente la tiene puesta en los auriculares cuando sale por ahí.

Así que esa noche salimos, cruzamos el río y nos encaminamos al distrito de Marais, con sus calles estrechas y sus plazas ocultas. La presencia de la policía se hace incluso más evidente de lo habitual; hay oficiales armados patrullando los cruces más concurridos. Es tranquilizador, aunque hace que el corazón me lata desbocado por la sensación de miedo que acecha bajo las luces de la ciudad y el humo del tráfico. Simone me guía, pasamos de largo el museo Picasso y nos metemos en un bar. Un dúo toca en un pequeño escenario en un extremo de la atestada estancia, se les oye por encima del murmullo y las risas que se desparraman alrededor.

Los amigos de Simone nos saludan desde un par de mesas que han juntado y buscan unas sillas para que podamos sentarnos con ellos, aunque estemos apretados, y así podamos añadir también nuestras bebidas al desorden de botellas y copas. Los músicos tocan bien; muy bien, de hecho. Empiezo a relajarme y a disfrutar del lugar y la compañía. Los amigos de Simone son un puñado de gente creativa, entre los que se cuentan el dueño de una galería de arte, un diseñador, una actriz, un ingeniero de sonido y al menos dos músicos. Supongo que ha sido su amor por la música lo que les ha unido. Me sorprendo de lo fácil que me resulta sentirme parte de este grupo de jóvenes parisinos. Nunca hice amigos de verdad en el colegio o en la universidad y ahora me doy cuenta de que, en realidad, nunca sentía que encajara en ninguna parte. Puede que eso se debiera a la sensación que tenía de no estar en mi propio hogar cuando estaba en la casa de mi padre y mi madrastra. Tal vez eso minara mi confianza e hiciera que no supiera cuál era mi lugar en el mundo. Durante la mayor parte de mi vida, he vivido en una especie de tierra de nadie en la que lo más fácil era optar por la soledad en lugar de tratar de encajar. Siempre sentía que había una distancia que me separaba de mis compañeros, ellos no habían tenido que asistir a la boda de su propio padre con otra persona poco después de haber estado en el funeral de su madre. Aquí, en compañía de extraños, nada me obliga a explicar que soy lo único que mi madre dejó en este mundo y que no fui suficiente para que ella quisiera permanecer en él.

El ingeniero de sonido, que se presenta como Thierry, trae otra ronda de bebidas y empuja a Simone para que se mueva un poco, de manera que pueda encajar su silla entre las nuestras.

Me pregunta qué tal me va en el trabajo y si me gusta estar en París, y yo le pregunto sobre su trabajo, que le lleva por diferentes lugares de la ciudad. Charlo, ya me siento más segura hablando en francés, me relajo y me siento a gusto en su compañía.

Al principio, la conversación entre el grupo de amigos es ligera y animada, con sonrisas y carcajadas, pero entonces, inevitablemente, sale el asunto del ataque terrorista a la sala Bataclan. De inmediato, todo se vuelve sombrío y me doy cuenta del trauma que se refleja en las caras de Simone y sus amigos debido al dolor reciente que el atentado ha provocado en la ciudad y que nos engulle a todos otra vez. La sala Bataclan no está lejos de donde estamos ahora sentados, y Thierry me cuenta que conocía a la gente del equipo de sonido que trabajaba esa noche. De repente todo me parece como si estuviera en casa. Mientras le escucho, observo las arrugas de dolor que se le marcan profundamente en la cara y transforman su expresión tranquila en otra de dolor. Sus amigos salieron y ayudaron a los músicos y a bastantes espectadores a escapar, pero la brutalidad del acto y el pensar en las muchas vidas jóvenes que se cobró, o que alteró para siempre por las terribles heridas causadas, tanto mentales como físicas, ha cambiado la manera en que la gente ve su ciudad. Muy cerca bajo la superficie, es como si el miedo y la desconfianza estuvieran acechando en todas partes.

—¿Te preocupa que alguna vez, mientras estás trabajando, pudiera sucederte algo así? —pregunto.

Thierry se encoge de hombros.

—Claro. Pero ¿qué se puede hacer? No se puede dejar que el terror gane. Se hace incluso más importante resistirse al impulso de ceder ante el miedo.

Me concentro en mi bebida, meditando sobre sus palabras. Oigo en ellas el eco de la declaración de resistencia de Mireille y su afirmación de que está en manos de la gente corriente el modo en que se vive la vida.

—Incluso venir a un bar un viernes por la noche para escuchar música tiene ahora un nuevo significado. —Sonríe, y la tristeza en sus ojos oscuros se ve reemplazada por un brillo rebelde—. No estamos aquí solo para pasarlo bien. Estamos aquí para asegurarnos de que no nos puedan robar la libertad de vivir la vida como queramos. Estamos aquí por cada una de las personas que fueron asesinadas esa noche.

Thierry quiere saber lo que pienso y me pregunta por el impacto que el ataque tuvo en mi país y cómo hemos sobrellevado los atentados que sufrimos en nuestro propio suelo.

—A mi padre le preocupaba que viniera a París —admito—. No es que en Londres no haya peligro. —Después del atentado del *Charlie Hebdo*, mi padre había tratado hasta el último minuto de convencerme para que dejara el empleo. En aquel entonces, me lo tomé como que se metía en mis cosas y no le hice caso, era un ejemplo más de lo que nos separaba; ¿acaso no se daba cuenta de lo importante que esta oportunidad era para mí? ¿Es que no entendía que deseaba tomar mi propia decisión? Sin embargo, ahora me doy cuenta de lo preocupado que debía de estar. Poniéndome en su lugar, veo que el hecho de que no quisiera que viniera quizá tenía más que ver con el amor que con la falta de comprensión. Por un momento, le echo de menos. Tomo nota mental de intentar llamarlo mañana otra vez, aunque probablemente estará muy ocupado para hablar, como siempre, de compras con mi madrastra o llevando a las chicas a las clases de baile de fin de semana o a una fiesta de pijamas.

Thierry y yo seguimos hablando, hasta tarde, mucho después de que los músicos hayan dejado de tocar y hayan venido a nuestra mesa, y cuando acaba la velada me siento cerca de Simone y sus amigos; es una sensación nueva para mí. Lentamente voy bajando la guardia, dejando de lado mis reticencias habituales, mientras, de manera tentativa, empiezo a permitirme dejar salir lo que pienso y lo que siento.

Según parece, hablando otro idioma y en una ciudad en la que soy una extraña, se me hace más fácil ser yo misma. Quizás aquí, en París, pueda empezar a convertirme en la persona que quiero ser disfrutando de la libertad que da un nuevo comienzo.

Entonces se me ocurre otra cosa: quizá fuera eso mismo lo que Claire sentía hace tantos años.

1940

*E*l taller cerraba pronto en Nochebuena tras haber recibido a los últimos clientes en el salón, los que venían para llevarse los encargos de última hora que se requerían para las *soirées* y las reuniones durante las fiestas.

La señorita Vannier incluso se las arreglaba para ofrecer una sonrisa tirante al tiempo que pagaba los sueldos a las costureras.

—El señor Delavigne me ha pedido que os diga que está contento con vuestro trabajo. Este año ha sido una de nuestras mejores temporadas, así que, con la mayor generosidad, me ha pedido que os diera a cada una un tanto más como reconocimiento a vuestro esfuerzo y lealtad.

Las chicas intercambiaron miradas de soslayo. Todas sabían que una de las *vendeuses* había dejado la empresa hacía solo una semana, llevándose con ella a su equipo de asistentes y su pequeño cuaderno negro con las medidas y los datos de contacto de todas sus clientas. Se rumoreaba que otra casa de costura se la había llevado, y una de las costureras decía incluso que había una tal Coco, una que cultivaba buenas relaciones con los alemanes, que buscaba gente para trabajar con ella ahora que su negocio marchaba especialmente bien.

Las costureras charlaban animadamente al tiempo que colgaban la bata blanca y se ponían bufanda y guantes. Claire las miró con envidia mientras se guardaba la paga en el bolsillo de la falda; la mayoría tenían un hogar al que ir y una familia con la que compartir la cena de Nochebuena, por mucho que ese año fuera a ser muy frugal, y levantarse para compartir la Navidad con la familia. Ella, en cambio, no tenía más que la perspectiva de cenar con sus tres compañeras del piso de arriba un menú poco apetitoso compuesto por sopa de verduras —que mayormente sabía a nabo— y un poco de pan duro.

En su fría habitación sacó el dinero de su paga, se puso a calcular con cuidado lo que necesitaría para la semana siguiente y guardó el resto a buen recaudo en una lata que ocultaba bajo el colchón. El montón de billetes —los ahorros de su vida y su pasaporte para la vida que deseaba— iba creciendo lenta pero continuamente.

Entonces sacó un pequeño paquete envuelto en papel de embalar de la cómoda que había junto a su cama y corrió pasillo adelante para llamar a la puerta del dormitorio de Mireille. No obtuvo respuesta, no obstante, y al volver a llamar un poco más fuerte la puerta se abrió y dejó a la vista únicamente la cama hecha, sobre la que estaban las cosas de coser de Mireille en un pequeño montón, dejadas ahí de manera precipitada.

Claire miró a su alrededor. El abrigo de su amiga, que solía estar colgado detrás de la puerta, no estaba. Debía de haber salido otra vez para encontrarse con quien fuera que fuese que se encontrara habitualmente para hacer lo que fuera que fuese que solía hacer. Incluso en Nochebuena. Desde luego, era algo mucho más importante para ella que pasar el tiempo con sus amigas. Claire suspiró y dudó, luego dejó el paquete sobre la almohada de Mireille, se volvió para marcharse y cerró cuidadosamente la puerta.

Sus otras dos compañeras de piso llegaron en ese momento, riéndose y cuchicheando. Cuando vieron a Claire se detuvieron.

—¿Por qué estás tan abatida? ¿Es que Mireille te ha dejado tirada? ¡No nos digas que estás sola esta noche! —Se miraron la una a la otra y asintieron—. Vamos, Claire, no podemos dejarte aquí. ¡Vente con nosotras! Vamos a salir a divertirnos un poco. ¡Ponte los zapatos de baile y vente! Si te quedas sentada en el ático nunca conocerás a nadie.

Y así fue como Claire, tras un instante de duda, sacó la lata de debajo del colchón, la abrió, sacó algo del dinero que había ahorrado con tanto esmero y se dejó llevar por la *rue* de Rivoli entre una marea de fiesteros, que escasamente reparaban en las banderas rojas, blancas y negras que ondeaban contra el cielo estrellado bajo el amargo viento que soplaba, sofocado y agitado, por el amplio bulevar.

Mireille se apresuró por las estrechas calles del barrio de Marais y se detuvo ante el escaparate de una tienda, tal y como le habían enseñado, para asegurarse de que nadie la seguía. El símbolo blanco pegado a la puerta destacaba con fuerza contra las opacas persianas bajadas: «Bajo nueva dirección», decía, «Por orden de la administración». Esas notas estaban apareciendo con frecuencia en las puertas y escaparates de las tiendas, especialmente en aquel barrio. Eran negocios que antes pertenecían a tenderos judíos. Pero ahora sus propietarios se habían ido; habían sacado a familias enteras de sus casas y las habían deportado a campos de concentración a las afueras de la ciudad antes de llevárselos vete a saber dónde. Los negocios se los habían quedado las autoridades, y en ellos habían «recolocado», por lo general, a colaboradores o aquellos que se habían ganado la aprobación de la administración por denunciar a sus vecinos o por traicionar a sus antiguos empleadores, que solían ser dueños de tiendas como aquella.

Agachando la cabeza para enfrentarse al viento del norte, Mireille dobló por una calle estrecha y llamó a la puerta del piso franco. Tres golpes rápidos, bajito. Luego una pausa y dos golpes más. La puerta se abrió unos centímetros y se coló dentro.

El señor y la señora Arnaud —no tenía ni idea de si ese sería su verdadero nombre— habían sido de los primeros miembros de la red con los que había entrado en contacto por medio del tintorero, y aquella no era la primera vez que la habían enviado a su casa para dejar o llevarse a un «amigo» que necesitara un lugar seguro para pasar una noche o dos o para acompañarlo por la ciudad y dejarlo en las manos seguras del siguiente *passeur* de la red. Era consciente de que había otros grupos operando en la ciudad ayudando a aquellos que lo necesitaban a pasar por delante de las narices del ejército de ocupación y desaparecer sin dejar rastro para ponerse a salvo. Una vez, en un cambio de planes de última hora, le habían pedido que acompañara a un joven para que tomara un tren en la estación de Saint-Lazare, con lo que se enteró de que algunas personas estaban saliendo vía Bretaña. Sin embargo, más a menudo los puntos de encuentro estaban en Issy o Billancourt, o fuera, en dirección a Versalles, y el tañido diferencial del acento de sudoeste en los labios del siguiente enlace de la cadena era la confirmación de que su último «amigo» estaba en buenas manos para emprender el largo y arduo viaje a través de los Pirineos que llevaba a la libertad. A menudo, se preguntaba si la ruta los llevaría a algún lugar cerca de su casa.

Esta noche sentía una añoranza especial por su familia; se los imaginaba en el molino junto al río, bajo aquel mismo cielo helado y lleno de estrellas. Su madre estaría en la cocina preparando una cena especial de Nochebuena con las provisiones que hubiera podido conseguir. Quizá su hermana, Eliane, estaría sentada con ella, al calor de la estufa de hierro, meciendo a la pequeña Blanche sobre la rodilla. Su padre y su hermano entrarían en casa, de vuelta de entregar unos cuantos sacos de harina a las tiendas locales y a las panaderías, y su padre tomaría a Blanche, la levantaría y se pondría a dar vueltas con la pequeña en brazos, haciendo que riera contenta y que diera palmaditas con las manos regordetas.

Mireille se tragó el nudo que la añoranza de su hogar había hecho que se le formara en la garganta al pensar en aquella imagen. Y al pensar en lo mucho que los echaba de menos a todos. Habría dado cualquier cosa por estar allí, en la cocina, compartiendo la frugal cena condimentada con mucho amor. Y después, echada en su cama en la habitación que compartía con Eliane, ambas habrían intercambiado confidencias en susurros. Cuánto echaba de menos tener a alguien con quien compartirlas.

Pero aquel era un lujo que no podía permitirse. Se obligó a dejar de lado aquellos pensamientos y a centrarse en las instrucciones de la misión que le habían encomendado esa noche.

Al amparo de las celebraciones de Nochebuena, que con un poco de suerte servirían para proporcionar una distracción bienvenida a aquellos soldados a los que por desgracia les hubiera tocado estar de guardia durante las fiestas, la señora Arnaud le explicó que iba a acompañar a un hombre hasta la estación de Pont de Sèvres, donde se encontrarían con Christiane, una *passeuse* con la que ya había trabajado antes, y que ella se lo llevaría hasta el siguiente lugar seguro en el camino.

—Pero esta noche tendrás que darte prisa, Mireille —advirtió la señora Arnaud—. El metro estará lleno de gente, hay pocos trenes, y debes llegar a la cita con Christiane a tiempo de volver a casa antes del toque de queda. Incluso en Navidad, no sería muy inteligente que los alemanes te descubrieran.

Mireille asintió con la cabeza. Entendía los riesgos demasiado bien. Le habían advertido de que, si los alemanes la descubrían y la interrogaban, no debía decir nada durante al menos las primeras veinticuatro horas para así dar tiempo a los demás miembros de la red a cubrirse las espaldas y dispersarse. Además, conocía algunos de los métodos de tortura que los nazis empleaban para intentar conseguir esa información de cualquiera que fuera sospechoso de pertenecer a la resistencia y un miedo no expresado con palabras se alojaba en lo más hondo de su ser. Si eso sucedía, ¿tendría fuerza suficiente para soportar la tortura?

Sin embargo, ahora no era momento de pensar en eso; tenía que concentrarse completamente en lo que tenía entre manos. Hasta el menor atisbo de miedo o distracción podría delatarlos o hacer que se olvidara de mantener la guardia alta en algún momento clave. Nunca se sabía qué te podías encontrar en el camino para llevar a tu «amigo» sano y salvo hasta su destino.

—¿Nivel de francés? —preguntó a la señora Arnaud, refiriéndose al extraño por quien iba a arriesgar la vida.

La mujer sacudió la cabeza.

—Casi nulo, y tiene un acento tan terrible que lo delataría al instante. Y una complicación más: está herido en un pie. Así que necesitará tu ayuda si tenéis que caminar mucho.

Quizá sería de un mal aterrizaje tras haberse lanzado en paracaídas, pensó Mireille. No sería el primer aviador extranjero al que ayudara a escapar. O quizás aquel hombre no fuera más que alguien que huía en un viaje largo y aterrador temiendo por su vida debido a su religión. O a sus creencias políticas. O simplemente debido a alguna pequeña disputa con un vecino que había acabado en una amarga denuncia. ¿Quién sabe? No hizo preguntas; sabía que, si la atrapaban, cuanto menos supiera, mejor.

El hombre salió de una habitación de la parte trasera de la casa, vestido con un viejo abrigo. Cojeaba y el señor Arnaud, que lo seguía, lo agarró del codo mientras bajaba los dos escalones que iban del pasillo a la entrada donde Mireille estaba de pie, esperando. Tenía la piel grisácea y, aunque trataba de disimularlo, hizo una mueca de dolor al pisar con el pie herido. El señor Arnaud le dio un sombrero Homburg. Y Mireille no pudo evitar darse cuenta de que el sombrero era gris y tenía una cinta verde, exactamente como la que llevaba el hombre que había dejado el periódico en lo que había sido su primera misión en condiciones el día que vio por primera vez al señor Leroux.

—Venga —dijo ella en inglés—. Debemos irnos.

El hombre asintió con la cabeza y se volvió hacia la señora Arnaud, apretándoles las manos.

—*Merci, madame*, mil gracias, ha sido usted tan *gentille*... —El hombre tropezaba con las palabras, y su acento inglés hizo que ambas mujeres se contrajeran de dolor.

Una cosa era segura: sería ella la que tendría que hablar si los paraban por la calle y les pedían la documentación. La habían informado de la identidad falsa de aquel hombre y sabía que en el bolsillo del abrigo le habían metido un carné de identidad que sabe Dios de dónde habrían sacado para que la historia fuera creíble.

Mientras caminaban del brazo por el barrio de Marais aparentando ser una joven pareja que ha salido a tomar unas copas para celebrar la Nochebuena, trató de hacer que pareciera natural, como si fuera ella la que se apoyaba sobre él en lugar de al revés. Había planificado la ruta que iban a seguir. Tratarían de subirse al metro lo antes posible para que él no tuviera que caminar mucho. Al mismo tiempo, sabía que debía evitar las estaciones más concurridas, como la de la plaza de la Bastilla, que estaría atestada y donde seguramente habría guardias apostados para pedir la documentación de quienes pasaran.

Fue guiando al hombre por las calles haciendo de vez en cuando comentarios alentadores, aunque lo cierto era que no sabía cuánto de lo que decía podría entender. Pero según se acercaban a la estación de metro de Saint-Paul, le horrorizó ver a dos guardias alemanes de pie junto a la entrada. Habían detenido a un hombre y le gritaban que les enseñara la documentación mientras él rebuscaba en su maletín para encontrarla.

Pensando rápido, tiró de su «amigo» en dirección a la *rue* Rivoli. Sería mejor mezclarse entre la multitud en busca de diversión y desplazarse hacia otra estación de metro. Una multitud de juerguistas los empujaron y zarandearon y el hombre jadeó cuando alguien se le echó encima e hizo que la pierna herida casi cediera.

—Agárreme fuerte —murmuró Mireille a su oído, poniéndole un brazo en la cintura. Con un poco de suerte solo parecería un juerguista más que había bebido demasiado Ricard y cuya novia estaba tratando de llevárselo a casa para que se metiera en la cama. Siguieron de esa guisa durante un rato, pues al pasar por el ayuntamiento había más nazis pidiendo la documentación. El hombre ya estaba sudando por el dolor que le subía del pie herido y Mireille tenía dificultades para hacer que se mantuviera en pie. Tendrían que arriesgarse por la estación de metro de Châtelet, a pesar de que era una de las más concurridas de la línea. Les Halles, el mercado mayorista que se encontraba cerca de la estación de metro, era conocido por ser un punto caliente del mercado negro, aunque tal cosa solía significar más bien que los alemanes iban allí a comprar y no a pedir la documentación a nadie. Pronunció una plegaria en silencio a quien pudiera estar escuchando para que, en Nochebuena, los soldados estuvieran más interesados en hacerse con un filete extra de carne o unas cuantas ostras que en parar a una pareja que caminaba exhausta hacia su casa, obviamente en las peores condiciones.

Pasaron desapercibidos junto a un grupo de ruidosos soldados que estaban demasiado ocupados silbando y piropeando a un grupo de chicas que iban especialmente arregladas para salir aquella noche y no prestaban atención a otra cosa. Cuando empezaron a gritar y sonó un silbato, Mireille casi se congeló de pánico, pero se obligó a seguir caminando, guiando al hombre en dirección a las escaleras que llevaban hasta los andenes. Se permitió mirar hacia atrás rápidamente y vio que, por suerte, el centro de atención de la policía era un carterista. Entre la confusión, se imaginó que había oído a alguien que la llamaba por su nombre, pero metida en aquel tumulto podría haber sido que llamaran a cualquiera, así que siguió caminando, consciente de los gemidos de dolor de su acompañante a cada escalón que bajaba.

Bajo la escasa luz del andén, su cara parecía más pálida que nunca y temió que se desmayara allí mismo. Si lo hacía, llamarían la atención de todo el mundo y eso era lo último que querían. Levantó la vista hacia él, nerviosa, y el hombre le sonrió. Ella le devolvió la sonrisa, aliviada. Iban a conseguirlo. Se daba cuenta de que él era un luchador, ese hombre, decidido a seguir caminando. Haría lo que fuera necesario para escapar. Ya había pasado lo peor. Calculaba que el trayecto… Solo tenían que tomar el siguiente tren para continuar y luego cambiar a la línea nueve, siempre que la estación de Rond-Point estuviera abierta esa noche, y de ahí irían a Pont de Sèvres…

Por fin, apareció un tren en la estación y una marea de viajeros se apeó. Con extrema determinación, Mireille se abrió paso a codazos, tirando de su acompañante tras ella y empujándolo para que se sentara en uno de los asientos dobles para pasajeros. Al cerrarse las puertas y salir el tren de la estación, el hombre cerró los ojos y se apoyó en ella, dejando escapar un suspiro de alivio.

En la superficie, entre la multitud que se movía por bares y restaurantes de Les Halles, Claire se quedó inmóvil por un momento. ¿Acababa de ver a Mireille? ¿Sería la chica que iba abrazada a un hombre cuando se los tragó la escalera que llevaba al metro? Iba tan concentrada en su amante secreto que ni siquiera la había oído al pasar a pocos metros delante de ella. Así que era eso, ¿no? Tenía un amigo, pero ni siquiera confiaba en ella. Y menos, permitir que los acompañara en sus salidas o que le presentara a algún amigo de él… «Vaya, pues ya sabes cuáles son tus amigos de verdad», pensó.

Y con eso en mente, se volvió y siguió a las otras dos chicas al bar en el que los soldados con uniforme gris se tomaban un descanso sentados a las mesitas, a la caza de guapas francesas con las que gastarse el dinero y que les ayudaran a olvidarse de lo lejos que estaban de su casa en Nochebuena.

Harriet

Una de las primeras cosas que quería hacer al llegar a París era visitar el Palais Galliera, el museo de la ciudad dedicado a la moda. Había visto fotografías, pero ni mucho menos me esperaba lo hermoso del lugar, me quedé boquiabierta. Es un palacio precioso, un edificio de cuento de hadas que combina el estilo italiano con el blanco de la piedra de columnas y balaustradas. Entro por uno de los accesos, una caseta de vigilancia muy ornamentada en una frondosa calle de uno de los distritos más elegantes de París, y me siento como si hubiera salido de la ciudad y me hubiera metido en un entorno campestre idílico. El parque, bien cuidado, está rodeado de árboles y, por encima de sus ramas otoñales, la torre Eiffel despunta hacia el cielo azul. Hay estatuas aquí y allá, y la figura verdosa de una muchacha, la pieza central de una fuente que hay frente al palacio, se encuentra rodeada de una especie de cintas de parterres llenos de flores cuidadosamente dispuestas formando un mosaico amarillo y dorado.

Me late el corazón de entusiasmo según voy subiendo las amplias escaleras hacia la columnata de la entrada.

Para mi incluso mayor satisfacción, resulta que hay una exposición temporal sobre la moda que se llevaba en la década de 1950. Así que me siento como si me hubieran transportado a esa época tan cercana a los años de la guerra; casi puedo tocar el trabajo que hicieron Claire y Mireille, lo que me recuerda que los vestidos, trajes y abrigos que cosieron fueron los precursores inmediatos de la ropa que estoy viendo ahora. Me doy una vuelta por la galería principal y bebo de la elegancia de esa época dorada de la alta costura. Dominan el *new look* de Christian Dior, los cortes en la cintura y las faldas con vuelo que fueron la respuesta de la moda a las restricciones de años anteriores, pero también hay trajes de Chanel, clásicos e impresionantes, que parecen muy sencillos, y faldas de Balenciaga con incrustaciones de cristal de roca en los bordados. Todas ellas son piezas que representan el principio y el fin de una época; la última y breve época de florecimiento de la moda francesa al acabar la guerra, que fue rápidamente superada por las casas de moda dedicadas al *prêt-à-porter*.

Me detengo en las distintas galerías, fascinada por las exposiciones. Al igual que la exposición de moda de la década de 1950, hay salas dedicadas a la historia de la moda que albergan desde modelos que vistieron María Antonieta y la emperatriz Josefina hasta el abrigo negro que lució Audrey Hepburn en *Desayuno con diamantes*. Todo es, por decirlo de manera simple, asombroso.

Cuando, por fin, salgo a la calle, al frescor otoñal del día, me decido por volver por la orilla del río en lugar de meterme bajo tierra, en el metro. Las hojas de los árboles que hay a lo largo de los muelles se están poniendo de color dorado y salpican la orilla del río y las aguas del Sena, que destellan con la misma luz dorada hasta que los barcos turísticos que pasan las convierten en peltre en una especie de alquimia inversa. Mientras camino, transportada en el tiempo por haber visto esos vestidos tan bonitos en el Palais Galliera, reflexiono sobre lo que he aprendido de mi abuela y su vida aquí en París durante la guerra.

Tengo sentimientos encontrados. Ahora que sé un poco más estoy impaciente por saber todo lo demás. Pero, al mismo tiempo, después de lo que me dijo Simone, cada vez me pregunto más si mi abuela Claire me habría gustado si la hubiese conocido. Comparada con Mireille, parece haber sido un poco débil y haber estado demasiado preocupada por la superficialidad del glamur parisino.

Era joven, claro, pero también lo era Mireille, así que eso no me vale como excusa. Desde luego, tuvo una infancia difícil, pues creció sin madre, su familia era pobre y en una casa llena de hombres se esperaba de ella que fuera el ama de casa desde muy pequeña.

De acuerdo, puedo entender que soñara con una vida de lujo y elegancia. Supongo que, en ese sentido, ella y yo no somos muy distintas.

Y luego se me ocurre que tal vez yo lleve en los genes que he heredado de ella esa fascinación por el mundo de la moda. ¿Lo habré heredado de Claire? ¿O no es más que un deseo de huir de la realidad de nuestra situación en la vida para escapar hacia un mundo de fantasía y glamur? En cualquier caso, ese pensamiento me llega con una mezcla muy extraña de emociones. Porque siempre había pensado que me estaba forjando mi propio camino, que mi «pasión por la moda», como solía llamarla mi padre, a veces de manera despectiva, era algo solo mío. De hecho, se convirtió en una parte importante de mi identidad, una parte de mi yo individual al que me aferraba en una casa en la que me sentía como si mi presencia no se notara. Pero darme cuenta, ahora, de que quizá es algo que no solo me pertenece a mí, que tal vez sea una de esas cosas que me relaciona con generaciones anteriores, hace que me sienta en cierto modo extrañamente insegura.

Es una realidad que me lleva, inevitablemente, a dos corrientes de pensamiento que se entrelazan y entrecruzan en la boca del estómago. La primera es tranquilizadora, una sensación de conexión y continuidad, un sentimiento de que estoy unida a mis antepasados del modo más insospechado; y la segunda es inquietante, una sensación de que estoy atrapada en una historia familiar de la que no estoy segura de querer formar parte. ¿Será esta relación con mis antepasados algo bueno o algo malo? ¿Quiénes eran en realidad estas personas? ¿Y qué otro legado habré recibido de ellas? ¿De mi abuela? ¿De mi madre?

Mi madre. ¿Sería esa misma herencia la que arruinó su vida con la depresión y lo que acabó por destruirla? ¿Es que los cimientos de su propio ser eran inestables y fue eso lo que hizo que se desmoronara y acabara por hundirse? Por lo que yo recuerdo, siempre vi algo frágil en ella. Recuerdo que podía tocar para mí canciones en su querido piano, divertirme durante horas, acabar tocando nanas y enseñándome las letras de los villancicos en Navidad; aquellos eran tiempos felices, iluminados por la luz del día que entraba por las puertas dobles que daban al jardín. Pero entonces, cuando me despertaba a veces en mitad de la noche, oía algo distinto, las notas tristes de una balada nocturna o de una melodía inquietante de una sonata en clave menor, como si estuviera tocando en la oscuridad para dejar pasar las horas, para soportar una noche más en soledad.

Pensando en la casa en la que ella y yo vivimos, una imagen me da vueltas en la cabeza, una imagen que no quiero ver: hay unas luces azules que parpadean y unas manos que tiran de mí hacia atrás mientras trato de correr hacia delante y atravesar una puerta ligeramente entreabierta. En mi mente doy un portazo para cerrarla, no quiero entrar ahí otra vez. Estoy demasiado asustada. Todavía no estoy preparada. Necesito distraerme centrándome en descubrir primero la historia de Claire antes de que pueda volver a visitar el pasado más inmediato…

Hasta ahora, la historia de mi familia ha sido un enigma, un tapiz hecho jirones, lleno de agujeros. Mi madre siempre parecía reacia a hablar de ello. ¿Es que sentía cierta vergüenza y por eso no quería hacerlo?

De pronto, me parece imprescindible descubrirlo. El relato de Simone sobre los recuerdos de su abuela me está ayudando a recomponer mi historia de alguna manera. Sin embargo, últimamente tengo la sensación de que es un poco reticente a continuar contándomela; a menudo está muy ocupada, o bien ha salido con otros amigos. Quizá me lo esté imaginando, pero me da la sensación de que nuestra amistad se ha enfriado un poco desde la noche del bar en que me pasé horas hablando con Thierry. Trato de no hacer caso; después de todo, ella me lo presentó como si fuera uno más del grupo de amigos y no dijo nada de que hubiera algo entre ellos. Me digo a mí misma que quizá no quiera sentirse en la obligación de invitarme cada vez que vaya a salir, y naturalmente siempre estamos bajo presión en la oficina. Sin embargo, me molesta esa distancia que parece haber crecido entre nosotras y la incomodidad que siento cuando estamos juntas en el apartamento.

Pero quiero saber más sobre una historia que es también la mía, igual que es la suya. Tengo la necesidad de saber más de quiénes eran mi madre y mi abuela. ¿Qué historia me ha llegado a través de ellas? Tengo que saber quién soy en realidad, eso también.

Hay un programa en la televisión, ¿no? Un programa al que en realidad nunca presté mucha atención, pero que mi madrastra solía ver a veces, sobre gente que quería descubrir quiénes eran sus antepasados. Recuerdo vagamente que buscaban en el censo y en los certificados de defunción en línea para encontrar a los antepasados a lo largo de generaciones.

De nuevo en el apartamento, después de un momento de duda, abro mi ordenador portátil y me pongo a investigar por mi cuenta...

Y descubro que es bastante fácil. Solo tengo que registrarme en la página web de la Oficina de Registros Generales, poner los datos de la persona a la que estoy buscando y ellos me enviarán los certificados dentro de un par de semanas. Dudo unos instantes, tratando de recordar el apellido de soltera de mi madre, y luego escribo: «Claire Redman» en el campo de búsqueda y «Meynardier» en el campo que dice «Nombre anterior». Luego marco las casillas en que pone «Certificado de matrimonio» y «Certificado de defunción» antes de pulsar el botón «Enviar».

1940

—*E*stás guapa. —Mireille la estaba observando desde la puerta de su dormitorio mientras Claire se peinaba mirándose al espejo que había en el recibidor antes de ponerse un abrigo encima del vestido azul oscuro—. ¿Tienes alguna cita especial?

Era la víspera de Año Nuevo y en París reinaba el ambiente festivo, a pesar de la guerra. Claire se encogió de hombros y alargó la mano para alcanzar su llave de casa.

—¡Espera! —Mireille tiró de la manga del abrigo de Claire, donde había un enganchón en la tela de sarga de lana y el puño se veía un poco deshilachado—. Lo siento. Se me olvidó darte tu regalo en Navidad. He tenido muchas cosas en la cabeza últimamente. Pero ahora tengo algo para ti. Toma. —Le dio en mano un pequeño paquete—. Te quedará bien con el vestido.

—Pero Mireille, no tenías que regalarme nada —dijo Claire.

Su amiga le sonrió.

—Ya sé que no «tengo» que regalarte nada, Claire, pero «quiero» regalarte esto. Me encanta el collar que me hiciste; mira, lo llevo esta noche. —Se tocó la estrecha cinta de terciopelo que llevaba alrededor del cuello, decorada con cuentas de azabache cosidas con puntadas invisibles y que se cerraba por delante con un botón de filigrana plateada.

Claire desenvolvió el regalo y se quedó mirando el medallón de plata que tenía en la mano casi sin poder creérselo.

—¿No te gusta? —preguntó Mireille.

—No es eso. —Claire sacudió la cabeza—. Es que no puedo aceptarlo. Tu medallón no, Mireille. Es demasiado valioso.

Trató de devolvérselo, pero su amiga cerró las manos sobre las de Claire.

—Es tuyo. Un regalo para una buena amiga. Quiero que lo tengas. Y lamento no haber sido la mejor compañía últimamente. Ven aquí, deja que te lo ponga.

Dudando, Claire se levantó el pelo por detrás del cuello para permitir que le pusiera el medallón y abrochara el cierre. Luego, ablandándose, abrazó a Mireille y le dijo:

—Bueno, gracias. Es el regalo más bonito que me han hecho nunca. Y digamos que vamos a compartirlo. Como prueba de nuestra amistad. Que nos pertenezca a las dos.

—De acuerdo, si eso quiere decir que lo aceptarás al menos a medias. —Mireille sonrió ampliamente y, por un instante, casi volvió a parecer la misma de antes, con la misma vivacidad.

De manera impulsiva, Claire le tomó la mano.

—¡Ven conmigo! Salgamos a bailar. Conozco un sitio donde la música y la compañía son buenas. Incluso se dice que esta noche habrá champán, es Nochevieja. Ponte el vestido rojo y vente. ¡Será divertido!

Mireille retiró la mano y negó con la cabeza.

—Lo siento, Claire, no puedo. He quedado con alguien.

—De acuerdo; entonces, haz lo que tenías previsto. —Se encogió de hombros—. Aunque me apuesto algo a que la gente con la que he quedado yo es mejor compañía que quienquiera que sea con quien estés liada. Gracias por el medallón. Hasta mañana.

Mireille miró con tristeza cómo su amiga salía del apartamento y bajaba las escaleras. Y luego, después de unos minutos, se puso el abrigo y se escabulló, silenciosa como una sombra, para perderse entre la multitud que llenaba las calles abajo.

A la entrada del club nocturno, Claire dejó el abrigo en la guardarropía a pesar de que hacerlo significaba que tendría que dejar unas monedas en el plato que había en el mostrador de la mujer con cara larga que le había dado a la raída prenda una sacudida desdeñosa para colgarla en el perchero.

«Puede que el abrigo esté un poco viejo, señorita, pero al menos no estoy metida tras un mostrador en Nochevieja con cara de asco», pensó Claire al volverse hacia el tocador de señoras. Tomó del bolso una cajita dorada de maquillaje barato y se inclinó hacia el espejo mientras se quitaba el brillo de la nariz y las mejillas. Las mujeres que había a su lado la miraban con envidia por el vestido de noche drapeado de color azul que llevaba, que había confeccionado con esmero de retales de crepé de China sobrantes de los modelos que hacía el señor Delavigne. Había tardado mucho en conseguir el largo necesario añadiéndolos y se había pasado muchas noches tratando de hacer que los añadidos no se notaran, que quedaran invisibles. Por el escote había cosido cuentas plateadas aquí y allá para que fuera esa parte la que llamara la atención y nadie se fijara en los añadidos, y para disimularlos había hecho un drapeado en la falda para que le cayera bien sobre las caderas. El bolso de noche se lo había hecho del forro de una vieja falda y, además, para esa noche, había tomado prestados un par de zapatos de una de sus compañeras de piso.

Mirándose al espejo, se colocó el medallón con la fina cadena de plata, de manera que quedara plano a la altura del escote, justo por debajo de las delicadas curvas de sus clavículas.

Por un instante se llevó la mano al estómago, tratando de calmar las mariposas que parecían revolotear en él. ¿Estaría él allí? ¿Se acordaría de la promesa que habían hecho en Nochebuena de encontrarse allí el 31 de diciembre? ¿Lo habría dicho en serio?

Esa noche, en el bar de la *rue* Rivoli, él había enviado bebida a su mesa, el camarero había colocado los vasos frente a ella y sus dos amigos y luego había señalado al rubio oficial alemán que les había invitado. Las demás chicas habían sonreído y asentido con la cabeza y el hombre se había tomado eso como una invitación para abrirse paso entre la multitud que celebraba la Nochebuena y había acercado una silla. Había presentado a dos oficiales colegas suyos y luego se había dado la vuelta para mirar a Claire especialmente, fijando en ella sus ojos de color azul hielo y diciéndole que llevaba un vestido muy bonito. Hablaba muy bien francés, aunque de vez en cuando, aparte, bromeaba con sus amigos en alemán y ella no lo entendía. Era el oficial *senior* del grupo y parecía ser popular y alegre; pedía que sirvieran más bebidas e insistía en pagar las rondas. Al final de la noche, la ayudó a ponerse el abrigo y le pidió que volvieran a verse allí, esa noche, para celebrar la Nochevieja.

—¿Has bebido champán alguna vez? —preguntó él—. ¿No? ¿Una francesa sofisticada como tú? No me lo puedo creer. Bueno, vamos a ver si podemos remediarlo.

Que de todas las costureras se hubiera fijado en ella la halagó mientras las demás chicas bromeaban sobre el asunto de camino al apartamento, regresando rápidamente antes de que llegara el toque de queda. Pronunció en susurros las palabras que le había dicho al marcharse en Nochebuena antes de dormirse: «una francesa sofisticada». Él era guapo y rico, pero lo más seductor de todo era la manera en que la veía y que hacía que ella se viera reflejada en una persona nueva, una persona adulta y sofisticada, en la mujer que siempre había deseado ser.

Ajustándose nerviosa el medallón al cuello una vez más, se alisó el vestido sobre las caderas. Luego se abrió camino entre la multitud de juerguistas concentrada en lo alto de las escaleras, riendo y gritando mientras se encontraban con sus amigos, y se encaminó hacia el salón de baile. Miró hacia la multitud, y entonces su cara se iluminó con una sonrisa tímida al verlo, saludándola con la mano junto al bar. Siguió bajando las escaleras sujetándose la falda del vestido con una mano, sin hacer caso de las miradas de admiración que muchos hombres le lanzaban al pasar.

—¡Has venido! —exclamó él, atrayéndola hacia sí—. Y ¿puedo decirte lo orgulloso que estoy de que esta noche me acompañe la chica más bonita del salón?

—Gracias, Ernst. —Claire se sonrojó, estaba poco acostumbrada a que le hicieran cumplidos—. Tú también estás muy guapo. Me ha costado un poco reconocerte sin el uniforme. —Le pasó los dedos por la manga de la americana que se había puesto para cenar.

Hizo una pequeña reverencia doblándose desde la cintura, inclinándose para besarle la mano de una manera fingida y formal, con los ojos azules brillándole divertidos.

—Sí, es una de las raras noches en que no tengo servicio. Vale la pena ponerse de tiros largos por una vez.

Se volvió hacia el camarero con un guiño y, asintiendo con la cabeza, este se dirigió a otro que pasaba diciendo:

—Cuida bien de este caballero. Champán. Y una mesa cerca de la orquesta.

—*Oui, monsieur.* Por favor, sígame.

Ernst y Claire se abrieron camino entre las mesas abarrotadas que rodeaban la pista de baile y el camarero sacó unas sillas para ellos de una sección que había sido acordonada con un cordón rojo de terciopelo. Se sentaron, y poco después el camarero volvió y alisó el paño de lino al tiempo que dejaba una cubitera con hielo y copas. Haciendo una floritura con una servilleta de damasco blanco, abrió la botella de Krug y vertió el líquido, deteniéndose con mano experta para permitir que la espuma se asentara antes de llenar las copas hasta arriba. Dejó luego la botella en la cubitera de plata al tiempo que le envolvía el cuello con la servilleta de damasco.

Sintiéndose ligera como una burbuja en una copa dorada, Claire flotaba aquella noche en una ola de euforia. ¡Por fin! Aquella era la vida con la que siempre había soñado, y por unas pocas horas podía olvidarse del frío que hacía en el taller de costura, lleno de corrientes de aire, y de los dolores de cabeza y del hambre mientras bailaba bajo un techo dorado, en los brazos de un apuesto joven, respirando el aire que estaba lleno del olor a perfume y del humo de tabaco. Bebieron más champán y pidieron ostras mientras Ernst hablaba y bromeaba con otros alemanes que los acompañaban en las mesas contiguas, tras el cordón rojo, y ella seguía sentada, sonriendo y mirando a las demás mujeres, que la observaban con envidia.

—Ven, —dijo Ernst al fin, echando un vistazo a su reloj de pulsera—. Un último baile y luego te acompañaré a casa antes del toque de queda.

Al salir, recogió el abrigo de ella del guardarropa y dejó como si tal cosa un par de francos a la mujer que lo atendía, lo que hizo que esta sonriera dando las gracias y les deseara Feliz Año Nuevo.

Caminaron de vuelta a casa por el río. Claire se sentía como si los pies, calzados con unos zapatos prestados, casi ni le tocaran el suelo mientras se unían a la riada de gente que celebraba la velada, ahora apretando el paso para llegar a casa pronto, y eso a pesar de que para la medianoche y el Año Nuevo todavía quedaban unas horas por delante. Él le tomó la mano mientras caminaban bajo las altísimas agujas de Notre-Dame y se la llevó a un lado, escaleras abajo, junto al río, antes de cruzar el Pont au Doble en dirección a la *rive gauche*. Allí, donde las oscuras aguas del río rozaban las piedras junto a sus pies, la tomó en sus brazos y la besó.

Los ojos le brillaban mientras le sonreía; parecían reflejar la luz de las estrellas que había sobre ellos, él le acariciaba el pelo rubio claro, le colocó un mechón detrás de la oreja y volvió a besarla.

En ese momento, en una noche oscura junto al Sena, Claire se imaginó lo que sería enamorarse de él. Y de pronto se dio cuenta de que todo aquello que antes pensaba que quería —la ropa bonita, el champán, la envidia de otras— no importaba después de todo. Lo que de verdad importaba era ser querida y poder amar al otro. Eso era lo que deseaba, más que nada en el mundo.

Llegados a la *rue* Cardinale él se despidió besándola de nuevo y susurrando:

—Feliz Año Nuevo, Claire. Creo que será un año bueno para ambos, ¿no te parece?

Agarrándose con todas sus fuerzas a esa promesa de un futuro «para ambos», echó a correr escaleras arriba hasta el apartamento.

Tarareando una melodía de baile, buscó la llave en el bolso de noche, la sacó y abrió la puerta. La cerró con cuidado, sin hacer ruido, se quitó los zapatos —dándose cuenta en ese momento de que los tacones le habían provocado ampollas— y caminó de puntillas hasta su habitación; no quería que se le pasara la alegría que la invadía teniendo que dar detalles a sus compañeras de piso sobre la velada precisamente ahora.

Echada en su estrecha cama bajo los aleros, esa noche soñaba que estaba bailando con Ernst bajo un techo dorado llevada por una marea de deseo —un sentimiento al que no estaba acostumbrada, en absoluto, hasta ahora— mientras los relojes de París daban las doce y la Nochevieja llegaba a su fin.

Harriet

Levanto la vista del boletín de novedades que estoy traduciendo cuando Simone regresa a la recepción después de haber repartido cafés en una de las salas de reuniones.

—Te ha sonado el teléfono —le digo, sacudiendo la cabeza hacia donde está, sobre un extremo de su mesa.

Lo toma y escucha un mensaje. Tiene una expresión inescrutable.

—Era Thierry —dice, como si tal cosa—. Quiere saber si puedo darle tu teléfono. Dice que va a trabajar en un concierto el próximo sábado por la noche y cree que te gustaría.

Me encojo de hombros y asiento con la cabeza.

—Está bien. Suena bien.

Mientras teclea un mensaje de texto en su teléfono para responder, dice sin levantar la vista:

—Le gustas, ¿sabes?

—A mí también me ha gustado él —digo, mientras paso las hojas del grueso diccionario Larousse que suelo utilizar siempre que necesito buscar alguna palabra—. Me ha parecido un chico muy agradable.

—Sí, lo es —coincide.

—Simone —empiezo a decir. Luego me detengo, no estoy muy segura de cómo construir la frase para preguntarle lo que quiero.

Me mira, sin sonreír.

—Mira —digo . No sé si hay algo entre Thierry y tú. Pero si lo hay, no quiero hacer nada para que te enfades.

Se encoge de hombros.

—No. No hay nada. Solo es un amigo.

Se vuelve hacia la pantalla de su ordenador y hace como si estuviera revisando su correo, pero el silencio que hay entre las dos está preñado de algo más. Dejo que todo se asiente, le doy tiempo.

No muy convencida, levanta la vista para mirarme al fin.

—Lo conozco de hace años —dice—. Demasiados años, quizá. Somos amigos desde que llegué a París. Pero la verdad es que tienes razón. Esperaba que llegáramos a ser algo más que amigos. Sin embargo, para él soy como una hermana, eso es lo que dice. Así que no va a suceder. Supongo que verlo contigo —cómo brilla cuando está hablando contigo— me ha obligado a admitirlo.

—Lo siento —digo, y lo digo sinceramente.

Se encoge de hombros.

—¿Por qué deberías sentirlo? No es culpa tuya que le gustes.

Entonces sonríe, rompiendo un poco el hielo.

—Y le gustas «de verdad», por cierto. Me di cuenta esa noche. Desde luego, hay algo entre vosotros.

Niego con la cabeza y me río siguiendo su ejemplo y tratando de hacerlo todo más fácil.

—No es que sea muy buena en esto de las relaciones. En la universidad solía pensar que resultaban un poco abrumadoras y llegué a la conclusión de que era más fácil estar sola. Siempre sentía que quizá había demasiado que perder si me permitía enamorarme. Y sabía que no podría soportar perder más de lo que ya había perdido.

Admito que me gustó hablar con él esa noche, no obstante. Me sentía liberada por la nueva sensación de poder ser yo misma, en francés. Y un concierto sería una buena manera de pasar una noche, especialmente si él está ocupado trabajando en él. No sería gran cosa. Así que, cuando suena el teléfono un minuto después, animada por la sonrisa de Simone y por su asentimiento con la cabeza, respondo «oui, avec plaisir» a su propuesta de dejarme una entrada en la puerta principal el próximo sábado y de que vayamos a tomar algo después. Luego, dejo a un lado con firmeza el teléfono y sigo trabajando.

Uno de mis cometidos como becaria implica revisar el correo cuando llega a la agencia cada mañana. Hoy me he quedado parada al ver un sobre de aspecto oficial con un código postal del Reino Unido dirigido a mí. Normalmente, yo no recibo correspondencia, así que sé que en este caso debe de tratarse de los certificados que pedí a la oficina de registros y que me dirán algo más de la vida de Claire. Y también de cómo murió. Dejo a un lado y bajo mi teléfono móvil el sobre sellado para seguir centrada en el trabajo por el momento. Ya lo abriré esta noche, cuando pueda leer su contenido en condiciones, en la privacidad de mi habitación, en el piso de arriba.

Reviso el resto del correo rápidamente y lo reparto por la oficina. Una de las gestoras de cuentas está con Florence cuando llamo a la puerta. Me dice que pase y ambas me sonríen.

—Buenas noticias, Harriet —dice Florence—. ¿Recuerdas la ficha de prensa que enviaste? Hemos recibido una respuesta de Londres. El comprador de Harvey Nichols está interesado en ver más de la colección. Es todo un logro.

La gestora de cuentas me pregunta si puedo ayudarla a escribir la respuesta y eso hace que esté ocupada durante el resto del día, traduciendo tecnicismos sobre el diseño y fabricación de zapatos del francés al inglés.

Por fin la oficina cierra y corro escaleras arriba a mi habitación en el ático con el sobre blanco en la mano. Por el lado materno de mi familia, tanto mi abuelo como mi abuela fallecieron antes de que yo naciera. Las manos me tiemblan un poco. Porque aparte de la foto de Claire con Mireille y Vivienne, esta carta es el primer lazo tangible que tengo con esa generación de mi familia.

No estoy ni mucho menos segura de que lo que descubra cuando abra el sobre vaya a gustarme. La verdad es que he acabado por pensar que la relación de Claire con Ernst era algo vergonzoso. ¿Seré la descendiente de un nazi? ¿Formará ese legado de vergüenza y culpa parte de mi código genético? Las manos me tiemblan de impaciencia —y me da un escalofrío por la ansiedad— mientras abro el sobre.

79

El primer certificado está fechado, con letra firme, el 1 de septiembre de 1946, y corresponde al matrimonio de Claire Meynardier, nacida en Port Meilhon, Bretaña, el 18 de mayo de 1920, con Laurence Ernest Redman, nacido en Hertfordshire, Inglaterra, el 24 de junio de 1916. Me quedo parada un instante al leer el nombre de Ernest. ¿Será «Ernst»? ¿Se mudarían a Inglaterra para empezar de nuevo tras la guerra? Pero el hecho de que hubiera nacido en Home Counties hace que eso resulte muy poco probable. Así que quizá deba asumir que, después de todo, no desciendo de un soldado nazi. Al pensarlo, se me quita un peso de encima, una cosa menos con la que tendré que cargar en la vida.

Dejo el papel a un lado y leo el siguiente, el certificado de defunción de Claire Redman. Está fechado el 6 de noviembre de 1989 y la causa de la muerte que recoge es un fallo cardíaco. Claire tenía sesenta y nueve años cuando falleció y dejó a su hija, Felicity, sola en el mundo a la edad de veintinueve. Ojalá hubiera vivido más. Quizá hubiera podido cambiar el curso que tomó la vida de mi madre. Quizá habría dejado de ser un enigma. Y si hubiera vivido habría podido ayudarme, dar a mi vida ese sentido de quién soy en realidad.

Ojalá hubiera conocido a mi abuela Claire.

Marzo de
1941

—Mireille, te reclaman en el salón. —La señorita Vannier tenía los labios tan apretados por la desaprobación que las arrugas que los rodeaban se habían tensado como cuando fumaba. Que llamaran a una costurera para que bajara al territorio de las *vendeuses* y sus clientes era inaudito.

Mireille era consciente de que las otras chicas que estaban cerca de su mesa levantaban la vista de lo que estaban haciendo y la miraban en silencio mientras ella clavaba la aguja cuidadosamente en el forro que estaba cosiendo. Se volvió un poco para marcar su lugar, luego se puso de pie y empujó su silla.

Mientras bajaba las escaleras, notó que una sensación de miedo se le instalaba en la boca del estómago. ¿Iba a tener problemas por algún desliz cometido en su trabajo de costura? En aquellos días se distraía a menudo, pues siempre estaba pensando en cuál sería la siguiente misión que la red le asignaría, y mantenerlo en secreto para las otras chicas hacía que siempre estuviera exhausta. Quizá la llamaran para echarle una regañina.

Trató de no pensar en algo peor: que alguien la hubiese denunciado y que el salón estuviera lleno de nazis que venían a por ella para interrogarla.

Dudó en el umbral de la puerta antes de entrar, luego se estiró la bata blanca y levantó la cabeza al tiempo que llamaba a la puerta y entraba.

Para su sorpresa, la vendedora, la que se ocupaba de los clientes más pudientes del señor Delavigne, se acercó a ella con una gran sonrisa. Tras ella, una asistente revoloteaba con la cinta métrica junto a una de las modelos, que llevaba un abrigo que reconoció. Había acabado de coserle el forro el otro día.

—Aquí está nuestra costurera estrella —soltó la vendedora—. Este caballero quería conocerte, Mireille, para darte las gracias en persona por el trabajo que has hecho con sus encargos.

Gracias a Dios, las demás mujeres en la estancia estaban demasiado concentradas en revolotear en torno al cliente, como si fueran polillas alrededor de una llama, como para darse cuenta de la mirada de sorpresa que se reflejaba en la cara de Mireille antes de que pudiera evitarla. Porque, junto al fuego que ardía con fuerza en la chimenea para mantener a raya el frío de marzo, vio al señor Leroux sentado en una de las sillas doradas reservadas a los visitantes del salón, con sus largas piernas cruzadas y las manos en los bolsillos, en una pose que hablaba de la seguridad en sí mismos que tenían los muy ricos.

Se recompuso rápidamente, obligándose a mantener los ojos clavados en los dibujos de la alfombra Aubusson que cubría el suelo del salón para que nadie se diera cuenta del hecho de que ella ya había visto antes a aquel hombre. Tampoco quería traicionar el hecho de que, aquella misma noche, estaría llevando a cabo una misión clandestina para la red que él controlaba. Ayer mismo había recibido las últimas instrucciones del hombre de la tintorería.

—Señorita —dijo—, discúlpeme por interrumpir su trabajo. Es que quería darle las gracias por la atención que ha puesto hasta en el último detalle en la ropa que había encargado. A veces es importante conocer a quién ha hecho el trabajo, ¿no le parece?

¿Eran imaginaciones suyas, o había enfatizado ligeramente la palabra «importante»?

El hombre sonrió a todo el mundo, y todas le devolvieron la sonrisa, contentas con tanta generosidad.

Le hizo señas para que se acercara y deslizó en el bolsillo de su bata blanca un billete de cinco francos.

—Una pequeña muestra de gratitud, señorita. Y de nuevo, muchas gracias a todas.

—Gracias, señor. Es usted demasiado amable —repuso Mireille, cuyos ojos se encontraron con los de él por un instante para que supiera que lo había entendido.

Luego, el hombre se puso de pie y una de las asistentes corrió a entregarle su abrigo. Volviéndose hacia la vendedora, dijo:

—Entonces, ¿tienen todas las medidas para ese traje? —Hizo un gesto hacia uno de los nuevos diseños de la temporada que se mostraban en los maniquíes colocados junto a una pared.

—*Oui, monsieur.* Lo haremos tal y como nos ha pedido. Es una elección excelente. De hecho, sé que este estilo en particular es uno de los favoritos del señor Delavigne.

—*Merci.* Y envíe el abrigo a mi dirección habitual. —Inclinó la cabeza hacia la modelo—. Aunque quiero liquidar mi cuenta ahora mismo, ¿sería posible?

—Naturalmente, señor.

La vendedora hizo una indicación con la mano a Mireille para que supiera que podía irse y que debía volver al taller mientras una de las asistentes se afanaba en echar mano del libro mayor en el que se tomaba nota de los encargos de los clientes.

Antes de regresar al taller de costura, Mireille entró en el aseo del primer piso. Sacó del bolsillo el billete de cinco francos y lo desdobló. Como había supuesto, había una nota oculta dentro. Y en ella podía leerse una única palabra, subrayada: CANCELADO.

Se dio cuenta de que debía de haber sucedido algo terrible para que el señor Leroux se hubiera arriesgado a venir a verla para dejarle aquella nota. Las manos le temblaban mientras rasgaba en pedacitos el papel y lo tiraba por el inodoro, asegurándose de que el agua se los llevaba antes de lavarse las manos. Al secárselas en la toalla que colgaba detrás de la puerta, todavía le temblaban mientras se imaginaba qué —o quién— habría estado esperándola si hubiera acudido al punto acordado aquella noche. Los alemanes estaban intentando estrechar el cerco en torno a las actividades de la resistencia y era bien sabido en todo París que aquellos a los que las SS se llevaban para interrogar por lo general no volvían a aparecer.

También había visto, con sus propios ojos, las colas de gente que marchaban, bajo la vigilancia de guardias armados, hacia las estaciones de tren de la ciudad, donde se les forzaba a subir a los trenes que iban hacia el este. Y a ella le parecía que salía mucha más gente de la que llegaba.

Cuando volvió a sentarse en su sitio ante la mesa de costura, Claire le dio un codazo y le preguntó para qué la habían hecho bajar. Ella se sacó del bolsillo el billete de cinco francos y se lo enseñó a las demás, que soltaron una exclamación de envidia.

—Este fin de semana habrá salchichas o un tarro de paté, si es que hay en la carnicería —susurró Mireille a Claire mientras las demás parloteaban.

—No te preocupes por mí, el sábado por la noche saldré a cenar —repuso Claire, volviéndose hacia la luz, para ver mejor el intrincado adorno de abalorios que estaba haciendo en un corpiño de gasa.

—Pero es que últimamente no nos vemos, aparte de cuando estamos trabajando —dijo Mireille con pena.

Claire se encogió de hombros.

—Lo sé. Siempre sales por las tardes, cuando yo no lo hago.

—Bueno, uno de estos días vamos a pasar la tarde juntas y así podrás hablarme de ese hombre al que acabas de conocer. —Hacía poco que se había sabido en el taller que Claire «salía» con alguien, después de que una de las chicas del apartamento la hubiera visto saliendo del piso con medias de seda que debían de haber costado mucho más de lo que cualquiera de ellas podía permitirse con su sueldo. Al preguntarle, Claire había admitido que se las había regalado un admirador. El mismo con el que había estado la víspera de Año Nuevo.

La señorita Vannier dio unas palmadas para hacer que el murmullo de las chicas cesara.

—Ya está bien, vamos. Se acabó la diversión. No esperéis que os llamen a todas al salón para que los clientes os den propinas. Algo así solo sucede una vez cada mil años. ¡Silencio, por favor! Prestad atención a vuestro trabajo y guardaos vuestros cotilleos para los descansos.

Mireille tomó el forro que había dejado sobre la mesa y empezó, de nuevo, a coserlo dando puntadas rápidas y cuidadosas. Mientras lo hacía, se veía que no había sabido que algunas de las prendas que había estado haciendo eran encargos para el señor Leroux. Lo que la modelo llevaba era un abrigo de mujer, y lo que había encargado que estaba expuesto en el maniquí era un traje de mujer. ¿Acaso tendría esposa? ¿O una amante? ¿O ambas? Qué raro le resultaba relacionarse con tanta gente a través de la red y no saber nada sobre ellos, y eso a pesar de que la vida de todos estaba en manos de los demás.

Al día siguiente, al acudir a la tintorería a por más tela de seda, supo por qué la operación de la noche anterior había tenido que cancelarse. Habían atrapado a la señora Arnaud, la mujer del piso franco en el que ocultaban gente, saliendo de la panadería con más de una ración de pan en la cesta. El estraperlo, afortunadamente, no era suficiente delito como para que te deportaran y la mujer había tenido suerte, la habían soltado después de echarle una importante reprimenda. Pero entonces se había dado cuenta de que vigilaban la casa, así que se las había arreglado para hacer llegar al señor Leroux un mensaje diciendo que la operación de aquel día debía cancelarse. Los Arnaud tendrían que dejar de ocultar gente hasta que dejaran de sospechar de ellos. Así que las actividades deberían suspenderse durante un tiempo, según le dijo el hombre de la tintorería, hasta que consiguieran otras casas que pudieran servir de escondite para la red. Ya le haría saber cuándo era seguro volver a empezar.

Claire había pasado la mañana del sábado como siempre, haciendo cola frente a las tiendas con la esperanza de conseguir las raciones de comida para el fin de semana. Dos mujeres, que habían estado murmurando más adelante de la cola cuando ella se incorporó, se volvieron y le echaron una mirada desdeñosa fijándose en el pañuelo de seda y en las medias finas que llevaba. Ella les había devuelto la mirada desafiante, manteniendo la cabeza alta: ¿qué importaba que tuviera un novio alemán al que le gustaba mimarla? Solo porque ella no fuera una vieja pajarraca escuálida con varices en las piernas como ellas no había motivo para que le echaran aquellas miradas mientras la cola avanzaba, poco a poco.

En el camino de regreso a casa, volvió por la *rue* Cardinale, sacudió la bolsa de la compra, pensando en la sopa de guisantes que prepararía para almorzar, a la que añadiría un delicioso pedazo de panceta de cerdo que había conseguido en la carnicería.

Entonces vio al joven sentado en la puerta de Delavigne Couture, que se puso en pie al verla. Al principio no se dio cuenta de que era su hermano. La última vez que lo había visto tenía el pelo largo y despeinado y llevaba un jersey grueso de pescador, de lana gruesa manchada con gasolina de motor y aceite de pescado. Parecía distinto —más viejo, en cierto modo, incómodo y frágil, vestido con una cazadora de algodón, un atuendo de obrero, con el pelo, que solía llevar revuelto, cuidadosamente peinado, más corto, y con la nuca bien recortada, lo que dejaba a la vista la piel pálida.

—¡Jean-Paul! ¿Qué haces aquí? —exclamó.

El joven dio un paso hacia ella y luego dudó, como si no estuviera seguro de cómo saludar a la elegante joven en que se había convertido su hermana pequeña. Pero ella abrió los brazos y lo abrazó, respirando el aroma de humo de madera y de salitre y sintiendo una punzada inesperada de nostalgia mientras él la abrazaba también.

—Te veo muy bien, Claire. —Se echó hacia atrás para contemplarla, sonriente, con su tez morena, curtida por la intemperie, y sus ojos grises—. Pareces una dama parisina. Desde luego, la vida de la ciudad te sienta bien. No sé cómo puedes soportar vivir aquí, la verdad; para mi gusto hay demasiada gente y faltan barcos de pesca. —Hizo un gesto hacia la bolsa de lino blanco que estaba apoyada en el escaparate de Delavigne Couture—. Voy de camino a Alemania.

Me mandan a trabajar allí, en una fábrica. Me queda una hora o así antes de presentarme en la estación, así que pensé que podíamos vernos mientras estuviera en París.

Claire lo tomó de la mano.

—Ven al apartamento, entonces.

Sacó la llave del bolso, abrió la puerta y subieron.

—Oh, Jean Paul, no sé cómo decirte lo contenta que estoy de verte. ¿Cómo está papá? ¿Y los demás?

—Papá está bien. Me pidió que me asegurara de ver que estabas bien en la gran ciudad y que tenías suficiente para comer. Te envía esto.

Con una sonrisa, Jean-Paul sacó de la parte de arriba de la bolsa un paquete envuelto en papel de periódico y atado con una cuerda y lo puso en la mesa. Ella lo abrió y se encontró con tres caballas, con la piel brillante, tan plateada como el mar de la costa bretona del que habían salido.

—¿Y los demás? ¿Marc y Théo y Luc?

Su hermano puso cara seria y los ojos se le llenaron de tristeza.

—Théo y Luc fueron a luchar cuando se declaró la guerra. Siento tener que decírtelo así, pero Luc murió, Claire, cuando los alemanes rompieron la línea Maginot.

Claire jadeó y de repente se sentó en una silla. Se quedó lívida. Su hermano mayor, muerto desde hacía casi dos años y ella sin saberlo.

—¿Y Théo? —susurró.

—Nos dijeron que lo habían capturado y que estuvo en un campo de prisioneros de guerra durante un tiempo. Pero cuando Francia se rindió lo liberaron a condición de que trabajara en una fábrica alemana. Eso fue lo último que supimos. Espero poder enterarme de dónde está y pedir un puesto en la misma fábrica para que podamos estar juntos. Aunque no estoy seguro de que los alemanes lo vayan a permitir.

Claire enterró la cara entre las manos y sollozó.

—Gracias a Dios, Théo está bien. Pero Luc… se ha ido… Casi no me lo puedo creer. ¿Por qué no me lo dijiste?

—Papá te escribió. Te envió una carta, pero fue justo después de que los alemanes llegaran, así que probablemente se perdiera en la confusión. Y trató de enviarte una de esas postales oficiales, pero nos la devolvieron con el sello de «no admitida», pues había escrito más de las trece líneas permitidas. Está destrozado por la pérdida, Claire. No te imaginas cómo ha envejecido. Pasa cada minuto en la barca, casi no dice palabra. Marc y yo hemos tratado de apoyarlo, pero a veces se va solo, haga el tiempo que haga. Ni siquiera nos espera. Es como si no le importara arriesgarse así, como si no le importara vivir o morir.

Pasó un brazo alrededor de su hermana y esta sintió lo definidos que tenía los músculos, como si fueran cuerdas retorcidas, bajo el basto algodón del atuendo que llevaba, mientras sollozaba en su hombro.

—No te pongas triste —dijo él al fin, apartando el brazo para buscar un pañuelo arrugado que tenía en el bolsillo y que sacó, para que pudiera sonarse y secarse las lágrimas—. Marc se ha quedado para cuidar de papá por todos nosotros. Y yo estaré muy pronto cerca de Théo. Todos se pondrán muy contentos cuando sepan lo bien que te va aquí en París. ¿Podrías enviar una postal de vez en cuando a papá y a Marc si tienes tiempo? Les haría mucho bien, aunque solo fueran una o dos líneas. Papá guarda como si fueran un tesoro las postales de Navidad que nos enviabas, las tiene en la estantería de la cocina para verlas cada día.

Ella asintió con la cabeza, avergonzada por haber estado demasiado distraída con su propia vida como para pensar alguna vez en lo que sería de su familia en Bretaña. Porque al no haberle llegado las cartas que su padre había intentado enviarle, había asumido que no les importaba, que todos seguían allí, ocupados pescando todo el día y remendando las redes por las tardes. Pero ahora se daba cuenta de lo equivocada que había estado. Era la guerra lo que les había separado, no la falta de interés. El caos tras la rendición de Francia y las restricciones de la nueva administración la habían separado de su familia. Otra oleada de pena y añoranza la envolvió mientras se secaba las lágrimas de nuevo en el pañuelo de su hermano.

Acercándose a él, le puso una mano sobre las suyas.

—Vas a estar bien en Alemania, ya verás. Tengo un amigo allí, un hombre llamado Ernst. Es de una ciudad llamada Hamburgo. Dice que cuidan bien a los trabajadores franceses que van allí para ayudar en el esfuerzo de guerra.

Jean-Paul retiró la mano y la miró en silencio durante un buen rato. Luego asintió lentamente con la cabeza.

—Ese «amigo» alemán que tienes… ¿Es el que te compra esta ropa? ¿Es quien te ha dado estas joyas? —Señaló el colgante que llevaba en el cuello.

Sintió una punzada de culpabilidad en el corazón al percibir el tono de aquellas palabras que, aunque dichas con el mismo volumen de voz, sonaban acusatorias.

Lo miró a los ojos desafiante.

—No, Jean-Paul, este colgante es un regalo de mi amiga Mireille. A Ernst le gusta comprarme cosas bonitas a veces, es cierto. ¿Por qué no habría de gastarse el dinero en mí si le apetece?

—Es que él es el enemigo, Claire —repuso su hermano, tratando de no levantar la voz y reprimiendo la ira—. Es uno de los muchos que pudieron matar a Luc. De los que metieron a Théo en la cárcel. De los que han destrozado no solo nuestra familia, sino también nuestro país. —Sacudió la cabeza con tristeza—. ¿Es que nunca piensas en nosotros? ¿Tanto te has olvidado de tu familia, Claire?

La soga que le aprisionaba el corazón por la culpabilidad se tensó un poco más y por un instante se sintió aturdida por la oleada de emociones contrarias que la invadían. Ernst y yo… estamos enamorados. Le importo, Jean-Paul, en un mundo en que no importo a nadie más.

—Te equivocas, Claire. Nos tienes a nosotros. A tu familia. Siempre has tenido a tu familia.

—Pero no estáis aquí, ¿no? —Un destello de ira desafiante apareció en sus ojos—. Me las he tenido que arreglar yo sola, siempre, desde que perdimos a mamá. Y, por si no te has dado cuenta, el mundo ha cambiado.

El dolor en los ojos de su hermano la hería mucho más que las palabras acusatorias que había pronunciado.

—Puede que tu mundo haya cambiado. Pero algunos de nosotros nos negamos a rendirnos tan fácilmente. No tengo otra opción que ir a trabajar a Alemania; tenía que ser o Marc o yo, así que me ofrecí voluntario para librarlo a él. Pero puedes apostarte ese pañuelo de seda a la moda que tienes que encontraré a Théo y que, a la primera oportunidad que tengamos, nos iremos de allí. Esta guerra todavía no ha terminado, ¿sabes?

Se puso de pie y se colgó la bolsa de lona en el hombro.

—Debería marcharme ya. No quiero arriesgarme a llegar tarde a la estación.

—Te acompañaré —dijo ella, pero su hermano sacudió de nuevo la cabeza.

—No hace falta, Claire, ya me las apañaré.

Trató de devolverle el pañuelo arrugado, pero su hermano lo rechazó.

—Quédatelo. De un hermano a quien le importas.

—Jean-Paul, lo siento… —Claire empezó a llorar otra vez y las palabras se le atragantaban.

Él la abrazó de nuevo, brevemente, y se volvió para marcharse. Al oír sus pisadas alejarse escaleras abajo, dejó a un lado las caballas, cuyos ojos cristalinos y sin expresión la miraban desde su lecho de papel mojado, y apoyó la cabeza en los brazos, sollozando sin control mientras inspiraba el aroma a humo y sal de su hogar que se desprendía del pañuelo que apretaba con fuerza entre los dedos.

Harriet

Al escuchar la historia de Claire y Mireille durante la guerra, me cuesta entender el contraste entre el glamur y la extravagancia de la industria de la moda con la dureza y las penalidades que las costureras tenían que soportar, al igual que la mayoría de los franceses en aquellos años. Se trata de una yuxtaposición extrañamente grotesca.

Simone me cuenta que ha pedido a su abuela que deje por escrito más historias de las que recuerde, pero, claro, Mireille es ya una anciana muy mayor y avanza poco. Así que trato de reprimir la impaciencia.

Para entretenerme mientras espero a que lleguen las cartas de Mireille, me dedico a leer en Internet un montón de libros y artículos sobre ese período histórico y así entender el contexto en que se desarrollaba la vida de las dos amigas en el apartamento del ático. Según voy juntando las piezas, sigo escribiendo la historia de Claire y Mireille, completándola con el momento histórico siempre que puedo. De alguna manera me parece importante hacerlo, incluso aunque solo sea para mí, para que luego pueda volver a leer y releer esta parte de la historia de mi familia tomándome el tiempo necesario para asimilarla según va saliendo a la luz cada nuevo capítulo. Me sumerjo tanto en ello que a veces se me hace raro levantar la vista de lo que estoy escribiendo, con los pies doblados debajo del cuerpo y enroscada en el sofá de la salita del pequeño apartamento, y ver que Claire y Mireille no están tras la pared en la habitación de al lado. Casi puedo oír sus voces, imaginármelas mientras están cosiendo: remendándose la ropa, quizá, o rehaciendo un sombrero o una falda para ellas.

Tan pronto como tengo oportunidad, vuelvo al museo de la Moda en el Palais Galliera y me pierdo una vez más entre sus salas. Durante mi primera visita aquí me sorprendieron las galas, los adornos ostentosos y la suntuosidad de la moda de siglos anteriores. Pero en esta ocasión me fijo más. Entre las salas llenas de exposiciones impresionantes que llaman la atención del visitante hay una mucho más modesta. Un delantal de jardinero de lienzo; una bata blanca de peluquera; un par de *jeans* y una camisa que un día llevó un trabajador desconocido. El par de *jeans* está descolorido y remendado, pero cuenta una verdad sencilla. Esta ropa cuenta la historia de la vida de la gente que la llevó, devuelve a la vida la historia y la trae a nuestros días. Y qué ironía, medito, mientras permanezco de pie frente a ella, que los *jeans* descoloridos y rotos sean hoy lo más en moda. Resulta que estas piezas de ropa, sencillas, viejas y desgastadas han acabado por convertirse en la inspiración de los diseñadores actuales.

De mis visitas al museo también he aprendido que, incluso en los tiempos más difíciles, las mujeres se las han arreglado para encontrar un sentido de orgullo en su apariencia. Las parisinas encontraron maneras de arreglárselas con lo que tenían a mano y así ha quedado reflejado en la moda de los años de la guerra: elegantes turbantes servían para ocultar el pelo sucio o canoso; se pegaban cuñas de corcho en los tacones cuando se desgastaban; se embadurnaban las piernas con marrón de café y se pintaban la raya de las medias con carboncillo para crear la ilusión de que las llevaban. En las narices de la omnipresente propaganda nazi, las parisinas encontraban la manera de enviar un mensaje a los invasores: vestidas con ropa hecha por ellas mismas, mantenían la cabeza en alto; no las habían derrotado.

El lujo y el exceso de la industria de la moda actual parecen estar muy lejos de aquellos años de guerra. He llegado a la agencia demasiado tarde y me falta experiencia para que me permitan participar en la Semana de la Moda de París en septiembre. No me queda otra que mirar desde la barrera (o más bien, desde detrás del mostrador de recepción) mientras el ritmo de trabajo en la agencia se hace más frenético y luego, de repente, me dejan sola para que atienda un teléfono que no suena mientras los demás están acudiendo mañana, tarde y noche a los eventos de la semana. Simone aparece a veces para contarme cómo ha sido la última colección o a quién ha visto en la recepción de la tarde-noche.

Con pocos años más de experiencia que yo, Simone está bastante más relajada respecto a la oportunidad de sentarse entre el público, entre los editores de moda y las celebridades, y ver cómo desfilan por la pasarela las últimas colecciones que marcarán la tendencia para una temporada para la que todavía faltan meses.

Ahora que las cosas se han calmado en la oficina después del frenesí que siguió al inicio de la Semana de la Moda, que ha mantenido a todo el mundo en la agencia Guillemet ocupado durante los meses de otoño, decido darme el gusto de comer en el Café de Flore. Sé que es una de las paradas de las rutas turísticas e, inevitablemente, los precios están por encima de mi presupuesto, que no suele permitirme mucho más aparte de tomar un café y un cruasán un sábado por la mañana de alguna de las pastelerías que hay en las calles laterales del bulevar Saint-Germain. Pero desde que Simone me contó cómo Mireille había conocido allí al señor Leroux, me he prometido a mí misma que iría un día. Le pregunto si quiere venir conmigo, pero sacude la cabeza, los rizos le bailan al hacerlo, y me dice que le han pedido que ayude a una de las gestoras de cuentas a preparar una oferta para un nuevo cliente.

Me encojo de hombros con el abrigo puesto, salgo de la oficina y voy calle arriba en dirección al bulevar Saint-Germain. Tras un instante de duda, envío un mensaje de texto a Thierry preguntándole si le gustaría almorzar conmigo.

Me lo pasé bien en el concierto al que me invitó la otra noche y me impresionó verlo trabajar, lo vi bajo una nueva luz. Se le veía tranquilo y capaz, sentado detrás de un montón de tecnología, con los dedos balanceándose cuidadosamente para controlar los niveles de sonido durante la actuación. Un grupo de amigos suyos vinieron con hamburguesas después y fue una velada muy tranquila, aunque seguimos hablando bastante de las víctimas de la sala Bataclan, cuyo recuerdo siempre estará presente. Desde entonces nos hemos visto unas cuantas veces, siempre entre un montón de gente. Me he dado cuenta de que Simone no ha venido, no obstante. Siempre encuentra una u otra excusa para estar en otra parte. La ligera frialdad que se ha instalado en nuestra relación desde que Thierry y yo nos conocimos sigue ahí, creo, pero es obvio que está haciendo un esfuerzo por que nuestra amistad y la que mantiene con Thierry no se vean afectadas. Me alivia que, con un poco de valentía, haya decidido venir con el grupo al bar el próximo viernes por la noche.

Cuando salimos juntos, Thierry siempre acerca su silla a la mía y hablamos durante horas, casi siempre sobre trabajo, pero a veces sobre las últimas noticias de las redadas policiales y los arrestos que se producen, ya que la amenaza terrorista sigue latente bajo la superficie de la vida en la ciudad. Le he hablado, también, de la fotografía que me ha traído a París y le he contado algunas de las historias de Claire y Mireille. Así que creo que puede que le apetezca acompañarme al Café de Flore, justo a la vuelta de la esquina de la *rue* Cardinale, donde se produjo el primer encuentro de Mireille con el señor Leroux. Pero me suena el teléfono móvil, un mensaje: que lo siente, pero que está preparando un equipo para un concierto al otro lado de la ciudad y que no puede venir. Me promete que otra vez será.

En el café, en la esquina del concurrido bulevar Saint-Germain, encuentro una mesa para dos libre, entre otras dos más grandes, y pido. Mientras el camarero se aleja en busca de pan y una jarra de agua, echo un buen vistazo a mi alrededor. El café no puede haber cambiado mucho desde la guerra. Los paneles de madera oscura y las columnas blancas siguen en el mismo sitio y los adornos de bronce brillan entre las botellas de Aperol y Saint-Raphaël. Puedo imaginarme a Mireille cuando llegó aquí la primera vez y cómo el corazón debía de latirle mientras se abría paso entre las mesas llenas de oficiales alemanes para llegar hasta su contacto al fondo de la ruidosa sala.

Supongo que a veces el mejor camuflaje es esconderse a la vista de todos. Pero debió de tener agallas para hacerlo.

La desilusión que me causó el papel menos activo de Claire se ha atemperado un poco al empezar a conocer los hechos relativos a lo que pasaba en su propia casa. Puedo entender muy bien que deseara dejarlo, ya que pensaba que allí no había nada para ella, y que tratara de encontrar otro lugar en el mundo. Al igual que ella, a mí me llaman la emoción y la creatividad del mundo de la moda. Y, también como ella, sé lo que se siente cuando pierdes a tu madre. Debía de detestar la vida en el pequeño pueblo de pescadores de Bretaña, la misma vida que había llevado su madre, mi bisabuela, y que la había arrastrado a la oscuridad hasta superarla por completo.

Mientras pienso en la pérdida de Claire, en cómo debía de sentirse siguiendo su modesto féretro cruzando el cementerio hasta llegar a la fosa recién cavada, un vehículo policial pasa a toda velocidad, con la sirena sonando. A través de las ventanas del café, veo un instante el brillo de las luces azules que luego desaparecen.

No es más que una visión momentánea, pero el ruido de la sirena y las luces hacen que me invada una ola de pánico tan poderosa que me quedo sin respiración. Tomo la jarra de agua y me sirvo un poco en el vaso, con la mano temblando, mientras trato de tranquilizarme.

A veces no pienso en ello. Son momentos en que guardo este asunto en un compartimento de mi mente que ha permanecido sellado durante años. Pero ahora, aquí, en el Café de Flore, entre los turistas y las parisinas *chic* que vienen aquí a almorzar, una imagen se representa frente a mis ojos, como si la mano de alguien se me hubiera metido en la cabeza y dado la vuelta a una llave, abriendo el compartimento en un segundo mientras estoy distraída pensando en Mireille y Claire.

En mi mente veo las luces azules de otro vehículo policial. Aunque este no circula a toda prisa. Al contrario, está aparcado a la puerta de mi casa. Siento unas manos extendiéndose para sujetarme, reteniéndome mientras trato de correr hacia una puerta que está entreabierta. Oigo a los vecinos hablando en voz baja y la siniestra sibilancia de la palabra que pronuncian: suicidio. Es una pesadilla que he tenido muchas, muchas veces, emboscada en la noche por sueños de esas luces azules que se encienden y se apagan y de huir de ellas, corriendo y corriendo para llegar a ninguna parte, una pesadilla de la que me despierto luchando por respirar, con las lágrimas cayéndome por las mejillas y el corazón que me late en la garganta.

Y cada vez que me despierto, me doy cuenta de que solo ha sido una pesadilla.

Pero aun así no estoy bien. Nunca.

El camarero me deja la ensalada delante y me recompongo, tratando de sonreír, sacudiendo la cabeza cuando me pregunta si deseo algo más. Me pongo a comer. Normalmente, devoraría el almuerzo, pero hoy no tengo apetito. Estoy demasiado ocupada pensando en ese *flash* que me ha venido a la mente, sin duda, al pensar en la muerte de mi abuela y en el vehículo policial que acaba de pasar.

Entonces me doy cuenta de que junto con el *shock* de todas las vívidas imágenes que he ido suprimiendo durante tantos años, aparece otro sentimiento constante que se convierte en una pregunta en mi mente: ¿de quién es la mano que se me ha metido en la cabeza y ha abierto ese compartimento cerrado? Tengo la sensación de que no pertenece a nadie que conozca. No es ni la mano de mi abuela Claire ni la de mi madre.

Los latidos de mi corazón se enlentecen y entonces echo un vistazo por el café, abarrotado y ruidoso, imaginándome en él a Mireille y a Claire, hace ahora medio siglo. Me doy cuenta de que estoy buscando a alguien más, alguien que falta. La tercera chica de la fotografía.

¿Dónde está Vivienne?

1941

*T*odas las cabezas en el taller de costura se volvieron cuando la señorita Vannier entró con la nueva. Se produjo un silencio momentáneo, el zumbido de las máquinas de coser desapareció y el murmullo bajo de las conversaciones interrumpidas cesó. Un alfiler de los que Mireille estaba utilizando para prender una blusa cayó al suelo e hizo un leve ruido. Se agachó, rápidamente, para recogerlo antes de que saliera rodando y se metiera entre una de las rendijas de las tablas y se perdiera: reponer cualquier cosa resultaba caro ahora que los suministros de metal se enviaban principalmente a las fábricas de munición en Alemania.

Al erguirse otra vez, vio que la señorita Vannier estaba presentando a una nueva costurera.

—Chicas, esta es Vivienne Giscard. Viene de un taller en Lille, donde ha adquirido una experiencia muy valiosa trabajando con tela de gasa. También te ayudará a ti, Claire, en el corte y cosiendo abalorios. Y se quedará en el apartamento de arriba. Por favor, echadle una mano para que se sienta como en casa.

Mireille movió su labor a un lado para hacer sitio en la mesa y luego colocaron una silla para Vivienne, que sonrió a sus nuevas vecinas al tiempo que dejaba su equipo de costura y se ponía una bata blanca recién planchada.

A Mireille le gustó de inmediato el aspecto de la recién llegada al equipo. Tenía los ojos grandes, de color avellana, y el pelo largo y castaño recogido en una gruesa trenza para que no le molestara al trabajar. Sería bueno tener una nueva compañera de piso, sobre todo ahora que las demás chicas se habían ido y solo estaban Claire y ella en el apartamento. Sus caminos parecían llevarlas en direcciones muy diferentes y la distancia entre ellas parecía mayor que nunca. Así que quizá la presencia de la nueva les ayudase a aligerar la atmósfera un poco.

Aquella tarde, las tres chicas compartieron la cena, y Vivienne sacó una tableta de chocolate para completar la comida, consistente en pan y sopa.

—¡Una de las pocas ventajas que tiene que Lille pertenezca ahora a Bélgica! —dijo, al tiempo que retiraba el papel que la envolvía, blasonado con la palmera y el elefante de Côte d'Or—. La verdad es que elaboran un chocolate muy bueno, pueden conseguir los ingredientes.

A Mireille se le hizo la boca agua al verlo y al tomar una onza suspiró de satisfacción y lo dejó derretirse en la lengua.

—No recuerdo cuándo fue la última vez que saboreé algo así de delicioso. ¿Cómo te las has arreglado para conseguirlo?

Vivienne sonrió y sus enormes ojos parecieron iluminarle toda la cara.

—Ha sido un regalo de despedida de mi familia. Creo que les preocupaba que no hubiera nada que comer en una gran ciudad tan mala como esta.

—Bueno, pues en eso tenían bastante razón —rio Mireille, haciendo gestos hacia los tazones de sopa vacíos y las migas desperdigadas sobre la tabla de cortar pan que era todo lo que quedaba de su escasa cena—. ¿Sigue tu familia en Lille?

—Mis padres viven al norte de allí. —Vivienne sacudió una mano vagamente y pasó el chocolate otra vez.

—¿Tienes hermanos o hermanas? —preguntó Claire, al tiempo que se metía otra onza de chocolate en la boca.

—Solo un hermano. ¿Y vosotras?

Mientras las chicas charlaban, saboreando cada deliciosa onza de chocolate, a Mireille le parecía que alrededor de aquella mesa esa tarde se estaba formando una nueva amistad, cosa que sabía incluso mejor que cualquier elaboración que pudiera preparar un chocolatero belga. Claire parecía también más contenta y relajada con la nueva compañera de piso, pues llenaba los silencios, que habían sido tan intangibles y fríos como la niebla sobre un río, y que habían permeado el apartamento durante las últimas semanas.

Además de acercar a Mireille y Claire, Vivienne trajo consigo noticias de una Francia muy distinta, la que había más allá de los límites de la ciudad.

—En el avance de los ejércitos de Hitler, Lille fue sitiada. Fueron unos días terroríficos. La guarnición francesa luchó desesperadamente y pudo mantener la ciudad libre el tiempo suficiente como para que las tropas aliadas fueran evacuadas de Dunkerque. Pero, al final, el poder de los nazis fue aplastante. Llevaron sus tanques hasta el centro de la ciudad y obligaron a nuestras tropas a rendirse. Miles de soldados marcharon por la Grand'Place como prisioneros de guerra. Les llevó horas pasar. —Vivienne sacudió la cabeza, recordando aquella visión—. Y luego se los llevaron. Y de repente, nuestra ciudad dejó de ser francesa. Los alemanes dibujaron nuevas fronteras en sus mapas y decretaron que Lille pasaba a la administración belga. Han sido un par de años desconcertantes.

Vivienne describió cómo había sido forzada a trabajar en las hilaturas para producir hilo para los alemanes.

—Pero me las arreglé para seguir ganando algún dinero aparte cosiendo para otros. Al no haber ropa nueva, resultó ser que mi oficio era más necesario que nunca entre amigos y vecinos. Incluso le hice un traje a la condesa de Rivault, con un par de cortinas que había rescatado de su casa antes de que se la incautaran para usarla como cuartel para los oficiales alemanes. Fue ella quien me ayudó a conseguir el empleo aquí, en Delavigne Couture. Antes de la guerra era una buena clienta.

En la cama aquella noche, mientras esperaba a dormirse, Mireille pensó en su nueva amiga. Vivi, como habían empezado a llamarla enseguida, parecía de veras un espíritu afín y estaba encantada de que estuviera en el piso. Además, mientras los pinchazos que le producía el hambre —que aquellas pocas onzas de chocolate no habían podido calmar— le atenazaban el estómago, se dio cuenta de que Vivi había contado muy poco sobre sí misma. Había dado multitud de detalles sobre su trabajo en un taller de modistas antes de que la guerra llegara a Lille, donde se había especializado en la confección de chales de gasa para las damas de sociedad; les había contado lo duro que había sido el trabajo en la fábrica, haciendo funcionar la maquinaria que producía miles de metros de hilo por hora bajo el ojo atento de un capataz alemán; y había hablado de las noches en vela oyendo los bombardeos de la aviación británica sobre las metalúrgicas cercanas y sobre el ferrocarril. Pero, al empezar a pesarle los párpados, Mireille se dio cuenta de que todo lo que había contado parecía impersonal, de alguna manera, que era como el corto de un cine. No había hablado mucho de su familia, de los padres y del hermano que había mencionado.

No importa, pensó, ya habría otras tardes que pasaran juntas en las que compartirían raciones e historias. Y, cuando por fin le llegó el sueño, curvó los labios en una sonrisa de satisfacción, como siempre hacía a pesar del hambre y del frío y de la omnipresente ansiedad que sentía por que la atraparan o la denunciaran por formar parte de la resistencia. Al final, dejó de lado las cargas que soportaba en silencio mientras estaba despierta y se durmió.

A Claire también le gustaba la compañía de Vivi. Era como un soplo de aire fresco en el apartamento y le gustaba tener a alguien con quien hablar de Ernst. Vivi le hacía preguntas y parecía entender la relación que mantenía de un modo que Mireille no podía o no quería entender. Aunque debía admitir que Mireille estaba un poco menos tensa con Vivi allí. La chica tenía algo que lo hacía todo más fácil, más ligero, y hacía que eso fuera contagioso; su amabilidad había hecho que el ambiente en el taller de costura mejorara enormemente, al igual que en el apartamento, por lo que a ella le concernía.

Una noche Ernst la llevó a cenar a la *brasserie* Lipp, un animado restaurante en el bulevar Saint-Germain conocido por servir un copioso menú al estilo alemán. Claire era incapaz de recordar la última vez que había comido tan bien mientras tomaba los cubiertos y hacía incursiones en su plato de medallones de cerdo acompañados de Calvados y nata. Ernst se comió el suyo con gusto, pero ella dejó pronto el cuchillo y el tenedor sobre la mesa al descubrir que aquella copiosa comida era más de lo que su estómago podía admitir o de lo que estaba acostumbrado a admitir. Miró a su alrededor admirando las paredes alicatadas que hacían dibujos de flores y vegetación, así como los espejos, grandes y altos. Y en aquel momento tuvo que mirar dos veces al ver una cara familiar. Reflejado en los espejos vio el rostro de una joven cuyo cabello rojizo le caía por la espalda en una enorme trenza. ¡Era Vivi! Tuvo que estirar un poco el cuello para ver con quién estaba. Había otras dos personas sentadas a la misma mesa. Uno era un hombre con el pelo de color arena que llevaba una camisa blanca almidonada y una corbata de cachemira; tenía un aire distinguido y parecía tranquilo, claramente acostumbrado a desenvolverse en aquel ambiente caro. Mientras lo observaba, levantó una botella de vino que sacó de una cubitera que había junto a la mesa y alargó el brazo para llenar la copa de la tercera persona allí sentada, una mujer algo corriente que vestía un uniforme gris. «Vaya, —pensó Claire—, así que no soy la única que disfruta de la compañía de nuestros vecinos alemanes». Se preguntó si ir hacia allá y saludar a Vivi, quizá presentarle a Ernst. Tal vez pudieran irse de fiesta después, a bailar en algún club nocturno.

Pero cuando le sugirió la idea a Ernst, él miró hacia donde estaba Vivi y pareció reconocer a la mujer del uniforme.

—No —dijo, limpiándose la grasa de los labios con una servilleta de hilo—. No vayamos. La conozco de la oficina, es muy aburrida. Me apetece mucho más estar en tu compañía que tener que compartirla con alguien más. Tal vez puedas presentarme a tu amiga en otra ocasión, no obstante. Parece muy agradable.

—Lo es —dijo Claire—. Es muy divertida. Y también es una buena costurera.

Al día siguiente, mientras las demás hablaban en el taller de costura, Claire le preguntó a Vivi si se lo había pasado bien durante la cena la noche anterior. ¿Era su imaginación o Vivi parecía un poco sorprendida?

—No me di cuenta de que también estuvieras allí —dijo—. Deberías haberte acercado a saludar.

—No te preocupes. —Claire sonreía—. Ya me presentarás a tus amigos en otra ocasión. Y no se lo contaré a Mireille. ¡Creo que las dos sabemos lo cerrada que puede llegar a ser!

Vivi asintió con la cabeza y bajó la vista a su labor, mientras el sonido de los tacones de la señorita Vannier por los tablones del suelo puso fin a su conversación.

Solo había una cosa que estorbaba la floreciente amistad de Claire con Vivi. Ese vistazo de una vida social era raro y las siguientes invitaciones que le hizo a restaurantes y clubes nocturnos las rechazó educadamente. Por encima de todo, a Claire le parecía que Vivi era más que concienzuda con su trabajo. A menudo, cuando todo el mundo había recogido ya para irse, ella se quedaba sola en el taller trabajando en alguna labor especialmente compleja o cosiendo a mano con mucho cuidado el dobladillo de una falda de gasa, haciendo destellar la aguja bajo la luz de una lámpara inclinada mientras iba levantando las hebras, una a una, del delicado tejido que tenía en el regazo.

—¡Trabajas demasiado! —le dijo Claire cuando apareció en el apartamento mucho después de que la ciudad hubiera quedado a oscuras por el toque de queda.

Vivi sonrió, pero en su cara se dibujaba el cansancio.

—El trabajo en ese vestido de noche me está ocupando más tiempo de lo que esperaba. Pero mañana es sábado, así que no tendré que levantarme pronto.

—Salgamos entonces. Casi no has tenido oportunidad de ver nada de París. Ernst y yo pensábamos ir al Louvre mañana, pero resulta que tiene que trabajar. Vayamos tú y yo. Mireille también, si quiere venir.

Y así fue como las tres se pusieron sus mejores faldas y rebecas y salieron juntas a la calle. Vivi sacó una cámara de su bolso.

—Si vamos a hacer turismo, entonces debo hacer fotos. —Pidió a Claire y Mireille que se pusieran frente al escaparate de Delavigne.

—¡Espera! —gritó Claire. Corrió hasta un ciclista que acababa de bajar de la bicicleta—. Señor, por favor, ¿sería tan amable de hacernos una foto a las tres? —preguntó.

—*Bien sûr.* —El hombre sonrió al ver a las chicas vestidas para salir y sacó la foto—. *Bonne continuation, mesdames.* —Sonrió al tiempo que devolvía la cámara a Vivi y seguía su camino con su bicicleta por el bulevar y silbando alegremente.

Riendo y hablando, Claire, Mireille y Vivi caminaron hacia el río y cruzaron a la orilla derecha, con Vivi deteniéndose para hacer fotos de Notre-Dame y de la Île de la Cité.

Los tilos de los jardines que había junto al Sena estaban cubiertos con sus frescas galas y ondeaban y se sacudían al paso de las chicas por la orilla de aquel soleado sábado de mayo en el que soplaba una suave brisa.

A pesar del descontento por no haber podido ir con Ernst, Claire estaba animada. Ya habría otras oportunidades para venir aquí con él en los días de verano que todavía estaban por llegar. Ambos pasearían por aquellas mismas calles, de la mano, haciendo planes para su futuro juntos. Incluso se atrevió a imaginar otros veranos por llegar en que pasearía por aquí, con un anillo de casada en el dedo, empujando un cochecito con un bebé rubito y regordete que se reiría y saludaría a las ramas de los tilos moteadas por el sol. Pero, de momento, se dio cuenta de que la compañía de sus amigas le servía para compensar que él no estuviera allí.

Se sintió más alegre de lo que se había sentido en meses. Había estado tan sola desde que llegara a París que la visita de Jean-Paul le había hecho ver lo apartada que había estado de su familia y de sus raíces en Bretaña. Había escrito a su padre y a Marc a Port Meilhon.

Aunque las postales oficiales que se podían enviar solo permitían escribir unas cuantas líneas, sin más, les había contado que se encontraba bien y que estaba contenta en París, que los echaba de menos y les enviaba su cariño. Había tenido una sensación de alivio al echar la carta al buzón en la oficina de correos, sentía que estaba restableciendo la conexión con su familia, y solo entonces se dio cuenta de que sentía de corazón todo lo que había escrito. Y guardó como un tesoro la carta que le llegó de su padre en respuesta, con sus pocas líneas escritas en las que le decía lo mucho que la quería.

Ninguna de las tres había estado antes en el Louvre, así que al entrar todas sintieron admiración al ver el enorme vestíbulo del museo tras pasar entre un par de guardas que estaban de pie, como centinelas, junto a la puerta.

Pasearon por salas en las que había paredes y pedestales vacíos, era como si muchas de las obras de arte que se exponían hubieran desaparecido misteriosamente; muchas galerías estaban cerradas del todo. Sin embargo, aún quedaban suficientes cuadros y esculturas por los que interesarse. Las chicas se fueron distanciando un poco mientras se movían despacio por las galerías que permanecían abiertas, perdiéndose entre paisajes atemporales y entre las caras de los retratos que las miraban desde el pasado.

Al volver una esquina, Claire se encontró en una sala en la que había unas enormes esculturas de alabastro del Renacimiento italiano. Casi no se dio cuenta de que Mireille y Vivi estaban entrando en la galería tras ella cuando se acercó a una mujer reclinada, que se encontraba acordonada por un cordel de terciopelo rojo, y admiró el modo en que el tejido que la cubría, tallado en algo tan duro como la piedra, parecía fluir y ser tan frágil como las sedas con las que las costureras trabajaban a diario.

De repente, le llamó la atención el perfil de un joven que estaba dando vueltas alrededor de la estatua de un emperador romano que había un poco más adelante. Le llevó un momento reconocerlo vestido de civil, pero entonces el corazón se le aceleró de la emoción. Fue hasta él.

—¡Ernst! —llamó, y corrió hacia él, con la cara radiante por la inesperada alegría de encontrarlo allí.

Al oír su nombre, el joven se volvió hacia ella. Pero en lugar de mostrar la misma alegría, vio que tenía el semblante abatido y daba un paso atrás, alejándose, y levantando una mano como si quisiera apartarla si se acercaba más.

Confundida, Claire dudó y vaciló al sonreír. Entonces se quedó helada al ver aparecer, por detrás del pedestal de la estatua, a una mujer vestida con un bonito traje de tweed. Llevaba de la mano a un niño cuyo cabello era casi del mismo rubio casi blanco que el de su madre. Mientras Claire los miraba, horrorizada, la mujer alargó el brazo que le quedaba libre para agarrar a Ernst por la espalda, diciéndole algo en alemán. Y el niño levantaba los brazos para que este lo alzara del suelo diciendo «*Vati*»[1].

Cuando los tres se dieron la vuelta y salieron de la galería, Claire sintió que le temblaban las rodillas y se agarró al cordón rojo de terciopelo, un cordón igual que aquel que había en el club nocturno para separar las mesas en la víspera de Año Nuevo, para intentar mantener el equilibrio.

Entonces Mireille y Vivi aparecieron a su lado y la sujetaron, tratando de que no cayera al suelo. La llevaron fuera mientras el corazón se le hacía mil pedazos.

---

1 N. de la Trad.: *Vati* es «papi» en alemán.

Harriet

*H*abiendo escuchado el último capítulo de la historia de Claire, planeé una visita al Louvre. Ha sido difícil encontrar tiempo suficiente para visitar tantos sitios porque el ritmo de trabajo del año en la agencia Guillemet lo dictan los *Shows* —con letra mayúscula—. Ahora mismo, aunque sea enero y el cielo gris y húmedo del invierno cubra la ciudad, estamos preparando el *Show* de alta costura primavera/verano, que tendrá lugar a finales de mes. Ya estoy entusiasmada y decidida a hacerlo bien para que cuando lleguen los preparativos para la próxima Semana de la Moda de París pueda participar más. Sé que será agotador, pero también emocionante y estoy deseando vivir la experiencia.

Por fin hay un poco de calma. Es un domingo deprimente y el apartamento se me hace frío y un poco claustrofóbico: el día perfecto para visitar el Louvre. Thierry acepta acompañarme y nos encontramos junto a la pirámide de cristal que señala la moderna y elegante entrada del museo, en la plaza del Carrousel. Me está esperando, cuando llego, con las manos metidas hasta el fondo de los bolsillos de su parka y el pelo despeinado por el viento que sopla en la plaza abierta. Nos abrazamos, brevemente y de manera un poco incómoda, dándonos cuenta de que es la primera vez que salimos juntos solo él y yo, sin un montón de amigos y de gente que vaya a un concierto a nuestro alrededor haciendo ruido que cubra cualquier silencio.

Pero resulta que no hay silencios, y los que hay resultan cómodos mientras pasamos la tarde paseando sin rumbo fijo por las galerías. El museo está bastante más concurrido actualmente de lo que debió de estar durante la guerra, cuando los franceses escondieron algunos de sus tesoros artísticos de más valor y los alemanes se apropiaron de muchos otros. Ahora las colecciones han vuelto a su sitio y el Louvre es un lugar distinto, claro, con sus elegantes y modernas pirámides de cristal fuera y otras novedades.

En una de las salas, Thierry sigue paseando mientras yo me detengo frente a una estatua de alabastro, una mujer reclinada cuyos ropajes fluidos contradicen la solidez de la piedra en que están tallados. ¿Será esta la escultura que mi abuela estaba mirando cuando vio a Ernst y su familia aquí hace tantos años?

Desde que me contaron la historia de la humillación que sufrió y de que se le rompió el corazón en el Louvre, he echado más de menos que nunca tener una conexión cercana con ella. He analizado la fotografía y el corazón me ha dolido al imaginarme el día en que la hicieron: un día que empezaba tan bien, lleno de alegría y optimismo en el momento en que mi abuela se vestía para salir con su ropa de domingo y salía con sus amigas. Un día que acabó tan mal.

Me doy cuenta de que, de una manera cada vez más intensa, la vergüenza que sentía por la ingenuidad y falta de acierto de mi abuela al escoger pareja está siendo reemplazada por simpatía hacia ella y por una cierta ira hacia Ernst. ¿Cómo se atrevió a tratarla tan miserablemente jugando con sus sentimientos, aprovechándose de su juventud e inocencia para decepcionarla así? ¿Sería el daño ocasionado por aquel encuentro devastador en el Louvre una de las cosas que contribuyeron a que su corazón fuera tan frágil? ¿Sería fuerte para recuperarse de aquello, o ese día algo se rompió dentro de ella para siempre? ¿Sería el impacto de aquel encuentro efímero tan fuerte que le causó un daño irreparable? ¿Puede un corazón romperse de verdad?

Y, si así fue, ¿sería ese uno de los momentos que selló el destino de mi propia madre, el mismo que hirió a mi abuela también? Además, a mí también me asusta. Porque me pregunto si también ese será el destino ineludible que me espera, sentir que ambas me abandonaron... Y saber que mi conexión con la vida podría ser tan frágil y tenue como la suya.

Trato de quitarme de la cabeza semejantes pensamientos y salgo a toda prisa de la galería de las esculturas. Necesito alcanzar a Thierry y tener cerca su confortante presencia. Ojalá Mireille y Vivienne estuvieran también conmigo, en momentos así, para que así pudiera absorber su fuerza y su alegría de vivir.

1942

A pesar de que Mireille y Vivi fueron tan amables con ella al regresar al apartamento tras aquel encuentro horrible con Ernst y su familia en el Louvre, Claire se encerró en su habitación para no ver la pena escrita en su cara sabiendo lo tonta que había sido.

Mireille llamó a su puerta esa noche para llevarle un tazón de caldo caliente.

—Vamos —dice, con una amabilidad que no hace otra cosa que arrancarle las lágrimas de los ojos—. Tienes que comer. Debes mantenerte fuerte.

Claire niega con la cabeza, se siente enferma por la humillación, pero Mireille insiste y se sienta en la cama que hay junto a la suya.

Entonces Claire se desahoga y empieza a sollozar.

—¿Cómo puedo haber sido tan estúpida? ¿Es que me habrá escogido porque se dio cuenta de que era una tonta que caería a sus pies al ver sus encantos?

Mireille niega con la cabeza.

—No eres tonta. Solo joven e inexperta en las maneras del mundo. Quizá percibió tu inocencia. Te dijo las palabras que querías escuchar.

—Sí, pero me las tragué sin pararme a pensar si había algo de verdad en ellas. —Se le ponen las mejillas coloradas al recordar los apartes que solía hacer con sus colegas oficiales cuando salían, cómo todos se reían. En aquellos momentos, le contó a Mireille, pensaba que no eran más que bromas sin malicia, de esas que se gastan cuando se sale en grupo. Pero ahora se preguntaba cuántas de esas bromas habría gastado a sus expensas.

Superada por la humillación y la vergüenza, se puso a sollozar en el hombro de Mireille mientras le hablaba de su familia. Mientras estaba con Ernst se había olvidado de las palabras de su hermano Jean-Paul y había justificado lo que hacía diciéndose que este no entendía lo duro que era vivir en la ciudad. Las mujeres no tenían poder la mayoría de las veces, y la guerra había intensificado ese sentimiento, pero cuando estaba con Ernst sentía seguridad al tiempo que disfrutaba del lujo de ser mimada y envidiada. Ahora se daba cuenta de que ese sentimiento de seguridad se sustentaba sobre la idea de que ella misma había conseguido medias de seda y copas de champán.

—¿Cómo puedo haber traicionado a mis propios hermanos de ese modo? Oh, Mireille, no puedo soportar imaginarme lo que pensarán de mí. Jean-Paul se ha ido a los campos de trabajo sabiendo que era… —dudó, buscando las palabras que decir con cuidado— … Sabiendo que disfrutaba de las atenciones del enemigo. ¡Ojalá pudiera decirle que ahora sé lo equivocada que estaba!

Mireille le acarició el brazo para reconfortarla. Con un suspiro, dijo:

—Bueno, desde luego no eres la primera a la que le han llenado la cabeza de pájaros con la promesa de un poco de lujo e indulgencia. Pero lo importante es que has aprendido la lección. La próxima vez que un apuesto oficial alemán se cruce en tu camino, estoy segura de que no picarás en el anzuelo.

—Desde luego que no picaré —sentenció Claire, con una vehemencia que hizo que Mireille sonriera—. Odio a los nazis. Por todo lo que han hecho. A mí. A mi familia. A mi país.

Mientras cuidaba de su corazón roto y trataba de centrarse en el trabajo durante los meses que siguieron, Claire sentía que el cambio estaba en el aire. Cuando los alemanes los invadieron reinaba un ambiente de incomprensión adormecida entre los ciudadanos de París.

Y puede que resultara tentador creer lo que decían los pósteres de propaganda que aparecieron aquellos días. Mostraban a los soldados nazis con aspecto amable protegiendo a los franceses y proveyendo de comida a los niños muertos de hambre. Pero según iba corriendo el calendario hacia otro año de guerra, eso había ido cambiando.

En la ciudad dominaba una sensación de volatilidad. Se contaban historias de protestas y de actos de desafío y algunos miembros de la resistencia incluso se atrevían a atacar a los invasores alemanes. Naturalmente, las represalias por semejantes actos eran rápidas y brutales: había ejecuciones en las calles, y todo el mundo había oído hablar de trenes que transportaban gente en vagones para ganado que cada vez salían con más frecuencia desde la estación de Austerlitz y de la del Este. Se rumoreaba también que había un campo de internamiento en Drancy, a las afueras, en el noroeste de la ciudad, adonde enviaban a los residentes judíos que habían sido arrestados en redadas. El hecho de que dicho campo estuviera a cargo de la policía francesa en lugar de bajo la vigilancia de guardias alemanes solo añadía mayor malestar al que empezaban a sentir cada vez más parisinos.

Y ahora aquel malestar empezaba a abrirse paso en su conciencia. Estaba preocupada por sus hermanos, Jean-Paul y Théo. No había recibido noticias suyas. ¿Habrían conseguido encontrarse en Alemania? Ojalá lo hubieran hecho y trabajaran juntos en alguna fábrica, en alguna parte, apoyándose moralmente hasta que pudieran volver a su casa en Francia. Sentía pena por Luc, y las náuseas le subían a la garganta cuando pensaba en su cuerpo en una tumba de guerra en el este, todo aquel tiempo que había pasado tan tontamente con Ernst —un agente del mismísimo régimen que había asesinado a su hermano—. Era como si hubiera estado sonámbula durante todos esos meses, seducida por la ilusión de que el dinero y el glamur cambiarían su vida, distrayéndola de la realidad de que lo que estaba sucediendo en el mundo que la rodeaba.

No obstante, según pasaba el tiempo y la moral de la ciudad cambiaba, Claire también sentía el cambio en ella misma. Había empezado a recomponer su corazón roto —como hacen los corazones si se les da el tiempo suficiente y cuentan con el cariño de buenas amigas— y, mientras se iba reparando, se convirtió en algo nuevo. La dura lección que había aprendido la había forzado a reflexionar en la persona que era en realidad y en la persona que quería ser, y había descubierto dentro de sí una nueva resolución.

Así las cosas, una tarde en que Vivi se había quedado trabajando otra vez en el taller de costura, llamó a la puerta de Mireille.

—¡Pasa! —le dijo su amiga desde dentro.

Claire atravesó el umbral y entró en la minúscula habitación de la azotea. Se quedó en pie en silencio un momento, con los puños cerrados en los costados. Luego dijo:

—Quiero ayudar. Dime qué puedo hacer, Mireille. Estoy lista para devolvérsela.

Su amiga se levantó de donde estaba sentada en la cama y cerró la puerta, sin hacer ruido, pero con firmeza. Luego estiró un poco la colcha de retacería e indicó a Claire que se sentara.

—No es tan fácil, Claire. ¿Estás segura de querer dar este paso? —le preguntó en voz baja.

Claire asintió con la cabeza.

—Los odio. Odio lo que me han hecho a mí personalmente, a mi familia, y lo que siguen haciendo en nuestro país. Lamento haber tardado tanto en darme cuenta, pero ahora estoy preparada.

Mireille la miró un buen rato, valorando, como si estuviera viendo a su amiga por primera vez.

—De acuerdo, entonces —dijo por fin—. Hablaré con alguien. Te diré algo.

Aquella noche Claire durmió mucho más profundamente de lo que lo había hecho en años, como si aquella resolución le hubiera proporcionado una manta de más que la abrigase del amargo frío que la había mantenido helada durante tanto tiempo. Y mientras se derretía ese frío, los pedazos de su corazón roto volvían a su lugar para convertirse en algo más fuerte.

Mireille y Claire cruzaron el Pont Neuf una soleada mañana de febrero. Era el domingo antes de Cuaresma y las campanas de Notre-Dame tañían llamando a los fieles a la misa, pero las chicas pasaron de largo cruzando a la orilla derecha del Sena y siguieron la cinta plateada que era el río corriente abajo hasta llegar a los jardines de las Tullerías. No había pasteles especiales en los escaparates de las pastelerías por donde pasaban ni chocolate que tomar cuando llegó por fin la Semana Santa ese año. Las privaciones provocadas por la guerra estaban golpeando más fuerte que nunca y se hacía sentir en el hambre constante que atenazaba el estómago de las chicas. Ahora estaban ya tan acostumbradas a los retortijones del hambre que casi no los notaban.

A la entrada de los jardines, Mireille le puso a su amiga una mano en el brazo para hacer que se detuviera un momento.

—¿Sigues estando segura de que quieres hacerlo, Claire? ¿No has cambiado de idea?

—No. Quiero hacerlo ahora más que nunca, estoy segura.

Mireille sonrió asumiendo la mirada de determinación de su amiga. Era una expresión nueva, una que todavía no había visto en su gentil comportamiento de hasta hacía poco y que dejaba ver una faceta de su carácter que había permanecido oculta. Pero ahora que había despertado veía la llama de la desafiante decisión tomada, la misma que ardía en su propio pecho.

Le había costado varias semanas convencer a otros miembros de la red de que se podía confiar en Claire. Había sido franca y les había contado la relación que su amiga había mantenido con un oficial alemán, pero también les había contado que se había dado cuenta en los últimos meses de que la decisión de su amiga de luchar contra los invasores era firme. Finalmente, el tintorero le había dicho que el señor Leroux quería conocerla y que puede que tuviera una tarea para ella.

—Tráela a las Tullerías el domingo por la mañana. Lo encontrarás paseando un poco más allá de la Galería Nacional del Juego de Palma a las once en punto. Quiere hablar con ella para ver si vale.

Reconoció su alta estatura a distancia mientras se iban acercando. El hombre iba paseando por la entrada de la galería en la que se encontraban los preciosos cuadros de nenúfares de Monet. Ahora los cuadros estaban bajo llave y había un soldado alemán que montaba guardia fuera.

El señor Leroux parecía totalmente despreocupado por la presencia del soldado e incluso saludó amablemente con la cabeza en su dirección al pasar junto a él. Cuando las chicas se acercaron, ahora un poco más despacio debido a la presencia del soldado nazi al fondo, él hizo gesto de detenerse, como si estuviera sorprendido y encantado de ver a las dos chicas que, por casualidad, estaban también paseando por allí, disfrutando del sol en aquella mañana soleada de principios de primavera. Levantó el sombrero hacia ellas y Mireille le presentó a Claire, que lo miró extrañada por un momento, como si le sonara de algo, aunque fue incapaz de decir de qué. El hombre les sonrió y luego, como si estuviera sugiriendo educadamente que siguieran paseando juntos, hizo un gesto hacia una avenida distante de carpes entrelazados y ambas lo siguieron.

Su aspecto era, como su fama decía, el del donjuán que todos conocían. Mireille había oído a las modelos hablando de él mientras prendía el bajo de un abrigo de señora que el hombre había encargado.

—Por lo que parece, tiene muchas amantes. Siempre mantiene sus cuentas separadas y las paga en efectivo, para que ninguna sepa nada de las otras. ¡Debe de estar forrado! Aparenta favorecer a los nazis, eso también. Lo vi en la *brasserie* Lipp la otra noche, estaba cenando y ganándose a una de esas «ratones grises». Me di cuenta de que ella quería comer chucrut para recordar cómo se comía en casa. De todos modos, espero que el abrigo no sea para ella; estaba como una bola. Una de las otras chicas dice que a veces también aloja a oficiales alemanes y a sus esposas.

—Es muy atractivo, ese pelo rubio que tiene le hace parecer muy distinguido —dijo la otra modelo mientras se colocaba lánguidamente la bata de seda por donde se le había abierto dejando a la vista el lazo negro de la camisola que llevaba debajo. Dio otra calada a su cigarrillo y soltó el humo hacia el techo de la estancia de detrás del salón, donde las modelos esperaban entre las visitas de los clientes.

La primera modelo había husmeado.

—Está bien, si te gusta ese tipo, supongo. Tiene una mirada demasiado germánica para mi gusto, aparte de la compañía que frecuenta, del mismo estilo. ¡Uf! —dijo con disgusto, alejándose de Mireille, que estaba arrodillada a sus pies con el alfiletero—. ¡Cuidado con esos alfileres, torpe! Si me enganchas las medias con uno de ellos, tendrás que comprarme un par nuevo y te costará lo que ganas en una semana.

Y Mireille agachó la cabeza y sonrió para sí al tiempo que prendía el último alfiler en el dobladillo del abrigo.

«Si pudieran verlo ahora», pensó para sí, mientras caminaban por el amplio camino central en dirección al estanque que había en el centro de los jardines. Como si le estuviera leyendo la mente, el hombre le sonrió rápidamente antes de cambiar a Claire para preguntarle por su familia y por su casa en Bretaña. Tenía un tono desenfadado, de conversación, pero Mireille se daba cuenta de que estaba poniendo a prueba a Claire, pues todavía se estaba planteando si la joven sería o no de confianza como miembro de la red.

Llegaron a la avenida de los carpes y pasearon bajo las paredes podadas que formaban las ramas de los árboles. A primera vista, las ramas parecían secas. Pero Mireille sabía que, si las observabas un poco más de cerca, podías ver los brotes incipientes que esperaban para vestir los árboles en el verano con toda su elegancia. Mientras los tres caminaban por la avenida, iban saludando con la cabeza a algunos de los que pasaban, gente que también había decidido alejarse de la masa y disfrutar de la luz de un soleado día de verano. Después de media hora, habían dado la vuelta hacia la galería y el señor Leroux preparaba su despedida antes de que estuvieran de nuevo a la vista del guardia. Sonrió y asintió con la cabeza a Mireille, señalando que estaba convencido de que Claire sería un activo para la red.

Volviéndose hacia ella, dijo:

—Bien, señorita Meynardier, gracias por presentarse voluntaria para ayudarnos. Será una mensajera muy útil, creo. Mireille le aconsejará y le pasará instrucciones para lo que tenga que hacer de vez en cuando.

Se volvió para marcharse, pero luego se detuvo.

—¡Oh, casi se me olvidaba! —Metió la mano en el bolsillo interior de la americana y sacó un paquete que contenía tres tabletas de chocolate con el símbolo de la palmera y el elefante en el envoltorio—. Será mejor, señoritas, que os lo comáis antes de que llegue la Cuaresma el miércoles.

Las chicas suspiraron encantadas.

—*Merci*, señor. Mira, Mireille. —exclamó Claire—. ¡Podemos darle la tercera a Vivi! —Se volvió hacia el señor Leroux—. Vivi es nuestra amiga, otra de las costureras, que vive con nosotras en el piso de arriba del taller. Le gusta el chocolate tanto como a nosotras.

—¿De veras? —repuso él. Miró a Claire valorándola. ¿Se lo estaba imaginando o Mireille veía que en la mirada de color avellana del hombre se veía un brillo de diversión?—. Bueno, pues en ese caso, que haya conseguido tres tabletas ha sido una suerte.

Luego se puso serio otra vez y dijo:

—Que vaya bien, chicas. Y tened cuidado.

Cuando Mireille le dio a Claire el primer encargo, a esta se le puso el pulso a mil de los nervios: tenía que pasar un mensaje al señor y la señora Arnaud con instrucciones para trasladar a un hombre de negocios judío al que habían estado dando cobijo unos días mientras diseñaban un plan de escape. Había conseguido sonreír a los guardias cuando revisaban su documentación y no había vacilado cuando le pidieron que abriera el maletín que llevaba. Les había mostrado las partituras que contenía y les había explicado que iba de camino a una clase de canto, tal y como le había dicho Mireille que dijera. En aquella ocasión había memorizado las direcciones y las instrucciones, así que no había peligro de que los nazis encontraran nada al buscar entre los papeles. Asintiendo con la cabeza le habían permitido pasar por las barreras e incluso una vez le desearon buenas tardes mientras seguía camino de Marais.

Así que en la siguiente ocasión se sintió más segura cuando Mireille le dio una nota en la que había un mapa esbozado por detrás y le había pedido que se lo entregara a Christiane, la pasadora que vivía al suroeste de la ciudad, en Billancourt.

—¿Estás segura de poder ocuparte de esto? —le preguntó Mireille, nerviosa—. El camino es largo y debes mantener la nota oculta. Llévate otra vez el maletín y esas partituras y emplea la misma excusa de que vas a clase de canto si te paran. Yo misma la llevaría, pero tengo que ir a la estación esta noche…

Claire sonrió.

—Todo va a ir bien, Mireille. Puedo descoser el cuello del abrigo y meter la nota ahí. Con unas cuantas puntadas se mantendrá en su sitio y nadie sospechará nada. Además, he memorizado las instrucciones de dónde debo encontrarme con Christiane. No te preocupes. Estaré aquí de vuelta a tiempo para el toque de queda.

Cuando las dos chicas cruzaron el río caía la noche. Camiones militares llenos de soldados de uniforme con la insignia negra y roja pasaban de largo, y en el horizonte del norte los haces de luz de los focos de búsqueda creaban un falso amanecer surcando los cielos en busca de aviones aliados. En la orilla derecha, Claire y Mireille se abrazaron rápidamente y cada una tomó su camino.

De vuelta a la *rue* Cardinale, mientras Mireille abría la puerta del apartamento, se encontró con Vivi.

—¡Oh, Mireille! Qué contenta estoy de que estés de vuelta. No estaba segura de dónde habías ido… —Miró por encima de ella hacia las escaleras—. Pero ¿dónde está Claire? ¿No estaba contigo?

Mireille negó con la cabeza.

—No. Se acordó de que tenía que hacer un recado. Volverá muy pronto, espero.

—¿Adónde ha ido? —A Vivi se le puso la cara pálida a la luz del recibidor. A Mireille le sorprendió la urgencia de su tono de voz. Vivi nunca les solía hacer preguntas a sus compañeras de piso sobre adónde iban o venían; hasta hoy, nunca había mostrado el menor interés sobre lo que hacían en su tiempo libre.

—No... No sé. Lo que quiero decir es, bueno, no estoy segura... —vaciló Mireille.

Vivienne la agarró por los brazos e insistió.

—Mireille, tienes que decírmelo. Es crucial. Sé de tus misiones. Pero esta noche... —Inspiró profundamente, se detuvo y eligió las palabras con más cuidado—. Bueno, no tienes que decirme exactamente dónde está, pero al menos dime en qué dirección ha partido.

Mireille empezó a darle vueltas a la cabeza tratando de asumir lo que Vivi acababa de revelarle, dándose cuenta —mientras la moneda caía al suelo después de lanzarla— que debía de ser urgente de verdad para su compañera de piso, pues había admitido que sabía lo que hacía con la red.

—Fue... Fue en dirección sudoeste.

Vivi abrió mucho los ojos y pareció que se le oscurecían en mitad del blanco de la cara.

—¿Adónde en dirección sudoeste?

De nuevo, Mireille dudó y se vio sorprendida por la fuerza con la que Vivi la sacudió bajo su aparente fragilidad.

—Tienes que decírmelo, Mireille —insistió.

La aludida sacudió la cabeza. No podía dar esa información, le habían insistido en que no lo hiciera. Incluso compartir detalles con quienes estaban de su parte ponía a todo el mundo en peligro, lo incrementaba. Y entonces, inesperadamente, recordó al señor Leroux y la mirada que tenía en los ojos cuando Claire y ella se habían despedido de él en las Tullerías: Claire le había dicho que le darían la tercera tableta de chocolate a Vivi. Vivi tenía algo que ver con él. Recordó también las preguntas que él le había hecho en el Café de

Flore sobre su trabajo en el taller de costura, sobre las costureras que vivían en el piso de arriba de la tienda, y entonces cayó en que había situado a Vivi allí, con ellas.

Vivi la sacudió de nuevo, con más insistencia.

—Confía en mí, Mireille. Tienes que confiar en mí.

Mireille miró fijamente a su amiga y vio un brillo de súplica en la profundidad de sus ojos color avellana claro. Entonces dijo:

—Billancourt.

Vivi le soltó los brazos y se llevó las manos a la cara, horrorizada.

—¡No! ¡Ahí no! Esta noche van a bombardear esa zona. Acabo de enterarme… La fábrica Renault… Tenemos que ir, ahora, y traérnosla.

Mireille se quedó aterrorizada al oír las palabras de Vivi.

—Pero es tarde, el toque de queda… ¡Oh, Vivi!

Su amiga ya se estaba poniendo el abrigo.

—Me voy. Al menos tenemos que avisarla. No tienes que venir. Dame la dirección y ya está.

Mireille sacudió la cabeza. Ahora era su turno de agarrar a su amiga del brazo.

—Iré yo, Vivi. Conozco el camino que ha tomado. No vale la pena que nos arriesguemos las dos. Lo sabes, quizá mejor que yo. —Le dio un abrazo fuerte un momento—. Gracias por contármelo. Ahora, quédate aquí y espera. Claire es mi responsabilidad. La red no podría permitirse perder a las tres a la vez.

Dudando, Vivi se desplomó contra el marco de la puerta. Mireille sabía qué había que hacer y era consciente de que los demás miembros de la red habrían estado en desacuerdo y le habrían dicho que se quedara también. Lo mejor era minimizar el riesgo, habrían espetado. Mejor perder solo a una. Pero esa una era Claire. No podía quedarse ahí, en el apartamento, sin hacer nada, sabiendo que había enviado a su amiga a una zona de peligro. Tenía que ir y encontrarla para traerla a casa sana y salva.

Claire tuvo que esperar horas el tren. El metro solo funcionaba de manera esporádica y había cancelaciones frecuentes y cierres de estaciones. Pero, al final, se acercó a la estación y tomó uno rogando que la de Billancourt estuviera abierta aquella noche. De no ser así tendría que ir a pie desde la última estación de la línea hasta el Pont de Sèvres y eso haría que su encuentro con Christiane se retrasara más. El tren traqueteaba y se balanceaba y las débiles luces del vagón parpadeaban a menudo. Por fin, bajo tierra, se sintió segura, incluso a pesar de que fuera una sensación de seguridad falsa. Todo el mundo conocía el metro de París y que sus túneles no eran tan profundos como para protegerlos si se producía un bombardeo aéreo. Miró su reloj de pulsera y suspiró. Estaba tardando más de lo que esperaba. Tendría que caminar bastante hasta Saint-Germain si perdía el último tren de regreso a casa y correría el peligro de que la arrestaran tras el toque de queda.

Frustrada por los retrasos en la línea, ya era tarde cuando subió las escaleras para salir de la estación de metro de Billancourt. Tras ella, un oficial empezó a cerrar las puertas.

—¿Era ese el último tren de esta noche? —le preguntó.

—Sí, señorita. —El hombre miró su reloj de pulsera—. Y será mejor que se vaya ya a casa; el toque de queda empezará dentro de diez minutos.

Ahora que había llegado tan lejos sabía que no tenía otra opción que seguir adelante. El punto de encuentro no quedaba lejos. Debería de haber llegado hacía una hora, así que puede que Christiane hubiera abandonado y se hubiera ido, pero lo intentaría. No había nada que perder; en cualquier caso, ya tenía problemas por estar en la calle tan tarde si algún policía o patrulla la paraban.

El café de la esquina, al otro lado de los bloques de apartamentos que se habían construido para alojar a los trabajadores locales de la fábrica, estaba cerrando cuando llegó. No había rastro de Christiane, solo un par de camareros limpiando las mesas y colocando sillas. Se quedó fuera sin saber qué hacer. ¿Debería arriesgarse a esperar por si Christiane volvía o debería limitar los riesgos y hacer el largo viaje de vuelta a Saint-Germain? Quedaba a kilómetros y debería ir por calles secundarias para evitar que la arrestaran.

Mientras dudaba, las luces del café se apagaron y la calle se quedó totalmente oscura. Las ventanas de las casas circundantes y de las tiendas se oscurecieron también, muchas tenían las contraventanas bien cerradas para sellar dentro a sus ocupantes... y dejarla fuera a ella.

No se movía nada en aquella calle de las afueras. No pasaban automóviles ni había gente corriendo para casa. Había llegado demasiado tarde.

Justo cuando se dio la vuelta para regresar, un ligero movimiento en una de las ventanas del bloque de apartamentos del otro lado le llamó la atención. Casi no era nada. Quizá se estaba imaginando el destello de luz, como si un extremo de la oscuridad se hubiera levantado y luego hubiera caído otra vez de repente. Se sentía incómoda al pensar que alguien hubiera podido haberla visto, pero decidió esperar otro minuto más y ver si venía alguien.

Entre las sombras de la calle en silencio se oyó el clic casi imperceptible de una puerta que se abría. Luego una joven, que encajaba con la descripción que le habían dado de Christiane, se deslizó en silencio al otro lado de la calle. Claire se quitó el sombrero y su cabello claro hizo que pareciera un ser de otro mundo en medio de la oscuridad.

Christiane le susurró la contraseña y ella le respondió.

—Es tan tarde —dijo Christiane en voz baja, cuyos ojos destacaban como estanques oscuros sobre su cara blanca—. Ven, estaremos más seguras en la puerta en caso de que haya alguien mirando.

Se movieron para entrar por la puerta que había al otro lado del edificio y Claire le dio el mapa, que llevaba muy doblado bajo el cuello del abrigo, sin decir palabra.

La joven miró el pedazo de papel y se lo metió en el bolsillo.

—Deberías entrar y pasar la noche aquí conmigo —dijo.

Claire negó con la cabeza.

—No. No debemos arriesgarnos a que nos atrapen a las dos. Puede que tus vecinos me hayan visto. Me las apañaré para volver a casa.

No te preocupes, permaneceré alejada de las carreteras principales. Si alguien me para, diré que los trenes ya no circulaban cuando acabó la clase de música. —Levantó el maltrecho maletín.

Christiane asintió con la cabeza.

—Muy bien. Ve, rápido. Ten cuidado. Y gracias por esto. —Dio unos golpecitos sobre el bolsillo del cárdigan que llevaba y se oyó ligeramente el crujido del papel.

Claire volvió a la calle y oyó que la puerta se cerraba suavemente según se alejaba tratando de que sus pisadas hicieran el menor ruido posible. Era como si la oscuridad la presionara más de cerca según se adentraba por una calle estrecha. Por una ruta tan tortuosa tardaría incluso más en llegar a Saint-Germain, pero sería más seguro.

Entonces sintió algo de lo más extraño. Era como si la oscuridad hubiera empezado a vibrar a su alrededor. Se apretó un oído con la mano tratando de quitarse aquella sensación de la cabeza. Pero la vibración se hacía más fuerte y se transformó en el zumbido bajo y áspero de un avión. Miró hacia arriba nerviosa, pero no se veía nada en la oscuridad. Empezó a caminar más aprisa y luego echó a correr cuando se percató de que el sonido era más fuerte y le llenaba la cabeza con su rugido sordo.

De repente, como si todas las luces de la calle se hubieran encendido a la vez, apareció una luz brillante más adelante y miró hacia atrás de nuevo para ver el halo blanco y ardiente de una bengala que caída lánguidamente sobre los tejados que había delante de ella.

Como si estuviera soñando, lo último que pensó que vería era la silueta de su amiga Mireille, que apareció de pronto con un *flash* cegador que siguió antes de que la oscuridad ensordecedora se la llevara.

Mientras Mireille corría escaleras abajo desde el apartamento a la *rue* Cardinale, casi se choca con un hombre, al que reconoció vagamente como vecino, que estaba metiendo la bicicleta y silbaba suavemente al entrar en casa. La estrella amarilla que llevaba prendida en el sobretodo brillaba como un sol bajo la luz que entraba por la puerta abierta.

—¡Uf! ¿Qué prisa tiene, señorita? —dijo riendo y alargó una mano mientras ella se apartaba, casi cayéndose al tratar de evitarlo.

—Por favor, señor, ¿puede prestarme su bicicleta? Es una emergencia. Se la devolveré sin un rasguño, se lo prometo. La encontrará aquí, en Delavigne Couture, mañana. —Cruzó los dedos y rogó para que lo último que había dicho fuera cierto. Pues si la bicicleta no volvía, probablemente tampoco lo haría ella, así que no tendría que afrontar las consecuencias, pensó.

Dudando, el hombre se la dejó porque se dio cuenta de que la conocía: era una de las tres chicas que lo habían parado en la calle y le habían pedido que les hiciera una foto. Y se dio cuenta por la cara que ponía de que desde luego debía de tratarse de algo importante.

—Pero tenga mucho cuidado con ella, se lo ruego, señorita. La necesitaré para ir al trabajo mañana por la mañana.

Le dio las gracias mirando por encima del hombro mientras bajaba un pedal y se subía al sillín para dirigirse hacia el puente.

De camino, pedaleando con fuerza para llegar adonde Claire a tiempo, se desvió bruscamente para evitar a los peatones y rodeó a otros ciclistas y se puso a pensar. Si Claire había conseguido llegar allí y regresar sin retraso, habría podido tomar el último metro para volver a casa. Pero si ese hubiera sido el caso, debería estar ya en casa. Según iba pasando por las estaciones de metro, veía cómo las iban cerrando. Los pulmones le ardían mientras corría por los bulevares. Pidió al cielo que los camiones con soldados que regresaban de sus barracones pasaran de largo. Con suerte, creerían que iba con mucha prisa para llegar a casa antes de que cayera el toque de queda. Los rizos morenos le volaban mientras pedaleaba por la orilla del río siguiendo la curva del Sena según se volvía hacia el sur para crear el hondo meandro en que se asentaba el barrio de Billancourt.

Sabía que Claire iba a encontrarse con Christiane en un punto que ella misma había utilizado varias veces como lugar de encuentro. Giró para entrar en la calle donde estaba el café de la esquina, pero estaba desierta. A pesar de que la sangre le latía en las orejas y del ruido que hacía el viento al rozarle la cara, oía el zumbido de los aviones que se acercaban, preparados para llevar a cabo el bombardeo aliado más importante sobre la fábrica que tantos camiones producía para el ejército de Hitler.

De pronto, el cielo se iluminó con bengalas, lo que le permitió ver una figura delgada a un lado de la calle por la que pasaba. Desmontó de la bicicleta y llamó a Claire corriendo hacia ella. Entonces, el primer avión dejó caer las bombas que llevaba sobre Billancourt y las calles explotaron.

Una ráfaga de viento y escombros se tragó el punto donde antes estaba su amiga. Un segundo después, la golpeó a ella, pero tuvo tiempo para dar media vuelta y caer en el hueco de una puerta adyacente y protegerse de lo peor de la explosión y de la onda expansiva de las sucesivas, que la dejaron sin aire en los pulmones. Se levantó, haciendo caso omiso de que tanto las manos como las rodillas le sangraban, y corrió hacia la nube de polvo que invadía la estrecha calle. Otra bengala iluminó el espacio, permitiéndole ver el fardo que había acurrucado justo a sus pies. Agarró a Claire por debajo de los brazos y arrastró su cuerpo inerte hasta la puerta, protegiéndola con el suyo mientras caía otra bomba que levantaba la tierra bajo sus pies.

La luz blanca de las bengalas se tiñó de un naranja cálido cuando los edificios de la fábrica empezaron a arder y la siguiente explosión desgarró el aire. Oía los motores de los aviones que aceleraban y abandonaban el lugar donde habían dejado caer las bombas.

Los tímpanos le pitaban después de que la primera oleada de aviones desapareciera. Los incendios entre los edificios cercanos añadían el ruido de su chasquido a la escena. Comprobó las heridas que tenía su amiga a la luz de las llamas. Tenía un golpe en la nuca y el pelo lleno de sangre oscura. Pero, por lo demás, parecía estar bien. Para su alivio, Claire abrió los ojos; tenía las pupilas dilatadas, oscuras como dos estanques negros. Tenía la mirada vidriosa, pero parecía mirarla a la cara, aunque con dificultad. Después de unos segundos, mientras con su bufanda trataba de taponar la sangre que le salía de la herida y le dirigía palabras de consuelo, Claire trató de sentarse. El cuerpo le temblaba y tuvo que echarse hacia delante para tratar de vomitar y no mancharse el abrigo, sin conseguirlo del todo.

—¿Te duele algo más? —preguntó Mireille.

Aturdida, Claire negó con la cabeza e hizo una mueca de dolor, se puso una mano en el pelo y miró como sin creérselo la sustancia oscura y pegajosa que le había manchado los dedos.

—Tienes un hematoma —dijo Mireille—. Y estás en *shock*. Pero Claire, tienes que moverte. Van a venir más aviones y tenemos que salir de aquí. ¿Crees que podrías ponerte en pie si te ayudo?

Claire no decía nada, pero alargó una mano y Mireille la levantó. Claire sintió náuseas de nuevo y la bilis le cayó de la boca y le manchó el delantero del abrigo.

—Lo siento —murmuró.

Mireille se puso el brazo de su amiga por encima de los hombros, la abrazó por la espalda y dio unos pasos de prueba para salir de la puerta a la calle. Todo estaba cubierto por una gruesa capa de polvo gris, como si hubiera nevado, y se las apañaron para avanzar un poco. Con gran alivio, Mireille vio la silueta de la bicicleta bajo un montón de polvo y escombros. Apoyó a Claire contra el lado de una tienda y se inclinó para recuperarla.

Entonces notó que el aire retumbaba otra vez, pues llegaba la siguiente oleada de bombarderos.

—Rápido —dijo con voz de alarma mientras sujetaba de nuevo a su amiga—. ¿Puedes subir al sillín? Agárrame de los hombros, yo pedalearé; así podremos avanzar más deprisa.

De manera un tanto precaria, consiguió mover tanto la bicicleta como a su amiga y llegar a la calle principal. Las ruedas crujían sobre el montón de cristales rotos del escaparate del café, que habían saltado por los aires con la onda expansiva. Pidió al cielo que no hubiera trozos muy afilados y le pincharan las ruedas. Avanzando todo lo deprisa que podía por la calle desierta, oyó el rugido de los motores de los aviones según descendían y las siguientes bengalas iluminaron la noche. Con la cabeza agachada, luchó por respirar mientras los nervios de la espalda le ardían por el esfuerzo de pedalear entre trozos de cemento y astillas dispersas por todas partes. El movimiento hacía que la bicicleta se tambaleara peligrosamente y el mareo hizo que el cuerpo de su pasajera se balanceara, amenazando con hacerlas caer a ambas.

Dobló una esquina justo en el momento en que empezó a caer la siguiente ráfaga de bombas. Afortunadamente, los edificios las protegían del impacto de las explosiones que levantaban el suelo por el que pisaban. Al final de la calle se atrevió a echar una mirada atrás y vio que los bloques de apartamentos donde vivían los trabajadores de la fábrica habían desaparecido en un infierno de llamas y humo.

Claire dijo algo y tuvo que acercarse mucho para entender lo que era:

—Christiane… Tenemos que volver y recoger a Christiane.

Tragándose las náuseas que le subían por la garganta y le quemaban, Mireille siguió adelante.

Claire le golpeaba en la espalda, esta vez con más fuerza y mayor insistencia.

—Vuelve, Mireille… ¡Volvamos a por Christiane! —decía.

—¡No! —gritó Mireille, cuya voz se alzó sobre la tormenta de ruido—. Es demasiado tarde para ella, Claire. —Y las lágrimas calientes que le caían de los ojos se le mezclaban con el polvo que tenía en la cara mientras seguía adelante, alejándose de los edificios en llamas que antes había en el meandro del Sena.

Las náuseas hacían que Claire soñara con que estaba en el mar, en el bote de pesca de su padre, mientras iba y venía de la consciencia y las dos regresaban a Saint-Germain. El gemido de las sirenas según pasaban la trajeron de vuelta a lo que la rodeaba. La cabeza le palpitaba y los baches ocasionales por los que pasaba la bicicleta hacían que apareciera el dolor en el fondo de los ojos mientras se apoyaba pesadamente sobre Mireille. Su amiga estaba cansada, se dio cuenta, así que trataba de mantener el equilibrio con el fin de aminorar el esfuerzo que hacía para seguir adelante.

Nadie las paró. Cuando por fin el ruido de los motores de los camiones de bomberos y el distante sonido de las bombas que llevaban consigo llegaban a su destino una y otra vez hasta que desaparecían, los camiones con los que se cruzaban por el camino estaban mucho más interesados en llegar al escenario del desastre que en preocuparse por dos figuras andrajosas que parecían fantasmas y circulaban en dirección contraria en una bicicleta hecha pedazos.

A primera hora de la mañana llegaron a la *rue* Cardinale y Claire se apoyó con todo su peso en la pared mientras Mireille buscaba la llave de casa en el bolsillo. Estuvo mirando a su amiga mientras limpiaba la bicicleta lo mejor que podía —desde luego, le iban a quedar unas cuantas marcas de la batalla vivida aquella noche, aunque por lo menos estaba entera— y luego la dejó en las escaleras. Entonces, con la ayuda de Mireille, subió hasta el piso superior.

Al oír el sonido de la puerta del apartamento al abrirse, Vivi vino rápidamente a ayudarlas.

—¡Oh, gracias a Dios! —gritó—. Estáis bien. Pensaba que os habíais perdido… —Corrió para traer un tazón de agua caliente y una toalla para limpiar la herida que Claire tenía en la nuca. La sangre se le había secado, estaba pegada al pelo, así que Vivienne, con mucho cuidado, fue limpiándola, con lo que el agua que había traído en el tazón se tornó oscura como el vino según iba aclarando la toalla una y otra vez.

El cuidado que ponía y su amabilidad la hicieron llorar, volvía a sentir después de haber tenido los sentidos congelados por el *shock*.

—Vamos a quitarte este abrigo —murmuró Vivi retirando la prenda manchada de vómito, tan destrozado que no se podía salvar. Lo tiró lejos, en un rincón. Luego se volvió a Mireille—. Tú también, Mireille. Ve y lávate. No te preocupes, yo me ocuparé de Claire.

Una hora después, Claire estaba en la cama con un camisón limpio y una venda nueva en la cabeza. Mireille y Vivi se sentaron junto a ella.

Claire alargó una mano y Mireille la tomó.

—No puedo creer que arriesgaras la vida por salvarme, Mireille. Nunca olvidaré lo que has hecho esta noche —susurró. Y luego empezó a sollozar mientras pensaba en Christiane y en las demás vidas de civiles que se habían perdido en el bombardeo.

—Shhh —Mireille hizo que callara acariciándole el pelo, que había vuelto a ser de un rubio casi blanco, y apartándoselo de la cara—. Ahora intenta dormir, Claire. Mañana seguiremos con nuestro trabajo. Por Christiane. Y por todos aquellos que sufren. Seguiremos luchando.

Mientras a Claire se le cerraban los párpados, ahora que estaba segura y en paz gracias a la presencia tranquilizadora de sus dos amigas, se le ocurrió algo.

—Pero Mireille… ¿Cómo lo supiste? ¿Cómo supiste que iban a bombardear?

La aludida miró a Vivi y sonrió.

—Digamos que tenemos suerte de tener amigos en puestos principales.

Entonces Claire sonrió también mientras veía a sus amigas salir del cuarto agachando la cabeza bajo las vigas del techo y dejándola sola para que durmiera.

La señorita Vannier frunció el ceño a la mañana siguiente cuando Mireille le informó de que Claire había tenido un accidente y que tendría que dejar de trabajar unos días hasta que se recuperara. Cuando la acompañó al apartamento para que viese a Claire, la jefa dijo:

—¿Qué habrás andado haciendo, tontorrona? Seguramente, estarías por ahí retozando y de juerga con unos y otros, supongo. ¿Es que no sabes lo peligrosa que es la calle estos días? Según parece, ha habido un bombardeo tremendo al oeste de la ciudad la pasada noche. Podrías haber muerto si una de esas bombas te hubiera alcanzado. —Pero también se dio cuenta de lo pálida que estaba, casi tan blanca como el vendaje que tenía en la cabeza, así que le acarició la mano con amabilidad y le dijo —: Quédate ahí. Vivienne puede acabar por ti la pedrería de ese vestido de noche. Haré que te traigan un consomé. Descansa y así te pondrás bien pronto.

Esa noche, tras comprobar que Claire dormía apaciblemente, Mireille bajó las escaleras hasta el taller donde, como era habitual, Vivi seguía cosiendo. Miró un segundo desde el umbral de la puerta. En la estancia, vacía y casi a oscuras, su amiga seguía inclinada sobre la labor en la que estaba trabajando, con la trenza pelirroja brillándole a la luz de la única lámpara que había en la mesa junto a ella.

De pronto, al darse cuenta de que no estaba sola, dio un brinco y se inclinó sobre la falda de gasa rosa que se suponía que estaba rematando para ocultar lo que parecía un recuadro de seda blanca lisa. Mireille hizo como que no se había dado cuenta y dejó que su amiga siguiera con la idea de que solo estaba trabajando en una prenda inacabada.

Para disimular la ligera confusión que embargaba a su amiga, dijo:

—Me encanta ese color. Lo llaman rosa Schiaparelli. No obstante, la señorita Vannier cree que es corriente. —Sonrió—. Disculpa que te haya interrumpido. Es que pensé que tenía que venir para ver si necesitabas que te echara una mano. Sé que te han dado más trabajo para cubrir a Claire. Yo no soy tan buena como vosotras en el trabajo con abalorios, pero podría hacer ese dobladillo, ¿te parece?

Vivi sonrió, pero sacudió la cabeza negando.

—Eres muy amable, Mireille, pero ya casi he terminado. —Levantó una esquina del tejido — Mireille se dio cuenta de que mantenía la seda blanca oculta bajo la gasa— y dijo:

—¿Ves?, ya solo me queda esto. Subiré enseguida.

—De acuerdo —dijo Mireille—. Queda un poco de estofado de conejo de la otra noche. Te lo calentaré, ¿quieres?

A pesar de que a Vivi se le veían en la cara arrugas de cansancio, la cara le brillaba tanto como el pelo cuando, sonriente, le dio las gracias.

Me encantaría.

Mireille se volvió para salir, pero se detuvo al hablar su amiga de nuevo, apoyando la mano sobre las telas que cubrían la mesa que tenía delante.

—Y, ¿Mireille? Gracias.

La mirada que ambas intercambiaron decía mucho más que aquellas pocas y breves palabras. Era una mirada de complicidad: un reconocimiento mutuo por todo lo que debía permanecer sin decirse, que era mucho.

Harriet

Si Mireille no hubiera tenido el coraje y la determinación de pedalear con fuerza hacia el bombardeo en Billancourt aquella noche de 1942, ahora yo no estaría aquí. Claire habría sido una de las miles de personas que perdieron la vida —casi todos civiles, como Christiane, que vivían en los pisos construidos para dar cobijo a los trabajadores de la fábrica de Renault. Claire nunca se habría casado con Laurence Ernest Redman y nunca habrían tenido una hija llamada Felicity. Mientras me remonto al pasado de la mano de esos finos y frágiles hilos que me llevan hasta esos años, me sorprendo cada vez más de estar aquí.

A veces la vida puede parecer muy frágil. Pero quizá se deba a esa fragilidad el hecho de que la valoremos tanto. Y quizá sea el profundo amor que sentimos por la vida lo que nos hace temer tanto perderla. Mireille no dudó en regresar y buscar a Claire. Vivienne hubiera ido también, de no haber tenido que quedarse. Y solo puedo imaginar la determinación firme que mantuvo a Mireille pedaleando mientras le castañeaban los dientes para traer prácticamente a rastras a Claire mareada y sangrando desde el otro lado de la ciudad hasta la seguridad del apartamento en Saint-Germain.

Entonces, si nos aferramos tanto a la vida y la valoramos tanto, ¿cuán profunda debe de ser la depresión y la desesperación para que alguien llegue al punto de no querer seguir adelante? Mi madre debió de sufrir un lento descenso a los infiernos hasta que no pudo

133

soportarlo más y decidió acabar con el dolor tomándose un par de puñados de pastillas de dormir. Se las tragó con lo que quedaba de una botella de brandi que llevaba años en una estantería de la cocina, una botella que mi padre había traído en tiempos más felices y que servía para preparar el pudín para la comida de Navidad.

Cuando me libré de las manos que me sujetaban en la puerta de la valla aquel día en que las luces azules del vehículo policial iluminaban la oscuridad frente a mi casa, corrí adentro y vi la botella vacía a un lado del suelo, junto al sofá en el que un enfermero con bata reflectante estaba inclinado sobre el cuerpo de mi madre. Y cuando me agarraron y tiraron de mí para sacarme de allí, solo podía pensar, al ver la botella, en que las luces eran llamas azules de fuego fatuo que bailaban alrededor de la masa de fruta pegajosa y la transformaban en algo mágico. Unas llamas azules que parpadeaban como las del vehículo policial en el que alguien, con cuidado, me metió, mientras esperaba a que mi padre viniera y me llevara con él. Sabía que me llevaría a una casa en la que en realidad no me querían, una casa donde lo cierto era que no quería estar. Mi madre me había abandonado a ese destino. De repente, sentí como si aquellas luces parpadeantes me quemaran, como si me engulleran entre las llamas del *shock* y la ira y el dolor que caía sobre mí hasta consumirme por completo. Una mujer policía se agachó delante de mí junto a la puerta abierta del automóvil y me sujetó la mano tratando de consolarme. Me eché hacia delante y vomité en la cuneta; apenas pude evitar sus pantalones bien planchados y sus brillantes zapatos negros.

Ahora me doy cuenta de que esa es una de las paradojas de la vida: que, si la amamos tanto que tenemos miedo de perderla, puede que eso haga que la vivamos a medias, demasiado temerosos de salir y vivir una vida completa porque tengamos demasiado que perder. De la misma manera, creo que me protejo en las relaciones, porque tengo demasiado miedo de amar con todo el corazón, pues también ahí tendría mucho que perder. Pienso en Thierry, en lo profundamente que siento su presencia calmada y tranquila y no obstante me aparto, no me permito enamorarme porque temo que podría perder demasiado. Ojalá tuviera la valentía de Claire, Vivi y Mireille. Puede que entonces fuera capaz de vivir —y de amar— por completo.

Para quitarme de la cabeza semejantes pensamientos, me voy a mi habitual refugio en el elegante decimosexto *arrondissement*. En esta época los árboles están pelados, en el parque que rodea el Palais Galliera, y los parterres de flores que rodean la fuente lucen sombras de color púrpura y verde oscuro. Hay una exposición sobre una de las casas de moda francesas más antiguas, Lanvin. Me sumerjo en el mundo de su fundadora, Jeanne Lanvin, contemplando sus maravillosas creaciones. Me quedo un buen rato ante un vestido de noche del simbólico azul que un día fue la marca de Lanvin. Tiene un adorno muy rico de pedrería de plata en las mangas. Me pregunto si Claire vería alguna vez un vestido como este y si le habría servido de inspiración para el vestido de noche que creó de retales. Estamos fuera de temporada y en el museo casi no hay nadie, así que unas pisadas sobre el suelo de mosaico detrás de mí me sacan de mi ensimismamiento. Una mujer con el pelo gris y una americana negra se acerca y se queda mirando conmigo.

—Es bonito, ¿no le parece? —dice.

Asiento con la cabeza.

—Todo es impresionante —digo, señalando con una mano toda la exposición.

—¿Está usted especialmente interesada en Lanvin? —pregunta.

Le cuento que mi abuela trabajaba en un taller de costura durante la guerra y que por eso me interesan los diseños de esa época. Pero este vestido en concreto me recuerda a lo que me han contado de ella.

Sonríe.

—Me alegro. La moda pervive para contar la historia de aquellos que la crearon y la llevaron. Esa es una de las razones por la que me interesa. Imagínese lo contenta que estaría Jeanne Lanvin al saber que setenta años después de su muerte todavía la recordamos. Sus diseños siguen vivos, inspirando a diseñadores actuales. Es una especie de inmortalidad, creo.

Ambas miramos el vestido en silencio.

—Buenos días, señorita.

Sus pasos desaparecen y me quedo sola otra vez en la galería. Me detengo para leer uno de los letreros que se encuentran junto a los vestidos y el ojo se me va a una simple imagen en blanco y negro. Es el logo de Lanvin, una línea que dibuja dos figuras. Una madre y su hijo de la mano, como si fueran a ponerse a bailar o a jugar. Llevan un vestido tipo túnica vaporoso y un tocado que parece una corona.

La imagen resulta distintiva y, me doy cuenta, también curiosamente familiar. Debe de ser mi imaginación, pero el aroma de flores parece llenar el aire a mi alrededor. Y entonces recuerdo dónde he visto esta imagen de madre e hijo antes. Ha sido en el frasco negro de perfume que había en el tocador de mi madre.

Sigo leyendo y descubro que Jeanne Lanvin creó el logo para representar la estrecha relación que mantenía con su única hija, una niña llamada Marguerite. Y fue Marguerite la que eligió el nombre para el famoso perfume floral con toques de madera que creó su madre: Arpège. Lo llamó así por el arpegio de aromas —cada nota seguía a la siguiente— que aporta armonía al perfume.

La estancia a mi alrededor se llena, de pronto, con el sonido de un piano que alguien está tocando. Me siento transportada a mi infancia.

Debe de ser la memoria del aroma y de los dedos de mi madre moviéndose con gracia sobre las teclas de su piano lo que hace que recuerde la otra fotografía que encontré en la caja de las cosas de mi madre, aquella en la que la luz le iluminaba la cara y ella me miraba como si fuéramos una *Madonna* con su hijo.

De pie allí sola, en la sala de exposiciones, rodeada de las creaciones de Lanvin, experimento un momento de felicidad completa, un recuerdo de lo que se siente cuando estás llena de esa alegría que burbujea desde algún lugar de dentro. Mientras se desvanece, me deja la sensación de que después de todo no estoy tan sola. Como si el logo no solo representara a Jeanne y Marguerite, sino a todas las madres y sus hijos: mi propia madre y yo, dándonos la mano, llenas de amor, preparándonos para bailar juntas a lo largo de la vida.

Las palabras de la mujer me resuenan en la cabeza: «Creo que es una especie de inmortalidad». Y se me ocurre que quizá haya muchas maneras distintas de mantener vivo a alguien en el corazón.

1942

Desde el bombardeo de la fábrica de Renault en Billancourt, la guerra se había hecho mucho más presente en París. Las calles de la ciudad retumbaban con el sonido de tropas marchando y el estruendo de los vehículos militares, mientras seguían circulando rumores a diario de que cada vez arrestaban a más ciudadanos judíos y se los llevaban a campos de concentración en Drancy y Compiègne.

Una tarde, Mireille regresó a la *rue* Cardinale y se encontró la bicicleta que había tomado prestada del vecino la noche del bombardeo arrumbada contra su puerta. Había una nota atada al manillar; al leerla le salió un sollozo de la garganta.

> Para la señorita de los ojos oscuros. Tengo que irme, así que quiero que tenga usted mi bicicleta. Le resultará útil, más que a mí allá donde voy. Con mis mejores deseos, su vecino Henri Taubman.

Recordó la estrella amarilla que llevaba prendida en el abrigo; ojalá pudiera escapar, en lugar de dejar que lo enviaran a uno de esos campos que había a las afueras.

Una sensación de profunda inquietud se había extendido por toda la ciudad, de un barrio a otro, hasta que acabó estallando en una manifestación un día, cuando las mujeres comunistas de la *rue* Daguerre tomaron las calles para protestar contra la extrema escasez de alimentos reinante, y lo hicieron frente a los almacenes donde se guardaba la comida para los soldados alemanes que luchaban en el frente. Hubo disparos, arrestos y, por lo que había oído Mireille en las viñas, los instigadores fueron enviados a aquellos mismos campos. No volvieron. Con aquel telón de fondo, las chicas permanecían echadas en la cama oyendo los ruidos sordos y los crujidos de las explosiones de los bombardeos aliados que se repetían de manera esporádica. Y los alemanes frenaban dichos ataques duramente bloqueando carreteras, levantando barreras en las estaciones de metro que seguían abiertas, arrestando gente y disparando para mantener a la población a raya.

Las misiones de Mireille para la red clandestina con la que colaboraba se hicieron incluso más peligrosas, pero, al mismo tiempo, cada vez más vitales. Un día, visitando la tintorería para recoger unas piezas de tela de seda, el hombre que allí trabajaba le dio un pequeño paquete para Vivienne envuelto en papel marrón al tiempo que le daba una serie de instrucciones para esa noche. Tenía que encontrarse con un hombre al norte de la ciudad y acompañarlo para que llegara sano y salvo a la casa de los Arnaud en el barrio de Marais, evitando utilizar las principales estaciones de metro en las que los alemanes hacían controles frecuentes.

Así fue como se encontró sentada a una mesa en un café de una calle de Montmartre, de esas empinadas y adoquinadas, tomándose una taza de sucedáneo de café mientras esperaba a que su próximo «visitante» apareciera. Esperaba a un refugiado andrajoso, quizá, o a otro extranjero cuyo francés fuera, como mucho, escaso, cuando se vio sorprendida por un joven francés que se sentó en la silla frente a ella. Se sacó un pañuelo de color azul y blanco del bolsillo —la señal que le habían dicho que haría— y se sonó la nariz; luego le preguntó si «la prima Cosette estaba bien», empleando las palabras en clave que le habían dicho que le dirían.

—Tiene la pierna mucho mejor, gracias por preguntar —repuso ella, repitiendo el código de confirmación que el hombre de la tintorería le había dado. Dejó los posos que quedaban del café, mirando con una mueca la mezcla del colorante amargo de achicoria tostada y diente de león, luego se puso de pie y el joven la siguió por la calle.

Según caminaba colina abajo, le dio los falsos documentos que le habían entregado para él y el joven se los guardó en el bolsillo sin mirarlos. Lo llevó hasta la estación de metro de Abbesses y esperaron el tren en el andén casi desierto. Ocultos bajo tierra y sabiendo que los ruidos del tren no dejaban oír las voces, se sintió más tranquila para hablar con su acompañante de un modo algo más libre de lo habitual, siempre y cuando hablasen en voz baja. El sonido de los trenes a lo lejos, del agua goteando y de los pasos de otros pasajeros haciendo eco en las paredes del túnel atenuaban su conversación.

En sus ojos, casi tan oscuros como los suyos, había un rayo de determinación en lo más hondo, y la barba de un día que le crecía en la barbilla ayudaba a que se definiera más su fuerza. Tenía el pelo negro peinado hacia atrás y una vitalidad que se reflejaba en la confianza con que daba cada paso y el interés con el que la miraba a la cara mientras hablaban. No se dijeron nombres —ambos sabían lo peligroso que era hacerlo—, pero ella se dio cuenta de que su acento era del extremo sur del país con un gangueo típico de los nativos de Provenza o Languedoc. Le contó que había crecido cerca de Montpellier, que era el mayor de una extensa familia de muchos hermanos, y que se había alistado en 1939. Era uno de los afortunados del ejército francés que había sido evacuado desde Dunkerque y se había unido a las fuerzas libres en Inglaterra, luchando bajo las órdenes del general De Gaulle.

Mireille asintió con la cabeza. Había oído decir al hombre de la tintorería que a veces llegaban mensajes retransmitidos desde Inglaterra por el general exiliado, movilizando a las tropas que le habían quedado y tratando de subir la moral de la gente a la que había tenido que dejar atrás.

—Me soltaron en paracaídas la semana pasada. Al tiempo que dejaban caer unos pocos regalos para los chicos de casa. —Sonreía mientras lo decía y Mireille adivinó que aquellos «regalos» serían probablemente equipos inalámbricos o armas u órdenes para operaciones encubiertas, aunque no le pidió que le diera más detalles.

—Pero nos atacaron en el camino. Resultó que había una unidad acampada fuera de la ciudad, así que no pudimos arriesgarnos a entrar. Caer en paracaídas en Francia es fácil, pero volver es otra historia. Así que me dejaron con tu grupo. Me dijeron que dentro de unos días estaría pasando unas vacaciones en los Pirineos. Pero dijeron que necesitaría un especialista para cruzar París. Sin embargo, tengo que decir que no esperaba a una tan guapa como tú.

Mireille sacudió la cabeza y rio.

—¡Coqueteando no irá a ninguna parte! Pero sí, trataré de que atraviese la ciudad de manera segura. Después de eso, no sé hacia dónde lo llevarán exactamente; las rutas cambian constantemente con el fin de ir un paso por delante de los alemanes y de la policía.

Mireille mantuvo los ojos fijos en los raíles, mirando a los ratones que correteaban por entre las piedras que había entre las traviesas cuando la estación estaba en silencio, consciente de que el joven la estaba mirando de cerca y de que estaba haciendo que las mejillas se le pusieran coloradas. Echándose los rizos hacia atrás, lo miró a su vez y dijo:

—Sé que se supone que no debemos hacer preguntas. Pero tengo una solo: ¿Qué pasó con su paracaídas?

Él sonrió, sorprendido.

—Lo enterré en un campo de nabos, según me habían indicado. ¿Por qué lo preguntas?

—Es que con él habría podido hacer una bonita blusa y unos cuantos pares de bragas y camisetas, para mis amigas y para mí.

—Ya veo —dijo, serio—. Bueno, la próxima vez, señorita, me aseguraré de quedármelo y de traérselo aquí a París. ¡Estoy seguro de que el general De Gaulle y el resto de la comandancia Aliada estarán encantados de que saber que los equipos del ejército reciben tan buen uso!

De repente, los ratones que corrían por entre los raíles desaparecieron y pocos segundos después se oyó el ruido de un tren que se acercaba y silenciaba la conversación.

Se sentaron uno al lado del otro. Mireille notaba el brazo del hombre al contacto con el suyo a través de la manga mientras el vagón traqueteaba y se balanceaba. No hablaban, pues había más pasajeros cerca y podrían oírlos, pero no podía evitar sentir la potente atracción que circulaba entre ambos.

Salió de aquella agradable ensoñación cuando el tren se dispuso a parar en una estación antes de aquella en la que iban a apearse y un guardia gritó que el recorrido finalizaba allí. Siguieron a los demás pasajeros —algunos se quejaban, otros se resignaban en silencio, hasta las escaleras que llevaban a la salida.

Después de subir las escaleras le latía el corazón contra las costillas como si fuera un pájaro atrapado. Al llegar a la valla, media docena de soldados estaban sacando a gente de entre la multitud de pasajeros que habían bajado del tren. Unos metros por delante un hombre dudaba mirando a su alrededor en busca de otra salida. Que se retrasara momentáneamente llamó la atención de dos de los soldados, que sin ceremonias empujaron a los demás pasajeros para apartarlos del camino y detuvieron al hombre agarrándolo de los antebrazos y sacándolo de allí. Mireille se dio cuenta de que estaban deteniendo a todos los que llevaban una estrella amarilla prendida en la ropa. Agarró a su acompañante del brazo para poder decirle al oído:

—No dude. No mire ni a derecha ni a izquierda. Siga caminando junto a mí, sin más.

Cuando les llegó el turno en la valla, Mireille se obligó a parecer relajada, aunque tenía los hombros tensos de los nervios. A través de la manga del abrigo podía sentir la musculatura del antebrazo del hombre, que se tensaba al tiempo que cerraba los puños.

Uno de los soldados los miró de arriba abajo y pareció a punto de pararlos. Pero hizo una señal con el brazo y volvió su atención hacia una pareja que había tras ellos, a los que pidió que le enseñaran la documentación. Mireille respiró otra vez, permitiéndose relajar los hombros un poco.

Fuera, en la calle, había un camión en la calzada. Un par de guardias tenían los rifles apoyados en el portón trasero mientras fumaban un cigarrillo. Mireille vio de reojo la cara pálida y de nervios de quienes habían sido obligados a subir mientras su acompañante y ella seguían adelante en el más profundo silencio hasta que estuvieran lejos de cualquiera que pudiera oírlos. Entonces Mireille se soltó del brazo y se puso el pelo detrás de las orejas con las manos temblando de miedo e ira a partes iguales. Se dio cuenta de que él llevaba todavía las manos cerradas en un puño y de que tenía la mandíbula tensa.

—Así que esto es lo que hacen. —Parecía tan mareado como ella—. Meten a la gente en un camión como si fuera ganado y los envían a los llamados campos de trabajo donde los tratan como esclavos. Lo había oído cuando estaba en Inglaterra, pero ver cómo sucede delante de mis propias narices... —No dijo más y se tragó la frustración.

—Lo sé —repuso ella, llevándolo hacia el río—. Es grotesco. Y lo peor es que la mitad de las veces es la policía francesa la que hace los controles tras esas vallas, no los alemanes. Cada vez va a peor.

Siguieron caminando, deprimidos, a lo largo de las aguas turbias del Sena. Mireille trastabilló al toparse con una piedra saliente del pavimento y él la sujetó para que no se cayera. Sin decir palabra, la tomó del brazo de nuevo y ella sintió cierto grado de confort con su proximidad.

No quería arriesgarse a volver al metro, así que siguieron a pie. Él le fue contando más cosas de su vida en el sur mientras seguían río arriba. Trabajaba como cantero y había aprendido el oficio de su tío, que había hecho trabajos de mantenimiento en la catedral de Saint-Pierre en Montpellier. Siguió llevándola del brazo, pero con el otro le fue describiendo la complejidad de los arcos góticos que había ayudado a reparar tallando cada pieza de arenisca para que encajara a la perfección allí donde había un trozo desgastado o dañado que debía ser sustituido. Notaba la fuerza en sus manos, que al tiempo tenían gracia. Mientras hablaba, se imaginó el delicado trabajo, detallado como el encaje, que era capaz de crear a partir de unos materiales tan duros.

Ella le contó un poco de su vida también en el sudoeste; le habló del molino junto al río en que había crecido, del modo en que se movía la piedra del molino empleando la fuerza del agua, que hacía girar las piedras para convertir el grano en harina, tan fina como la nieve acabada de caer. Describió la cocina, donde su familia se reunía para comer lo que había preparado su madre utilizando lo que la familia había cultivado en su propio huerto, y de la miel clara y dorada que su hermana recolectaba de las colmenas que atendía, para dulcificar sus días.

Poder hablar de todo aquello era como un lujo, compartir los recuerdos, tanto que deseó tener más tiempo para charlar con aquel joven. Ya estaban cerca de Marais, no obstante, y dentro de pocos minutos lo dejaría en casa de los señores Arnaud. Luego desaparecería por las rutas invisibles de la red, pasando de un piso franco a otro hasta que un guía pudiera llevarlo por el difícil y peligroso camino de los Pirineos. Ojalá hubiera podido decirle su nombre y darle su dirección para que aquel agradable sentimiento de conexión entre ambos pudiera continuar algún día. Pero sabía que hacer tal cosa los pondría a ambos —y a toda la red— en una posición peligrosa si lo atrapaban.

Según se acercaban a la estrecha entrada al final de la calle donde vivían los Arnaud, sacó con delicadeza el brazo del suyo, sintiendo un fuerte pinchazo de duda al hacerlo, deseando quedarse cerca de él un poco más.

Cuando estaba a punto de doblar la esquina, oyó los gritos. Se oyó un fuerte «*HALT!*» seguido del llanto de una mujer.

En una décima de segundo vio, horrorizada, la escena que se desarrollaba fuera del piso franco. Había un automóvil negro aparcado ante la puerta y un oficial con un uniforme oscuro de la Gestapo estaba empujando a la señora Arnaud al vehículo. Al mismo tiempo, otro soldado tiraba al suelo al señor Arnaud y le daba un par de patadas en el estómago.

Su acompañante apretó los puños y su cuerpo se tensó por completo, como si estuviera a punto de saltar y tratar de intervenir.

Mireille se dio cuenta con una claridad terrible de que su presencia no haría sino sellar el destino de los Arnaud para siempre, al igual que el suyo. No había nada que pudieran hacer para ayudar.

Agarró al joven del brazo, tiró de él hacia delante y pasaron de largo por el final de la calle estrecha donde la casa que había servido de refugio para tantos fugitivos durante el año pasado ya no serviría para nadie más.

Claire había abierto la minúscula ventana cuadrada de su dormitorio para dejar que el aire de la noche entrara. Pronto caería la oscuridad y tendría que cerrarla, bajar la persiana y dejar fuera las estrellas. Pero ahora podía sentir el leve olor a café y cigarrillo y oír el ruido de la porcelana flotando en el aire de la noche desde la cafetería que había en la otra acera al final de la calle. Las calles estaban mucho más silenciosas aquellos días, pues había poco tráfico. La mayoría de los parisinos o bien iban en bicicleta o bien a pie a todas partes. Cada vez con mayor frecuencia, los clientes enviaban faldas para hacer arreglos y pantalones, más prácticos para ir en bicicleta y que permitían al tiempo mantener cierto grado de elegancia.

Desde allí arriba no podía ver la calle que había justo debajo, pero oía la llave girar en la cerradura y la puerta principal abrirse y cerrarse. Siempre estaba nerviosa cuando Mireille salía sola, esperando que volviera sana y salva, así que cuando oyó los pasos que subían por las escaleras se sintió aliviada.

Cerró la ventana y bajó la persiana. Luego salió al recibidor para abrir la puerta a la llegada de su amiga. Para su sorpresa, vio que un joven alto y con gabardina iba tras ella. Sabía que era mejor no hacer preguntas, así que simplemente se echó a un lado y los dejó entrar.

La habitación que había sido de Esther —donde había dado a luz a su hija— no había vuelto a ser utilizada por ninguna de las costureras desde entonces. Claire y Mireille mantenían siempre la puerta cerrada, pues abrirla les traía recuerdos, especialmente a Mireille, que había presenciado la muerte de Esther cuando el avión alemán hizo un vuelo rasante para tirotear a los refugiados que huían de París cuando se produjo la invasión. Pero ahora tenían que esconder al joven soldado de la Francia libre en alguna parte unos días hasta que se diseñara un nuevo plan para que pudiera escapar.

Claire se dio cuenta de que en los ojos de su amiga había miedo, aunque trató de disimularlo y de permanecer tranquila, como siempre, y de ser práctica mientras hablaban de las opciones que tenían. Ambos sabían que la captura de los Arnaud por parte de la Gestapo significaba que una de las rutas de escape de la red se había cerrado. Claire tembló al pensar que pudieran arrestarlos y llevarlos a la avenida Foch para interrogarlos. ¿Cuánto tiempo podrían resistir si los torturaban? ¿Serían capaces de no dar información alguna después de veinticuatro horas de arresto, dando a los demás *passeurs* el tiempo suficiente para cubrirse las espaldas y permitiendo que los pisos francos pudieran cerrar a tiempo? ¿Sería Mireille la siguiente de la red a la que arrestarían si los Arnaud daban a la Gestapo la poca información que tenían de ella? ¿Y si arrestaban a Mireille, también la arrestarían a ella? Lo que ocurriría si descubrían que alojaban a un fugitivo no tenía comentario. Pero parecía que no había otra opción: el apartamento de la azotea se necesitaba ahora como piso franco.

Mireille y ella retiraron a un lado los maniquíes que se guardaban en la antigua habitación de Esther. Cada uno tenía las medidas de una clienta en concreto, pero cada vez era más necesario retirarlos y guardarlos, pues las clientas desaparecían y ya no podían permitirse los elevados precios de la ropa hecha a medida. Como las habitaciones de los pisos inferiores se habían llenado de ellos, los sobrantes habían acabado en las habitaciones que quedaban en el quinto piso.

Hicieron la cama; cada una aportó una de sus mantas mientras el joven se había sentado en una silla de la sala de estar a engullir el mendrugo que Mireille le había dado, en el que había untado lo que quedaba de la tarrina, que era más grasa que carne.

Aunque trataban de hacerlo en silencio, Vivi oyó el ir y venir y salió de su habitación para ver qué pasaba. Cuando Mireille le explicó en pocas palabras lo que había sucedido se estremeció por la sorpresa.

Hablando en voz baja, aunque con tono de urgencia, dijo:

—Sabéis que esto nos pone a todos en peligro, Mireille. No podemos permitir que los hilos de la red nos relacionen. Su presencia aquí nos amenaza a todos hasta lo más alto.

Claire se preguntaba qué querría decir con aquello, pero se dio cuenta de que Mireille parecía entender lo que significaba, ya que no preguntó nada.

—No nos quedaba más remedio —susurró Mireille como respuesta—. ¿Qué otra cosa podíamos hacer? ¿Dejarlo en la calle sin ningún sitio al que ir? Lo arrestarían tarde o temprano, y ahora sabe dónde vivimos. Aunque sea duro, o es más que humano. Ya conoces los métodos que utilizan para sonsacar información a la gente. Esconderlo aquí es la opción más segura. Los Arnaud no saben cómo me llamo y no saben nada de mí, así que no hay mucho que puedan decir.

—¿Y el hombre de la tintorería? ¿Y si hablan de él? Si lo arrestan, todos caeremos.

Mireille levantó la barbilla. Le temblaron los ojos oscuros. Claire de dio cuenta de las señales: aquella era la mirada de determinación que tenía su amiga, no de miedo, y todos sabían lo cabezota que podía ser cuando decidía algo.

—Lo sé, Vivi —repuso Mireille—. Pero todas sabíamos en lo que nos estábamos metiendo. Sigo pensando que esta es la opción más segura.

En la cara de Vivi se dibujó una sonrisa amarga, parecía aceptar que Mireille tenía razón.

—Muy bien —dijo dudando—, lo esconderemos. Pero nadie más de abajo debe sospechar nada. —Se volvió hacia Claire—. ¿Está claro?

—¡Naturalmente! —replicó Claire, indignada—. Estoy tan metida en esto como Mireille. Tanto como tú, también, espero —añadió sin poder evitarlo.

Vivienne le dedicó una mirada de cautela, pero luego lo dejó pasar.

—De acuerdo, entonces, tenemos que ocultarlo esta noche. Habrá que cerrar la puerta de ese dormitorio desde dentro. No deberá arriesgarse a salir durante el día. Ya sabes que los tablones del suelo crujen. La señorita Vannier se presentará aquí como un tiro si oye a alguien cuando se supone que todas deberíamos estar en el taller, ¡y más si sospecha que alguna de nosotras puede estar ocultando a un hombre!

A Claire le costó dormir aquella noche. No hacía más que dar vueltas en la oscuridad y pensar y, llegado un momento, oyó las pisadas casi imperceptibles de unos pies descalzos pasando por su puerta. Quizá se lo estuviera imaginando, o quizá no fuera más que alguna de las otras yendo al servicio, se dijo. Cuando un sueño agitado la venció, no dejó de soñar con hombres uniformados de negro que la buscaban por las calles levantando un gran estruendo al pisar con las botas sobre el pavimento. Cuando la atraparon, se despertó con un grito y se encontró con que Vivi estaba agachada junto a su cama, sacudiéndola para que se despertara.

—Eh —susurraba—. Estoy aquí. Todo va a salir bien.

—He tenido una pesadilla —dijo Claire, todavía agitada.

—Shh, lo sé. Estabas hablando en sueños, te he oído a través de la pared. Pero no pasa nada. Estás bien. Todas lo estamos. Trata de volver a dormir.

Claire negó con la cabeza.

—Ya no quiero dormir más, no sea que las pesadillas vuelvan.

—Entonces, ven. —Vivi le ofreció una mano—. Vamos a prepararnos una tisana. En cualquier caso, dentro de media hora tenemos que estar de pie.

Pasaron de puntillas frente a la puerta de Mireille y entraron en la cocina para poner el agua a hervir; luego se sentaron juntas en silencio con las manos alrededor de la taza e inhalando el aroma dulce y picante de la infusión de melisa.

—¿Cuánto tiempo crees que tendrá que quedarse?

Vivienne se echó la trenza pelirroja sobre un hombro.

—No mucho. No te preocupes, se lo llevarán. Además, Mireille tenía razón anoche: esconderlo aquí era la mejor opción. Y ahora, Mireille, tú y yo tenemos que seguir nuestra rutina en el trabajo. Es absolutamente necesario que nadie tenga el menor motivo para sospechar que en el apartamento del quinto piso sucede algo fuera de lo normal.

Claire asintió con la cabeza y sorbió un poco de la infusión. La presencia tranquilizadora de Vivi le daba seguridad. Las tres estaban juntas en esto ahora, unidas no solo por su amistad, sino también por los secretos que las unas guardaban de las otras.

Mireille se preguntaba cómo encontrar una excusa para visitar la tintorería al día siguiente cuando, por casualidad, la señorita Vannier le pidió que fuera y recogiera unos largos de tela que se necesitaban para preparar algunas muestras de la colección de invierno.

Lo primero que preguntó al llegar allí fue si se sabía algo del señor y la señora Arnaud. El hombre de la tintorería apretó los labios con tristeza y negó con la cabeza.

—Hemos suspendido toda la actividad de la red de momento. Por ahora no ha habido más arrestos, así que parece que los Arnaud han conseguido no dar a la Gestapo información que pudieran utilizar. Solo Dios sabe si podrán aguantar, no obstante.

De la estantería de detrás de él tomó los encargos que había terminado para Delavigne Couture y los depositó envueltos en papel sobre el mostrador. Luego, de un armario, sacó un paquetito de detrás de una pila de muestras de colores.

—Asegúrate de que Vivienne lo recibe. Y dile que lo esconda de momento. No podrá usarlo hasta que hayamos abierto una nueva ruta… —Se detuvo al darse cuenta de que ya había dicho demasiado—. Se lo haré saber al señor Leroux. No te preocupes, hay otras redes que pueden seguir trabajando hasta que seamos capaces de poner en marcha las cosas otra vez. De momento, ¿crees que podréis mantener escondido a vuestro invitado? Si eso se convierte en un problema, ven y dímelo. Solo será unos días. Pronto se nos ocurrirá algo.

—*Merci*, señor. —Mireille se guardó el paquetito para Vivi en el bolsillo interior de su abrigo y luego tomó los paquetes grandes.

El hombre le sujetó abierta la puerta.

—Trata de no preocuparte —le dijo. Pero en el tono de su voz, que intentaba tranquilizarla, se ocultaba una tensión que se dibujaba en las arrugas de su frente.

Durante el día las chicas no estaban en el apartamento, dejaban al joven solo. Él había prometido no moverse por miedo a que alguien pudiera oír alguna pisada o el crujido de uno de los tablones del suelo al subir a alguno de los almacenes que había en el cuarto piso. La señorita Vannier y las otras costureras tenían que subir a menudo el maniquí de alguna clienta o ir a buscar algún patrón en concreto o una pieza de tela. Pero por la noche, cuando todas se habían ido, Mireille, Claire y Vivi podían relajarse un poco y su «invitado» podía salir de la habitación y cenar con ellas.

Al joven se le iluminó la cara cuando vio a Mireille esa noche.

—¡Tengo un nombre! —dijo, levantando los documentos de identidad falsos que le habían dado—. Dejad que me presente: Frédéric Fournier a vuestro servicio, señorita. —Hizo una reverencia exagerada, tomándole la mano y besándosela en plan teatral.

—Mmm —dijo Mireille, haciendo como que lo miraba evaluándolo, aunque no hizo movimiento alguno para retirar la mano—, te queda bien. Pero nosotras te llamaremos Fréd. Según parece, vas a pasar unos días con nosotras, Fréd, así que espero que no te aburras demasiado, aquí encerrado sin nada que hacer.

—Al contrario —dijo con una sonrisa que imitaba a la suya—, tengo mucho que hacer. Esta noche voy a hacer la colada, si se me permite utilizar los servicios que ofrece este excelente establecimiento, y luego espero pasar una de las veladas más agradables en compañía de mis amables anfitrionas. —Miró la mano que todavía le estaba sujetando y se la apretó con gentileza—. De una de mis amables anfitrionas en particular —dijo, tranquilamente. Y luego levantó la mano de ella hasta sus labios y la besó de nuevo con una ternura que, esta vez, hizo que se le derritiera el corazón.

Mientras el joven estaba en el cuarto de baño aseándose y lavando los calcetines, Mireille fue a la cocina para hablar con Vivi, que intentaba preparar una cena que escasamente llegaba para tres y mucho menos para cuatro. No había tenido la oportunidad de decirle lo que el tintorero le había dicho antes, pero ahora sí podría. También le dio el paquetito y le comunicó el mensaje de que lo mantuviera oculto de momento. Vivi frunció el ceño, aunque no dijo nada y se llevó el paquete a su habitación.

Esa noche, Mireille y el joven que estrenaba nombre, Frédéric, estuvieron levantados hasta bien entrada la noche, hasta mucho después de que Claire y Vivi se hubieran ido a la cama, y siguieron hablando sobre sus familias y sobre la vida que tenían antes de que la guerra hubiera puesto el mundo patas arriba. Mireille tenía cuidado de no contarle nada que pudiera poner a su familia en peligro si lo atrapaban, pero aun así se sentía a gusto compartiendo una parte de sí misma con aquel hombre y a su vez escuchar sus historias.

En un tiempo y un lugar en que tenían tan poco, las horas que pasaron en compañía el uno del otro le parecieron uno de los mejores regalos que jamás hubiera recibido.

La noche siguiente, después del trabajo, Claire salió para intentar conseguir algo más de comida. Las tres chicas habían puesto algo de sus ahorros, así que tenía unos cuantos francos en el bolsillo por si el tendero del ultramarinos tenía algo bajo el mostrador que pudiera comprar pagando un poquito más. Por lo general evitaban comprar en el mercado negro y se las apañaban con las raciones que recibían, pero teniendo una boca más que alimentar tenían más hambre que nunca.

Cuando llegó a casa traía un peso en la bolsa de la compra que la llenó de satisfacción, pues había conseguido un tarro de *confit de canard*, además de unas cuantas patatas llenas de tierra y un manojo de zanahorias no muy frescas. ¡La cena sería un festín!

En el primer piso se sorprendió al oír el suave murmullo de unas voces que llegaban desde el taller de costura. Vivi debía de estar trabajando hasta tarde otra vez, pensó, pero también oyó una voz masculina y se preguntó si Fréd se habría arriesgado a salir del apartamento.

La puerta estaba entreabierta y por la estrecha abertura pudo ver fugazmente la mano de un hombre sobre el hombro de Vivi. Era un gesto de confianza plena, de cercanía y de cómoda intimidad que hizo que se detuviera. Vivi nunca había hablado de que tuviera novio. De hecho, rara vez salía y, cuando lo hacía, era porque Mireille y ella le insistían en que las acompañara a dar un paseo o a algún café de la ciudad. Si era Fréd quien estaba sentado tan cerca de ella, entonces debía de haberse movido muy rápido. De todos modos, había visto cómo se le iluminaba la cara cuando aparecía Mireille, así que sería más que sorprendente que fuera él.

Las dos figuras estaban concentradas en lo que fuera que Vivi estuviera trabajando y, según pudo ver, el hombre movió la mano del brazo de Vivi para señalar algo que había en la mesa.

Claire se desplazó un poco tratando de verle la cara, pero la bolsa de la compra se balanceó y la puerta se abrió.

Ambos se la quedaron mirando, sorprendidos. Entonces, el hombre dijo:

—Buenas noches, Claire. Encantado de verte de nuevo.

—*Bonsoir*, señor Leroux —repuso ella.

El hombre se puso de pie, y mientras lo hacía, se dio cuenta de que su amiga ocultaba en el regazo lo que fuera que hubieran estado mirando.

—Siento haberles interrumpido —dijo Claire, apartándose de la puerta—. Solo quería decirle a Vivi que he conseguido cena para todos. —Levantó la bolsa de la compra—. Estará lista más o menos dentro de media hora.

—Muy bien. En cualquier caso, tengo que subir y hablar con todas vosotras. Tenemos un plan para que vuestro invitado sorpresa siga su camino, pero debemos comentarlo. A ver —tomó la bolsa de la compra que llevaba Claire—, deja que te la lleve. Vivi subirá dentro de un minuto, en cuanto haya recogido todo aquí.

Desde luego, era un hombre muy atractivo, pensó, pero se dio cuenta de que la llamaba Vivi en lugar de Vivienne, lo que parecía indicar que entre ambos había confianza. Quizá su amiga fuera una de sus amantes, pensó. Sin duda, eso explicaría que hubiera sido contratada en Delavigne Couture. Y entonces, como piezas que encajan en un rompecabezas, se le pasó una imagen por la cabeza, la del reflejo en el espejo que había visto en la *brasserie* Lipp hacía meses. El hombre sentado a la mesa con Vivi y la mujer nazi era el señor Leroux. Por eso su cara le resultó familiar cuando poco después su amiga los presentó en los jardines de las Tullerías. Dada la cercanía con Vivi, debía de saberlo todo de cuando estuvo saliendo con el oficial alemán. Al pensarlo, las mejillas se le pusieron coloradas y agradeció subir las escaleras por delante de él para que no pudiera ver lo avergonzada que estaba. Si era completamente sincera consigo misma, durante aquella velada en la brasserie Lipp había sentido cierto desprecio triunfante al ver al grupo de la mesa del otro lado de la sala; ahora se daba cuenta de quién era en realidad, así que la vergüenza que sentía era doble. No le extrañaba que hubiera sido tan reticente antes de aceptarla en la red. De no haber sido por lo persuasiva que era Mireille, seguramente hubiera quedado en el ostracismo.

No había rastro de Mireille en el quinto piso, y la puerta de la habitación de Fréd estaba cerrada. En la pequeña cocina, Claire se afanaba por preparar la cena calentando unos muslos de pato y pelando las patatas. Había declinado la oferta del señor Leroux de ayudarla, pues allí apenas había sitio para una persona, mucho menos para dos. El hombre se quedó apoyado en el marco de la puerta, mirándola mientras se disponía a freír las patatas con un poco de grasa que había sacado del tarro de *confit*, añadiendo unos trocitos de ajo. El fuerte olor invadió el apartamento tan pronto como la sartén empezó a chisporrotear.

Al levantar la vista de la cocina, él le sonrió. Con un aspaviento, sacó una botella de vino tinto de un bolsillo de su abrigo y lo dejó en la encimera, junto a ella. Luego, de otro bolsillo, sacó tres tabletas de chocolate Côte d'Or que le entregó.

—Será mejor que te las dé a ti, pues sé que las compartirás equitativamente —dijo, haciendo que se sonrojara.

Atraídos por el olor de lo que se estaba cocinando, pronto aparecieron Vivi, Mireille y Fréd y pusieron la mesa.

El señor Leroux las acompañó, pero rechazó el plato que le servían diciendo que cenaría más tarde. Se tomó su vaso de vino, no obstante, mientras los observaba devorar la comida, que era la mejor que habían tomado en mucho tiempo. Fréd levantó su vaso diciendo que los muslos de pato estaban mucho más ricos que cualquier cosa que hubiera comido en Inglaterra, y todos felicitaron a la cocinera. ¿Se lo estaba imaginando Claire, o el señor Leroux tenía los ojos puestos en ella cada vez que miraba tímidamente en su dirección?

El hombre dejó que acabaran de cenar antes de entrar a hablar de lo que le había llevado realmente hasta la *rue* Cardinale.

—Tenemos un plan para sacarte de aquí, Fréd. No será por el sudoeste, como solíamos hacer, sino por medio de otra red que funciona en Bretaña. Debo advertirte de que se trata de una ruta más peligrosa, pero más rápida para llevarte de vuelta a Inglaterra.

Fréd se encogió de hombros.

—Está bien —dijo—. Cuanto antes pueda regresar y retomar la lucha, mejor. —Claire se dio cuenta de que miraba con pena cuando se volvió hacia Mireille, que estaba sentada junto a él, y le tomó la mano añadiendo—: Aunque voy a sentir mucho tener que dejar a mis nuevas amigas en París.

—No podemos arriesgarnos a utilizar el tren —siguió diciendo el señor Leroux—. Hay demasiados controles en las estaciones, sobre todo en la ruta que lleva a Bretaña. Los alemanes están tratando más que nunca de proteger su defensa atlántica desde que los aliados volaron los muelles de Saint-Nazaire. Así que habrá que ir campo a través. Y por allí no hay *passeurs* de sobra que puedan mostrarte el camino, lo que significa que tendrás que ir por tu cuenta a algunos sitios.

—Está bien —dijo Fréd decidido—. Nunca he estado en Bretaña, pero estoy seguro de que podré apañármelas.

—Pero si viajas solo sospecharán de ti con ese acento del sur que tienes. Por eso hemos añadido a alguien al plan. —El señor Leroux se

155

volvió hacia Claire—. Supongamos por un momento que fueras a ver a tu familia para presentarles a un joven que desea pedirle tu mano a tu padre para casaros… Tú conoces a la gente de allí, puedes ser de ayuda la mayor parte de las veces y sabes por dónde ir. Si eres capaz de llevar a Frédéric hasta Port Meilhon, la red podrá sacarlo del país. Estará de vuelta en Inglaterra dentro de un par de días, y así lograremos que ciertos asuntos críticos de inteligencia que necesitamos que vuelvan al comando aliado tan pronto como sea posible lo hagan, además de que nos estarás haciendo un favor, pues la ruta del sur ha quedado clausurada de momento.

A Claire se le heló la sangre en las venas al pensar en semejante viaje, muy peligroso. Se las había apañado para controlar los nervios y cumplir con lo que le asignaban en la ciudad, pero aquella misión implicaba jugar en una liga completamente distinta. Puso mirada de franqueza y se tragó el miedo.

—Puedo hacerlo. Estoy segura de que la señorita Vannier me dará unos días libres, ya que hace mucho que no le pido ninguno. Además, desde que tuve el «accidente» todavía me mareo a veces y me ha estado insistiendo en que consiga un pase para viajar y vaya a ver a mi padre para que me dé un poco el aire del mar. Sin embargo, hay que ver si los alemanes me dan permiso para viajar. Y en cuanto a Fréd, también lo necesitará, ¿no? No sé cuánto tiempo tardan esos permisos…

—Eso ya está resuelto —dijo el señor Leroux—. Aquí tengo los permisos para ambos. —Puso sobre la mesa los documentos, falsificados, de la *préfecture de police*, en cuyo encabezamiento se leía *«Ausweis»* y que tenían estampada el águila de dos cabezas y la esvástica de la administración alemana—. Podéis salir mañana por la tarde. Id al puente de Neuilly a las cuatro en punto, donde os esperará un transporte que os llevará hasta Chartres. Allí tenéis cada uno una habitación reservada para pasar la noche y luego os llevarán a Nantes. No es exactamente la ruta más directa, pero es la única que hemos sido capaces de organizar en poco tiempo. Desde Nantes viajaréis solos. Tendréis que usar el transporte público, si es que lo hay, o hacer que alguien os lleve. Tenéis que estar en Port Meilhon el viernes por la noche. Es muy importante que el barco salga con la marea baja, pues los barcos alemanes, de mayor calado, no estarán patrullando cerca.

Claire miró las caras que rodeaban la mesa, todos la observaban. En los ojos de Mireille se reflejaba el miedo; la clara mirada de color avellana de Vivi seguía tan tranquila como siempre, pero un destello de preocupación la traicionó, estaba nerviosa. Fréd le sonreía, animándola. Y luego se volvió hacia el señor Leroux. La miraba con amabilidad, pero con una calidez añadida que hizo que el corazón le latiera más aprisa y que las mejillas se le pusieran coloradas.

—De acuerdo —dijo, empujando hacia atrás la silla para ocultar la confusión que sentía—. Entonces, será mejor que me vaya y prepare la maleta.

Mientras doblaba un par de cosas que necesitaba para el viaje, el señor Leroux apareció en la puerta de su habitación.

—Tengo algo que quiero que lleves, Claire. —Sacó un paquete pequeño y plano, envuelto en hule, cuyos dobleces habían sido cosidos a conciencia—. Es vital que esto vaya con Fréd cuando se marche, pero será más seguro que no sepa nada hasta el último minuto. Llévalo siempre contigo. Será más fácil que lo cacheen a él que a ti si os paran. Haz lo que haga falta para mantenerlo a salvo, pero asegúrate de que se lo das a Fréd cuando deje la costa francesa. No se lo confíes a nadie. ¿Lo has entendido?

Asintió con la cabeza, y mientras tomaba el paquete, le agarró la otra mano y cubrió la suya y sujetó el paquete con fuerza un instante antes de dejarlo ir. Claire se topó con su mirada y aunque podía ver que le preguntaba algo con los ojos, por ahora no podía responder.

Miró el paquete que le había dado, fijándose en la limpieza de las puntadas que lo cerraban. De repente todo tenía sentido. No pudo evitar preguntar:

—¿Es lo que Vivi tenía entre manos?

El hombre se llevó un dedo a los labios y luego le puso la mano sobre la suya de nuevo, apretándole los dedos, lo que la confortó. Siempre parecía tener ese aire de tranquila seguridad, se dijo, tratando de hacer caso omiso de otras cosas que había empezado a percibir en él, como el modo en que la miraba y sus rasgos cincelados, que hacían que quisiera pasar con él más tiempo. Era simplemente la calma y la confianza de aquel hombre lo que encontraba tan atractivo, pensó, como si, fuera lo que fuese que tuviera que pasar, supiera qué hacer. Ojalá sintiera esa misma confianza en sí misma.

Harriet

*J*usto en el momento en que empezaba a sentir un poco de admiración por Claire, al ver que era lo suficientemente valiente como para aceptar convertirse en *passeuse* y acompañar al piloto de la Francia libre en un viaje peligroso para escapar a través de Bretaña, parece que va y se enamora de otro donjuán. Solo me queda esperar que el señor Leroux no le vaya a romper también el corazón. Tiene la misma pinta que Ernst, es un mujeriego. Me parece que utiliza a las mujeres, aunque sea por la causa de la red de resistencia que controla.

Tengo una sensación bastante mala, creo que la historia se va a repetir otra vez y que Claire no va a aprender nunca de sus errores.

Pero ¿es que los demás aprendemos?

Algunas de las salas del Palais Galliera están hoy cerradas, están cambiando las exposiciones. Las creaciones de Jeanne Lanvin —y ese vestido azul de Lanvin con pedrería de plata— van a volver a los archivos del sótano del museo, donde las guardarán con esmero hasta la próxima vez que se expongan. Me siento fuera, en uno de los bancos que rodean el edificio, entre las estatuas que hay aquí y allá por los jardines, escribiendo el último capítulo de la historia de Claire.

Me suena el teléfono y sonrío al ver que aparece el nombre de Thierry en la pantalla. Y sonrío más cuando me pregunta si me gustaría cenar con él esta noche, en un pequeño restaurante que conoce, donde sirven los mejores *moules-frites*[2] de París.

---

2 N. de la Trad.: Mejillones con patatas fritas.

1942

L levan viajando casi dos días y Claire no ha sido capaz de relajarse ni un momento, a pesar de que todo ha ido hasta ahora bastante bien. Salieron de París sin problemas, pasaron la noche en el hotel de Chartres según lo planeado y viajaron a Nantes al día siguiente. Ahora, en el trecho final del viaje, Claire se asombra ante la devastación que la guerra ha provocado en Saint-Nazaire. Recordaba la ciudad de su juventud como un lugar lleno de esperanza y prometedor, la puerta hacia una nueva vida lejos de Port Meilhon. Pero lo que ahora ve es una ciudad que ha olvidado la esperanza. Los edificios están llenos de señales de fuego de ametralladora, y los astilleros, que un día fueron el orgullo de la ciudad, aparecen cerrados y desiertos. El muelle seco, con capacidad para alojar los mayores navíos de guerra alemanes, ha sido volado recientemente por un bombardeo de comandos británicos.

Observaba estos escenarios destrozados mientras ella y Fréd daban tumbos por las carreteras llenas de baches en la parte trasera de una camioneta que había ido a entregar pescado a un almacén de las afueras de la ciudad. Aunque vacía, la camioneta seguía oliendo a la carga que había llevado. Una y otra vez se tragaba la bilis que le subía a la garganta como resultado de aquel olor tan tremendo combinado con el mareo que le producía ir en el vehículo circulando por carreteras llenas de baches y obstáculos. La vista de los edificios bombardeados por todo el camino le recordó la vívida imagen de lo sucedido la noche que estuvo en Billancourt, cuando esquivó a la muerte por muy poco. La imagen de la cara de Christiane parecía flotar al fondo del paisaje arrasado, y el olor a polvo y humo se le mezclaba con el de pescado en las fosas nasales. Ojalá la persistente contracción nerviosa que sentía en el rabillo de un ojo no dejara ver el pánico que empezaba a sentir.

Como si cruzando los brazos pudiera mantener todos los miembros unidos al cuerpo, pasaba las yemas de los dedos por encima del paquete que le había dado el señor Leroux, que se había cosido por dentro del forro del abrigo para mayor seguridad, como si eso la tranquilizara.

Fréd era un compañero de viaje bastante callado, perdido en sus propios pensamientos, aunque su sólida presencia le daba seguridad. Dejó que ella hablara aquella mañana cuando se habían encontrado con la camioneta que transportaba pescado. Cuando Claire dijo el nombre de su padre, el conductor de la camioneta, que tenía la cara curtida por el aire y el tiempo, hizo un gesto para indicar que lo conocía y de inmediato aceptó llevarlos a Port Meilhon, a pesar de que debería ir un poco más allá de Concarneau, su casa.

Por fin los dejó, con otro gesto de asentimiento y saludando con la mano, en lo alto de la calle estrecha y adoquinada que llevaba hasta el pequeño puerto. Claire se quedó mirando un momento dando las gracias por estar bien después de horas de dar tumbos. Inspiró hondo el aire del mar, aliviada al notar que las náuseas se le pasaban. Era tranquilizador estar en un entorno conocido. El pueblo de pescadores olía, como siempre, a sal y a algas y a las redes húmedas que sujetaban las pequeñas filas de botes a sus amarras a lo largo del muelle. Las aves marinas chillaban las unas a las otras más adelante, atentas para cobrar capturas fáciles cuando llegaba un barco.

Nunca pensó que se alegraría tanto de estar en casa, pero ahora tenía unas ganas tremendas de ver a su padre y a su hermano Marc y de que la abrazaran con sus fuertes brazos.

Fréd le sonrió.

—Ya casi estamos —dijo, al tiempo que tomaba la bolsa que llevaba y la suya propia—. Tú primera.

Entonces los vio junto al barco, la figura esbelta de su padre levantando las nasas vacías de la pila en el muelle y pasándoselas a Marc en cubierta. Estaba a punto de echar a correr hacia ellos cuando Fréd interpuso una mano para detenerla.

—Espera —dijo tranquilamente.

Hacia el final del espigón que protegía el puerto habían construido un edificio de hormigón en cuya azotea hacía guardia un centinela alemán. Afortunadamente, estaba de espaldas, mirando el mar de color gris acerado en busca de barcos con un par de prismáticos. Desde los oscuros orificios que servían de ojos al blocao sobresalían los cilindros de dos cañones. Uno apuntaba hacia el mar, pero el otro al pequeño puerto y los hombres que allí trabajaban en sus barcos. Más allá del blocao, justo antes de llegar al pequeño faro que había al final del espigón que marcaba la entrada al puerto para la flota pesquera cuando volvía a casa en las noches oscuras, había una batería antiaérea apuntando al cielo a la que las aves marinas que volaban sobre ella burlaban.

Al ver a su padre y su hermano trabajando bajo la presencia amenazadora de los cañones que les apuntaban desde el blocao, Claire se sorprendió mucho. Dejó escapar un gemido cuando Fréd tiró de ella hacia atrás al llegar a la esquina, a la seguridad de la acera. Se llevó un dedo a los labios, advirtiéndole que se mantuviera en silencio.

—Ahora no podemos ir adonde están, Claire, no con ese centinela alemán de servicio. Solo llamaríamos la atención y eso es lo último que queremos. Incluso aunque hayas venido con la excusa de ver a tu familia, estarán buscando a cualquiera que acabe de llegar, cualquier cosa que se salga de lo normal. Tenemos que escondernos hasta que caiga la noche.

Claire asintió con la cabeza, se daba cuenta de que él tenía razón, incluso a pesar de las muchas ganas que tenía de echar a correr hacia su padre e interponerse entre él y la vista de aquella fortificación. Miró a su alrededor y le agarró la mano.

—Ven —dijo—. Podemos ir al callejón que hay detrás de casa. La puerta de atrás nunca se cierra. Podremos esperarles dentro.

Lo llevó a través de un pequeño agujero que había en la pared a un lado de la calle que se abría a un estrecho camino de arena que iba por los jardines traseros de las casas de los pescadores, cada una con su propio anexo. Abrió la puerta de la valla, hecha de estacas de madera que se estaban pelando, y siguió adelante, pasando de largo el pequeño huerto —una serie de surcos plantados de puerros y zanahorias— que cultivaban en el suelo arenoso del jardín. Giró el picaporte de la puerta trasera y, sonriendo triunfante a Fréd, la abrió y entraron.

El corazón le dio un brinco al ver su casa. Las habitaciones le parecían más pequeñas, de alguna manera, y estaban llenas de objetos que le recordaban a su madre —el encaje amarillento del aparador en que se guardaba la porcelana, pintada con un diseño bretón de hojas y flores— y a su padre también. Su silla junto a la chimenea, hundida por el peso de su cuerpo cansado cuando volvía de pescar. Tomó un ovillo de cordel que estaba deshaciendo y que estaba en el estante junto a la silla y de manera distraída se puso a rebobinarla y a entremeter el extremo del cordel para luego dejarlo junto a la silla.

En la cocina, el fuego se había apagado mientras los hombres estaban fuera faenando. Disfrutando la sensación de estar en casa de nuevo después de tanto tiempo y de la familiaridad de lo que solía hacer cuando todo aquello formaba parte de su vida diaria desde que tenía memoria, reavivó las ascuas y encendió el fuego de la cocina de nuevo, luego puso al fuego una cazuela con agua.

—Nos vendría muy bien lavarnos después del viaje. —Sonrió—. Luego ya veremos qué hay para cenar. Papá y Marc llegarán hambrientos. Dudo que tarden mucho.

A pesar de que ya estaba anocheciendo, Claire no encendió luz alguna, tampoco corrió las cortinas de las ventanas, bajas y cubiertas con una costra de sal. El viento que venía del mar hacía que los barcos atracados en el puerto se balancearan y se empujaran los unos contra los otros con la promesa de una fresca brisa marina al amanecer, cuando salieran una vez más para abrirse camino entre las olas.

Finalmente, los oyó regresar por el camino y sus pisadas sobre la rugosa estera de algas de la puerta principal para quitarse la arena.

Esperó a que se abriera la puerta y luego se cerrara tras ellos, asegurándose de que ya estuvieran dentro y lejos de la vista de nadie antes de acercarse. En la casa, que se iba oscureciendo con el día, a su padre le costó un poco darse cuenta de que la figura que había de pie frente a él en la entrada era Claire. Sin decir palabra, ella levantó los brazos. Entonces, se acercó a ella y enterró la cara en su cabello mientras lloraba.

Ella lo abrazó con fuerza, presionando la cara contra su pecho, abrumada por la fuerza y, al mismo tiempo, la fragilidad de aquel hombre, su padre, que había perdido a su esposa y a uno de sus hijos y que había visto al resto de su familia separada por la guerra. Bajo la lana gruesa de su jersey de pescador podía sentir cómo le tiraba el cuerpo con sollozos silenciosos al tiempo que sus lágrimas se mezclaban con las de él cuando lo besó en la mejilla.

Mientras la cena hervía a fuego lento en la cocina, Claire preguntó si había noticias de Jean-Paul y Théo. Pero su padre negó con la cabeza amargamente.

—No sabemos nada desde hace meses. Tan solo tenemos la esperanza de que estén juntos y que mantengan la moral. Estarían orgullosos de saber que su hermana pequeña está colaborando para que esta guerra acabe y ellos puedan volver a casa con nosotros.

A pesar de la calidez de sus palabras, esperanzadas, le pareció que la oscuridad ensombrecía los ojos de su padre, lo que traicionaba la ansiedad que sentía.

Más tarde, ante unos abundantes cuencos de caldo de pescado, Marc, Claire y Fréd hablaron sobre la guerra y de su propia experiencia mientras que el padre de Claire, que siempre había sido un hombre de pocas palabras, miraba a su hija a la cara como si estuviera sorprendido de tenerla en casa de un modo tan inesperado.

Marc se miró al reloj de pulsera.

—Ha llegado la hora de la retransmisión, papá.

Se levantó de la mesa y fue a una radio sin cable que tenían en un rincón de la estancia. Al aparato le costó un poco calentarse, pero las interferencias cesaron y el sonido de una emisora alemana de propaganda llenó la habitación. Con mucho cuidado, Marc ajustó el dial, bajó el volumen y resintonizó la radio. Se oyó un poco de música de baile y luego cesó. Tras un breve silencio una voz dijo: *«Ici Londres. Les Français parlent aux Français…».*

Seguidamente sonaron las notas características de la Quinta Sinfonía de Beethoven: tres notas cortas seguidas de una más, más fuerte y sostenida. Claire miró a Marc sorprendida. Él se llevó un dedo a los labios.

Fréd se acercó a ella para explicarlo:

—Es la letra «V» en morse. «V» de victoria —susurró—. Los franceses libres transmiten estos mensajes cada noche desde la BBC en Londres. Siempre abren con estas notas, animando a Europa a resistir. Y luego informan a las redes sobre si ciertas operaciones deben seguir adelante o no. Los alemanes se vuelven locos. Saben que se están retransmitiendo estos mensajes, pero son incapaces de descodificarlos porque ¡no tienen ningún sentido! Y algunos no son más que bobadas que sirven para camuflar los de verdad. Escucha atenta un mensaje sobre «la tía Jeanne». Se trata de uno de los nuestros, según dijo el señor Leroux. Si lo dicen, significará que todo está en orden para mañana por la noche.

Claire contuvo la respiración al tiempo que el locutor decía:

—Antes de empezar, por favor, escuchen unos cuantos mensajes personales…

A lo que siguieron lo que a ella le sonó como un montón de mensajes sin sentido.

Entonces lo oyó. «La tía Jeanne ha ganado el concurso de baile».

Fréd sonrió ampliamente y Marc se levantó para apagar la radio, volviendo a poner el dial con cuidado en la emisora alemana y subiendo el volumen antes de hacerlo.

Claire se levantó de la mesa para recogerla, pero según lo hacía su padre alargó una mano y tomó la suya.

—Has cambiado, Claire. Tu madre habría estado muy orgullosa de ti. Por todo. Por tu trabajo en París y por el trabajo que te ha traído hasta aquí.

Encorvándose para besarlo en la cabeza, dijo:

—Todos hemos cambiado, papá. Ahora sé que nadie puede escapar de los estragos de esta guerra en nuestro país. Pero he acabado por darme cuenta de que podremos soportarlo si estamos unidos. Mireille y Vivi me lo han enseñado.

—Me alegra saber que tienes tan buenas amigas en París.

—Y yo de tener una familia tan buena en Bretaña. Estoy orgullosa de mis raíces, papá, y del hogar que siempre has creado aquí para nosotros, a pesar de las dificultades. No creo que me diera cuenta de eso antes, de que esto forma parte de mí. Mamá y tú me disteis la seguridad y el amor que me ayudaron a ser valiente para marcharme y para volver ahora.

Su padre sonrió y luego dijo bruscamente:

—Ahora hay que irse a dormir. Debes de estar cansada después de un viaje tan largo. Marc y yo tenemos que empezar pronto mañana para sacar el barco antes de que la marea baja haga impracticable el canal por los bancos de arena. Eso quiere decir que volveremos temprano, eso sí.

—Estaré levantada cuando os vayáis —prometió—. Quiero prepararos el café como solía hacer.

Marc también se puso de pie, estirándose; era un joven larguirucho.

—Sí, hora de irse a dormir. Y mañana por la noche llevaremos a Fréd a la cala.

Ella lo miró sorprendida, levantando las cejas, y él sonrió.

—No eres la única de la familia que trasnocha, ¿sabes, Claire?

Con la luna nueva, el agua del océano se había retirado debido a la marea y había dejado a la vista el fondo de barro del puerto. La luna estaba entre las sombras de la noche cuando cuatro figuras se deslizaban en silencio hacia la colina. Caminaban por los callejones traseros que había entre las casas, lejos de la vista de los centinelas apostados en el edificio de hormigón del espigón que ojalá hubieran dejado de buscar en la oscuridad del mar, pues la marea estaba demasiado baja como para que los barcos de guerra enemigos o los submarinos pudieran acercarse a la costa bretona.

El padre de Claire le echó una mano cuando esta subía por la ladera rocosa, entre los pinos, que ofrecían protección adicional bajo la oscuridad. Marc había tratado de hacer que se quedara en casa, pero su hermana insistió en que tenía que acompañarlos, preocupada por cumplir las instrucciones del señor Leroux al pie de la letra. El paquete envuelto en hule le crujía en el bolsillo.

El cuero cabelludo le picaba debido a una mezcla de sudor y miedo que se había formado bajo el gorro negro de lana que se había puesto para ocultarse el pelo. Era consciente de que estaban ahora mismo en el tramo más peligroso, escalando por la ladera que daba al puerto, y a cada momento pensaba que aparecería el haz de luz de un reflector que barrería la ladera o que oiría una voz dura gritando «*Halt!*» seguida de una ráfaga de ametralladora que les haría volver atrás. Sin embargo, siguieron adelante sin problemas; allí solo había silencio y oscuridad, además de la suave brisa de la noche, que olía a sal marina y le refrescaba la nuca.

Marc iba en cabeza moviéndose con cuidado, pero con la seguridad y la velocidad que le permitía conocer el terreno. Sus pies apenas hacían que se desprendieran unos cuantos guijarros del camino arenoso abierto entre la maleza según subían a la cima.

Luego empezaron a bajar el escarpado descenso que llevaba hasta la calita oculta al otro lado del cerro. La roca viva del acantilado caía casi en vertical, pero Marc señaló en silencio unos agarres ocultos para pies y manos —que casi no se veían bajo la luz de las estrellas— que habían sido cincelados aquí y allá y les permitieron bajar.

El mar se había tragado la base de los acantilados hacia el final de la ensenada, abriendo una cueva. Normalmente solo podía accederse a ella vadeando o nadando entre las olas que azotaban la costa, pero aquella noche la marea baja casi ni les cubría el empeine de las botas.

En la oscuridad de la cueva no se oía nada, salvo el sonido del agua contra las paredes de piedra. La oscuridad y el movimiento del mar a sus pies casi la abrumaron por un momento, la cabeza le daba vueltas y se hubiera caído de no haber sido por que su padre la sujetó bajo el codo. Saltó, involuntariamente, al ver que una cerilla se encendía e iluminaba la cara de dos hombres más, que estaban de pie en la oscuridad junto a un pequeño bote, cuyas velas enrolladas eran del mismo color que el negro tinta del mar. Uno de ellos se inclinó para acercar la cerilla a una lámpara de aceite que se había dispuesto en una piedra saliente en la pared de la cueva, lo cual iluminó con una luz suave el lugar.

Los barqueros les dieron la mano, y si ver una mujer joven entre ellos les sorprendió, no dieron muestras de ello. Claire no tenía ni idea de cómo funcionaba la comunicación entre aquellas redes secretas, pero suponía que se pasaban mensajes escritos en notas de una mano a otra, así como a través de las ondas y con mensajes codificados que emitía la BBC desde Londres. Así que tal vez esperaban verla allí, acompañando a Fréd, y puede que él fuera el último cargamento que hubiera que transportar. Estaba claro que conocían a Marc y a su padre, lo que hizo que el corazón le brincara de emoción al darse cuenta de que ellos también habían estado trabajando para la resistencia.

Mientras los hombres se preparaban para salir en el bote, Claire se llevó a Fréd a un lado entre las sombras.

—Toma —dijo con tranquilidad—. Tienes que llevártelo y entregárselo al hombre que te estará esperando en la otra orilla.

Le entregó el delgado paquete que había sido tan bien envuelto para proteger lo que contenía del viaje por mar hasta Finisterre y a través del canal de la Mancha.

—De acuerdo. —Asintió con la cabeza—. Me ocuparé de que llegue a su destino. Gracias, Claire, por todo. Jamás habría logrado encontrar el camino hasta aquí sin tu ayuda y la de tu familia. —La abrazó con cariño y luego se guardó el paquete que le había entregado dentro de la camisa.

—*Bonne route* —dijo ella. Él se dio la vuelta para regresar, pero entonces miró atrás como si tuviera que decirle algo más. Ambos estuvieron un momento en silencio. Entonces, ella le dijo—: Y le enviaré recuerdos de tu parte a Mireille, ¿no?

Él sonrió entre dientes mientras subía al bote, diciendo:

—Así que me has leído la mente, ¿verdad? Igual que una compañera de comando, ¿no? —La saludó antes de tomar asiento en el bote al tiempo que ella le entregaba la linterna, que el barquero apagó. Entonces Marc y su padre empujaron el pequeño bote hasta mar abierto y la oscuridad se lo tragó.

Claire se quedó escuchando el sonido de los remos hasta que eso, también, desapareció entre el ruido de las olas que rompían en la arena de la pequeña y oculta ensenada.

Harriet

Con cada capítulo que voy descubriendo de la historia de Claire, me siento como si los cimientos de mi vida estuvieran levantándose bajo mis pies como la arena modelada por las olas.

Antes de venir a París me había creado un marco para mi vida construido sobre lo poco que quedaba de mi familia, que era lo único que restaba después de que la muerte de mi madre se llevara tanto consigo. Había creado espacios en mi mente donde guardar los recuerdos dolorosos y levantado muros a su alrededor con mi propia soledad. Pero ahora me doy cuenta de lo mucho que había dejado fuera mientras me construía ese caparazón. Las historias de Mireille y Vivi me han animado a abrir algunas de esas puertas y despejar las ventanas de mi propia historia, lo que a su vez me está permitiendo saber más sobre la de Claire.

Así que ahora sé que uno de los frágiles hilos con que estaba tejida la historia de mi abuela me relaciona con Bretaña, con una pequeña comunidad de pescadores colgada de una tierra rocosa, una península bañada por el Atlántico que mira hacia el oeste. Ese brazo de tierra azotado por el mar crea hombres lo suficientemente duros como para asumir la fuerza del océano y ganar, y mujeres lo suficientemente resistentes como para criar a sus hijos a pesar de las muchas contrariedades.

Cuando refiero a Thierry este capítulo de la historia de Claire mientras compartimos una cazuela de mejillones a la marinera en un restaurante del barrio de Marais esa noche, se ríe.

—Bueno, eso explica en buena parte cómo eres —dice, y deja una concha vacía de mejillón en el bol que hay entre nosotros.

—¿Qué quieres decir? —pregunto de inmediato, poniéndome a la defensiva.

Alarga el brazo y se sirve unas cuantas patatas fritas más de las que acompañan a los mejillones.

—Bretaña es una de las regiones de Francia más independientes, y los bretones son gente con fama de cabezotas y de tener una gran determinación. —Utiliza las patatas para enfatizarlo, apuntándome con ellas antes de metérselas en la boca—. Y tú eres una de las mujeres más independientes que he conocido. Está claro que por tus venas corre sangre bretona. Eso, unido a tu aplomo británico, claro. ¡Menuda combinación! Ahora entiendo que tuvieras fuerza de voluntad para venir a París recién salida de la universidad y abrirte camino en uno de los puestos más buscados en una de las industrias con mayor competencia.

Digiero lo que me dice durante un rato, con un puñado de patatas fritas del cesto. ¿Así es como la gente me ve? ¿Independiente? ¿Segura de mí misma? Es lo último que siento. Pero quizá Thierry tenga razón, puede que eso haya estado ahí desde hace tiempo, un puntal de granito bretón que sustenta mi carácter.

Claire también lo tenía. Aunque quiso dejar su sencilla familia atraída por las brillantes luces de París, sus raíces bretonas eran lo bastante profundas como para anclarla cuando la tormenta de la guerra sacudió su vida.

Ahora sé que podía ser valiente. Y el hecho de que lo sepa, en lugar de envidiar la valentía de otros y de sentirme débil en comparación, hace que pueda empezar a sentir la fuerza de mi propia familia corriendo por mis venas.

La vergüenza ha sido remplazada por amor propio, el deshonor por dignidad. Han sido palabras las que han obrado el cambio, las palabras que me cuentan la historia de mi abuela. Y quiero saber más.

En un impulso —y la impulsividad es otra de las características de mi carácter que permanecían enterradas bajo muchas capas de miedo, ansiedad y precaución autoprotectora hasta ahora— me echo hacia delante y le digo a Thierry:

—¿Te gustaría acompañarme en un viaje por carretera? ¿El fin de semana que viene, si libras?

Me sonríe y me doy cuenta de que la cara se le ilumina, como si fuera el alba.

—¿A Bretaña? ¿Los dos juntos?

Alargo el brazo, lo tomo la mano y le digo:

—Tú y yo. Juntos.

Entramos en una casa de huéspedes con alojamiento y desayuno en Concarneau, un bonito puerto pesquero no lejos de Port Meilhon. El viaje desde París ha durado horas, así que dejamos nuestras bolsas y nos apresuramos a salir en busca de algún sitio donde tomar una cena tardía. La ciudad tiene un distintivo aire de época y muchos restaurantes ya están cerrados, pero las luces de uno de ellos, en el muelle, nos invitan a entrar. Encontramos una mesa y pedimos unos tazones de *cotriade*, la deliciosa sopa local de pescado servida con rebanadas de pan tostado, y una botella de vino blanco de la tierra.

Después, estirando las piernas por fin tras el largo viaje, nos damos un paseo junto al puerto deportivo, lleno de yates amarrados durante el invierno, a salvo de la furia de las tormentas atlánticas al abrigo del espigón. El tintineo de los barcos suena contra los mástiles agitados por el suave viento nocturno del océano.

Atravesamos la carretera elevada que lleva hasta la islita que se encuentra entre la bahía y el meandro por las callejuelas de Ville Close, el recinto medieval amurallado de Concarneau. De la mano, paseamos por la torre del reloj y salimos a la muralla de mar. Desde un embarcadero adoquinado nos detenemos junto al esqueleto oxidado de una enorme ancla y miramos hacia la orilla. Las luces de la ciudad se reflejan en las aguas oscuras como si fueran lentejuelas bailando sobre una tela de satén negro.

Thierry me envuelve entre sus brazos y me siento como si hubiera encontrado un puerto propio, un lugar donde ponerme al abrigo de las tormentas de la vida. Me siento en paz. Y lo único que oigo es el tranquilo acariciar de las olas contra el espigón y el latido de nuestros dos corazones al tiempo que nos perdemos en un beso que deseo que no acabe nunca.

Al día siguiente conducimos en silencio, satisfechos, unos kilómetros más hacia el oeste por la costa. El pueblo de Port Meilhon se encuentra en un rincón olvidado de la escarpada península de Finisterre. Parece como si no hubiera cambiado mucho desde que los padres y hermanos de Claire —mi bisabuelo y mis tíos abuelos— faenaran en sus aguas. El edificio que hubo en su día sobre el espigón ha sido derribado, hoy solo quedan algunos restos de hormigón que confirman que estuvo allí. Pero mientras miramos hacia atrás, en dirección a la hilera de casas de pescadores que rodean el pequeño puerto, puedo imaginarme los cañones apuntando a los hombres mientras apilaban sus nasas en el muelle.

No he conseguido encontrar nada relativo a cuál era exactamente la casa de la familia de mi abuela, pero me imagino que debía de ser una de las del medio. En la actualidad no sale humo de ninguna de las chimeneas. La mayoría se han convertido en casas de veraneo y están cerradas durante el invierno.

De la mano, Thierry y yo subimos por la colina donde hemos dejado nuestro vehículo. Al pasar junto a la gran iglesia de piedra gris que domina el puerto, dudo.

—Vamos —dice—. Entremos.

Las gruesas puertas de roble, cubiertas de sal, están descoloridas por el tiempo y los herrajes de hierro se han oxidado, pero con un poquito de fuerza el tirador gira y entramos. El interior es sencillo, de paredes encaladas en blanco y con bancos de madera, pero en la capilla se respira un aire de serenidad que simboliza la dignidad de las generaciones de familias de pescadores que venían aquí a dar las gracias por haber regresado del mar con bien, o para llorar a los que el océano se había tragado con su fuerza cruel.

Fuera hay un cementerio minúsculo creado abriendo una terraza en la ladera de granito. Y ahí es donde encuentro las lápidas que llevan los nombres de mi familia. Thierry es quien las ve primero.

—Harriet —dice tranquilamente—. Ven y mira esto.

La primera es de Aimée Meynardier, nacida Carlou, querida esposa y madre, y bajo su nombre se ha labrado el de su marido, Corentin: mis bisabuelos. El padre de Claire murió en 1947, dice, así que sobrevivió a la guerra. Pero luego leo los nombres de la lápida que hay junto a la de ellos y se me rompe el corazón. «En memoria de Luc Meynardier (1916-1940), muerto por su patria, querido hijo y hermano; en memoria de Théo Meynardier (1918-1942) y Jean-Paul Meynardier (1919-1942), asesinados en Dachau, Alemania; y bajo estos tres nombres hay uno más, el de Marc Meynardier, el cuarto hermano de Claire, desaparecido en el mar en 1945.

Así que mi bisabuelo enterró a sus cuatro hijos. O quizás a ninguno. Sus cuerpos no volvieron a casa para descansar junto a los de sus padres. Yacen en tumbas sin nombre, o sus cenizas están esparcidas en algún bosque de Alemania, o sus huesos se encuentran desnudos sobre el suelo del océano y solo queda esta lápida para recordar sus nombres.

Pero ¿quién enterró a mi bisabuelo, Corentin? ¿Estuvo aquí Claire, con su marido inglés junto a ella, llorando por haber perdido a su familia al completo?

Al pasarme la lengua por los labios, noto el sabor de la sal y no sé decir si es por el viento del Atlántico que sopla entre las tumbas o por las lágrimas que me caen por las mejillas.

Thierry me abraza y me besa. Me atrae hacia sí, dándome cobijo, y me busca con los ojos.

—Fueron unos tiempos horribles —susurra—. Pero ya han pasado. Y tú estás aquí, visitando a tu familia y honrando su memoria. Estarían muy orgullosos, Harriet, si supieran que has venido a verlos. Estarían muy orgullosos de haberte conocido. ¿Y sabes una cosa? Ellos viven a través de ti.

1942

*E*l calor del verano era agobiante. El sol entraba por las altas ventanas y convertía el taller de costura en un horno. No podían echar las cortinas para dejar fuera el calor, pues las costureras necesitaban luz para coser. El olor a almidón chamuscado y el vapor de las mesas de planchar hacían que el aire estuviera más caliente y fuera más pesado, de tal manera que, a veces, Mireille creía que no podía respirar. Ojalá pudiera estar sentada al fresco bajo el sauce que había a la orilla del río, en su casa, a la sombra de sus ramas, al tiempo que oía la canción silenciosa del agua.

La brutalidad de la guerra parecía crecer día a día. No se sabía nada de lo que había pasado con el señor y la señora Arnaud y, cuando volvió un día adonde había estado su casa, la vio cerrada y desierta.

El cuerpo de Christiane había aparecido entre los escombros de las casas de los trabajadores de Billancourt. Claire, Mireille y Vivi habían ido a visitar su tumba en un cementerio al sur de la ciudad. Vivienne y Claire se habían echado a llorar al depositar unos lirios que habían recogido en el jardín delantero de una casa tapiada, a los pies de la sencilla lápida que indicaba dónde yacía su cuerpo. Pero Mireille se había quedado de pie, sin llorar, con el corazón helado de la tristeza que sentía, el dolor y la grave pérdida. La última vez que había estado junto a una tumba había sido para enterrar a Esther en una fosa cavada deprisa y corriendo, junto a muchos' otros refugiados que habían sido abatidos en la carretera el día que huían de París.

Trató de dejar de pensar en todo eso y centrarse en el trabajo, pero incluso aunque habían abierto las ventanas de par en par, tenía que detenerse a menudo para secarse las manos y que las gotas de sudor no mancharan la labor. La seda era el tejido en que más se veían las manchas de agua, pero los tejidos sintéticos con los que a menudo trabajaban entonces, ya que la seda escaseaba, eran también malos.

Mientras avanzaba la tarde, Mireille tenía la sensación de que el calor la envolvía como si fuera una pesada capa de la que no pudiera desprenderse. Miró a su alrededor. La mayoría de las chicas permanecían sentadas a la mesa como si estuvieran luchando por mantenerse despiertas, agotadas por el hambre y el trabajo duro y el miedo omnipresente al puño de hierro que el enemigo ejercía sobre la ciudad en que vivían. A Mireille se le había metido el cansancio en los huesos modelando su cuerpo y su mente y quitándoles la energía que los caracterizaba. Aquella era otra de las realidades de la guerra, se dijo, la lenta corrosión del espíritu. Los vestidos en los que trabajaban en el taller parecían grotescos; de repente, ya no eran las bonitas creaciones que antes la habían enorgullecido. Las circunstancias los habían transformado en declaraciones ostentosas de riqueza de dudoso gusto en aquellos tiempos de dificultades y privaciones. Las mujeres que se acercaban por el salón ahora eran casi siempre «ratones grises» o bien amantes de oficiales nazis que tenían la cara muy dura, o las ansiosas y a menudo obsesionadas «reinas del mercado negro», como las modelos las llamaban a sus espaldas. Todas ellas necesitaban tapar la fealdad de la realidad con una falda fina o un vestido elegante. ¿Cuándo había sucedido aquello?, se preguntó Mireille mientras sacaba la cinturilla de una falda de noche. ¿Cuándo la moda francesa había pasado de ser algo de lo que el país estaba orgulloso a convertirse en otra cosa, grotesca y vulgar, teñida de vergüenza?

Por fin, la señorita Vannier dijo a las costureras que empezaran a recoger, indicando que la jornada había llegado a su fin. Al pensar en quedarse sentaba arriba, en el minúsculo apartamento, donde haría seguramente más calor que en el taller bajo un tejado de tejas oscuras al que le había estado dando el sol todo el día, se agobió. Así que, en lugar de subir, salió a la calle en dirección al río. Sin saber muy bien hacia dónde iba, cruzó el Pont Neuf hacia la Île de la Cité, en mitad del río, alejándose de la multitud que había alrededor de Notre-Dame, y se dirigió corriente abajo hasta el final de la isla. Entonces se dio cuenta de lo que la había traído allí. Oculta entre la corriente de trabajadores que volvían a casa y los camiones de soldados que pasaban de largo, concentrada en otra oración, se deslizó por la estrecha escalinata que llevaba hasta un pequeño espacio arbolado con hierba debajo. Aparte de un barquero que se afanaba por preparar su barca para la noche, en aquel extremo de la isla no había nadie. Como si las ramas de los árboles le dieran la bienvenida, Mireille caminó hasta el punto exacto en que un sauce alzaba sus ramas sobre las aguas del Sena. Lo había visto allí, de lejos, como parte del paisaje que discurría a lo largo del río, pero hasta hoy no había venido aquí a buscar refugio. Había llegado por instinto, un instinto que ni el peso de la desesperación había sido capaz de reprimir.

Como habría hecho si estuviera en casa con su familia, se sentó bajo el árbol y apoyó la espalda en el tronco. Se quitó los zapatos y apoyó la cabeza contra la dura corteza, dejando que el peso del árbol se llevara la tristeza que sentía y la echara al río. Ojalá su familia estuviera allí con ella: sus padres la tranquilizarían y le prestarían un poco de su fuerza; su hermano, Yves, le haría reír y la ayudaría a olvidarse de los problemas un rato; y su hermana, Eliane, la escucharía y asentiría con la cabeza y entendería, de manera que no se sentiría tan sola en el mundo. Blanche, la bebé de Esther, gorjearía y se entretendría haciendo pastelillos de barro a los pies del árbol y sonreiría mientras la familia que la había acogido la abrazaba y le daba cariño. La añoranza le dolía en el corazón de una manera poderosa y constante, como la corriente del río.

Y también añoraba a alguien más. Al joven que había conocido hacía solo unos pocos días al que Claire y Vivi conocían como Fréd, que la había abrazado y la había besado, durante la huida, unos instantes preciosos que había pasado a solas con él antes de que partiera para el peligroso viaje que lo llevaría a Inglaterra. Había sido entonces cuando él le había susurrado al oído su verdadero nombre para que supiera quién era en realidad: un hombre que la amaba.

Se sentó bajo las acogedoras ramas del sauce mientras oscurecía, inspirando una leve brisa del río. Se apartó el pelo del cuello y dejó que la refrescara el aire de la noche. Las imágenes de las caras de las personas más queridas para ella, junto con la tranquilizante solidez del tronco del árbol en la espalda, le recordaron que había cosas que la guerra nunca podría destruir.

Aquella tarde en el taller había sentido lo que las fuerzas de ocupación querían que sintiera: la derrota. Si se daba por vencida, habría perdido y ellos habrían ganado. Pero ahora sabía que siempre podría ir allí, a aquel lugar que era el que más se parecía a su hogar que podría encontrar en la ciudad, entre las calles pavimentadas y los altos edificios que no dejaban ver el cielo. Podría venir aquí y estar con aquellos a quienes quería, unida a ellos por los lazos del agua que, al final, iban a parar al lejano océano. Y esos lazos de conexión vitales le devolverían el sentido de lo que realmente importaba. Harían que se sintiera parte de un todo más grande. Y sabía que la mantendrían a salvo de sentirse derrotada.

Claire había ido a dejar un mensaje en el estanco que estaba junto a la plaza Chopin y volvía a casa balanceando el maletín que ahora pesaba bastante menos, pues solo contenía las partituras de sus «clases de canto», entre las que había escondido un sobre marrón cerrado. El sobre no pesaba en sí, lo que pasaba era que, hasta que no lo entregó sin contratiempos, lo sentía como una tremenda responsabilidad sobre los hombros. Ahora podía volver a casa impulsada por la sensación de alivio.

Daba gusto estar en la calle después de un día de calor sofocante. Todavía hacía calor por la tarde, así que no quería ni pensar en hacer el viaje en metro, estaría lleno de gente y haría mucho calor, además de que seguro que tendría que esperar un buen rato en el andén, así que decidió cruzar el Pont d'Iéna, frente a la impresionante mole de la torre Eiffel, y volver a pie a casa por la orilla del río. Mientras oscurecía, con la promesa de un poco de frescor, miró hacia delante para sentir la brisa del río en las mejillas, acaloradas.

Mientras caminaba, le sorprendió la marea de autobuses y de vehículos policiales que pasaban de largo. Uno de los autobuses se detuvo en un cruce antes de girar para el puente y pudo ver por un instante las caras de miedo tras las ventanillas. Un niño se volvió hacia ella desde la ventanilla de atrás mientras el autobús seguía adelante. Tenía los ojos grandes y oscuros y contrastaban con la palidez de su cara.

Llegó a un sitio donde una cola de automóviles formaba una barrera fuera del velódromo de invierno. Habían levantado una valla para evitar que la gente que iba a pie o en bicicleta pasara. Tras ella, los soldados pedían la documentación a la gente que iba llegando y Claire sintió un pinchazo de miedo que le atenazó las entrañas. Sin embargo, sabía que si se daba la vuelta y huía llamaría la atención. No tenía nada que ocultar, se recordó; tenía la documentación en regla y una excusa válida para estar en la calle. Así que resistió el impulso de correr y se quedó en la cola junto a la barrera, esperando su turno. El muro de autobuses y camionetas sonaba con el ruido de los arranques y las frenadas de los vehículos dirigidos por la policía francesa. No podía ver qué estaba pasando al otro lado, pero parecía que estaban desembarcando a los pasajeros a la entrada de la zona para bicicletas antes de salir de nuevo.

Los soldados que estaban comprobando la documentación hicieron una señal con la mano a la pareja que estaba justo delante de ella, pero al intentar abrirse paso en dirección al velódromo, un oficial, vestido con el uniforme negro de la Gestapo, salió de entre los autobuses y les gritó que dieran la vuelta por el otro lado. Mientras se acercaba para reprender a los soldados de la barrera, se dio cuenta de quién era. Vestía un uniforme nuevo, pero reconoció su cabello rubio y sus anchos hombros. Miró a su alrededor, preguntándose si podría alejarse sin que nadie se diera cuenta mientras el hombre echaba a los soldados una reprimenda, pero era demasiado tarde; también la había reconocido. Sintió sus ojos sobre ella y se volvió para mirarlo. En sus finos labios se dibujaba una mirada de diversión.

—Buenas noches, Ernst —dijo tranquilamente, al tiempo que mostraba la documentación a los centinelas, tratando de que la mano no le temblara.

—¡Claire! —exclamó—. ¡Qué placer tan inesperado verte aquí! —Se volvió hacia un par de soldados y les gritó unas cuantas órdenes en alemán, luego llevó a Claire a un lado. Alargó la mano, tratando de tomar la de ella, pero ella no hizo más que darle el carné de identidad, procurando aparentar que no se había dado cuenta del gesto.

El hombre miró el pedazo de papel en que estaba su fotografía, y luego a ella.

—Ha pasado mucho tiempo —dijo. Poco a poco la sonrisa de su cara se desvaneció al ver que ella no le sonreía—. No contestaste a mis invitaciones para salir a cenar después de que nos viéramos en el museo aquel día.

—No —repuso ella sin más—. Después de verte con tu mujer y tu hijo, no me apetecía aceptarlas.

Él frunció el ceño, ahora enfadado.

—Pero Claire, sabías en qué te metías, ¿no? ¿Qué esperabas? Tú y yo nos lo pasamos bien. Desde luego, no le hiciste ascos a las cosas bonitas que te daba —las medias y el perfume—. Y no parecía importarte beber champán y cenar bien en los mejores restaurantes de París.

Sus ojos la miraban con dureza y frialdad y le brillaban como el acero.

Ella lo miró tranquilamente.

—Si hubiera sabido que estabas casado, nunca habría aceptado nada de ti.

Alargó la mano para recoger su documento de identidad, tratando de que aquella conversación acabara y seguir su camino, pero él lo apartó y sonrió de nuevo, demostrando su poder.

—No tan deprisa, *mademoiselle*, creo que debo hacerte algunas preguntas. ¿Qué te ha traído a esta parte de la ciudad esta noche?

Levantó el maletín.

—Una clase de música. A veces tomo clases de canto.

—Permíteme —dijo, exagerando las maneras y tomando el maletín de piel para abrirlo—. Ah, vaya, tienes habilidades ocultas, por lo que veo —observó, sacando una de las partituras—. Ocultas para mí, en cualquier caso. Nunca me hablaste de que cantaras durante todas aquellas tardes que pasamos juntos.

Metió las partituras otra vez en el maletín y se lo devolvió. Luego sacó su carné de identidad, pero, al alargar la mano para recogerlo, él lo apartó, divirtiéndose como un gato hace con un ratón, pensó ella.

—Entonces, ¿a quién estás haciendo compañía ahora? ¿Además de a tu profesor de canto, que vive al otro lado de la ciudad, tan lejos de la *rue* Cardinale?

Ella permaneció en silencio, pero siguió levantando la mano para que le diera su documento de identidad.

—A esas otras dos costureras, supongo. —Él sonrió entre dientes—. ¿Las que estaban contigo en el museo aquel día? Nunca pensé que fueran una influencia buena para ti, sabes, Claire. Quizá deberías tener más cuidado con las compañías que eliges. —La recorrió con aquellos penetrantes ojos azules y pareció fijarse en su desgastado maletín.

Claire trató de mantener la calma no alterando el volumen de su voz.

—Podría decir lo mismo de ti, Ernst. —Le echó una mirada fría y profunda desde el uniforme negro hasta la trenza plateada de la gorra y la punta pulida de sus botas—. Supongo que todo esto tendrá que ver con tu nuevo cometido, ¿verdad? —Hizo un gesto señalando hacia los autobuses.

El hombre se rio.

—No, nada que ver. Las tareas diarias de recogida de basura las dejamos para los franceses. Yo tengo que seguir la pista a gente mucho más importante.

Se le subió la garganta a la boca al darse cuenta de lo que estaba diciendo y trató de tragarse las náuseas. Cada vez sentía más rabia, la desbordaba, y al final saltó:

—Eres despreciable. —Toda ella temblaba de rabia y de miedo, pero se mantuvo en su sitio esperando que le devolviera la documentación.

De repente, se formó un lío en la barrera cuando un grupo de soldados trató de detener a un hombre. Ernst miró por encima de su hombro hacia el lugar de donde provenían los gritos. En su gesto se dibujó una mirada de fastidio, pues se lo estaba pasando muy bien con aquel jueguecito con Claire.

—Vete, toma. —Le tiró el carné de identidad—. Tengo cosas más importantes que hacer que perder más tiempo contigo. Pero no podrás ir por aquí. Tendrás que dar toda la vuelta. Me temo que ya no disfrutas de los privilegios de que un día gozaste, *mademoiselle* Claire. —Y la despidió con un gesto de la mano antes de llevársela al revólver que tenía en la funda de piel que le colgaba del cinturón y volviéndole la espalda.

Ella se alejó rápidamente; todavía le temblaba el cuerpo entero e iba repitiéndose en la cabeza las palabras que le había dicho mientras se apresuraba por llegar a casa. ¿Qué habría querido decir al referirse a Mireille y Vivi? ¿Estaría tratando de ver cómo reaccionaba al mencionarlas y nada más? No debería haber dejado que la provocara hasta saltar de rabia. ¿Y qué habría querido decir con aquello de que tenía gente más importante a la que seguir la pista? Se dijo a sí misma que no había sido más que malicia: estaba encantado con la posición de poder que tenía en aquel momento y furioso porque ella lo hubiera rechazado. Sin embargo, había algo en aquellas palabras que había dicho que le ponía los pelos de punta. ¿Y qué hacían allí todos aquellos autobuses llenos de gente aterrorizada? Había mucha gente y los llevaban a todos hacia el polideportivo. ¿Dónde iban a dormir? ¿Cuánto tiempo los tendrían retenidos allí? ¿Y para qué?

De nuevo en el apartamento, en la cama, permaneció despierta mucho tiempo en aquella noche calurosa mirando a la oscuridad, asustada por las palabras de Ernst y por los ojos oscuros de miedo del niño que la había mirado desde las ventanillas del autobús mientras se dirigía hacia su siniestro destino.

Harriet

Cuando la presión del trabajo en la agencia Guillemet sube a niveles en que no puedes más y estás agotada, me refugio en el Palais Galliera. Sentarme entre las exposiciones me reconforta y siempre me da la sensación de volver a conectar con las raíces de la moda, recordándome que lo que allí se exhibe es algo más que ropa: son reliquias tangibles de nuestra historia.

Paseo sin rumbo por la galería principal, en la que una exposición de moda de los años setenta llena de luz ese espacio con colores vívidos y líneas ligeras de estilo *hippy*.

Dejo que mis pensamientos se asienten mientras sorteo los últimos detalles de la historia familiar que Simone ha compartido conmigo, tanto de la suya como de la mía. También he estado leyendo sobre lo que pasaba en París en la época. Me he dado cuenta de que lo que Claire vio fue la horrible redada del Vélodrome d'Hiver, durante la que más de trece mil judíos fueron arrestados por la policía francesa como parte de un plan dirigido por los nazis. Los llevaron allí en condiciones infrahumanas, en pleno corazón de la ciudad, antes de enviarlos a los campos de la muerte. De aquellas trece mil personas, cuatro mil eran niños. Y uno de ellos fue el pequeño cuyos ojos, mirando a través de la ventanilla del autobús, se quedaron en la mente de Claire para aparecer en sus pesadillas. Qué horrible es pensar en todo aquello, en cómo, poco a poco, día a día, esta enorme ciudad acabó paralizada por el miedo y la opresión, de manera que su gente permitiera que sucediera algo así.

Al ver a una mujer que entra en la galería con una americana negra de corte muy elegante dejo de pensar en eso. Tiene el pelo gris plateado y lo lleva cortado por encima de los hombros. Me resulta

187

vagamente familiar. Luego me doy cuenta de que es la misma a la que había visto aquí antes, en la exposición de Lanvin. Se detiene para leer la descripción de un jersey psicodélico que tiene las mangas acampanadas y saca un pequeño cuaderno de notas para tomar unas cuantas. Luego me saluda con la cabeza, sonríe y sigue su camino.

Miro el reloj. Es hora de volver a la oficina. Estamos trabajando en el lanzamiento de un producto para un cliente de ecocosmética que saldrá en la Costa Azul este verano. Tenemos que planear la logística, firmar los contratos con las modelos, organizar sus estancias de hotel, el transporte, hacer los comunicados de prensa y, sobre todo, responder los correos de los fotógrafos. Los gestores de cuentas están todos con el estrés al límite. Incluso Florence, que da la impresión de que nunca pasa nada, siempre tranquila y contenida, ha estado nerviosa yendo de aquí para allá en la oficina. El lanzamiento en el sur de Francia está previsto para la segunda semana de julio, justo después de los desfiles de alta costura otoño/invierno que siempre tienen lugar en París por esas fechas. Simone me ha dicho que, si la plantilla se ve tan reducida, nosotras participaremos más en alguno de los dos acontecimientos.

Y mientras los desfiles de alta costura saldrán bien, ¡crucemos los dedos por lo de Niza!

1943

*E*ra otro invierno más, amargamente frío. En los días cada vez menos frecuentes en que había carbón para calentar agua, las costureras se acurrucaban junto a los radiadores de hierro durante las pausas, tratando de calentarse los dedos, agrietados por el frío y llenos de sabañones que picaban. Mireille llevaba un par de guantes sin dedos que su madre le había enviado, hechos con la lana de un jersey viejo de su hermano. También había enviado dos pares más en Navidad para Vivi y para Claire. Una vez más, las chicas se ponían debajo de la bata blanca tantas capas de ropa como podían, de manera que sus cuerpos flacos y huesudos se veían rellenos mientras la nieve seguía cubriendo las líneas angulares del tejado y las tejas de los edificios de las calles que rodeaban la *rue* Cardinale.

Siempre que se lo podían permitir, las tres amigas iban y se sentaban en uno de los cafés del bulevar Saint-Germain por la tarde, tras salir del trabajo, pues allí hacía más calor que en el apartamento de encima de Delavigne Couture. Pedían un tazón de caldo de calabaza aguado y mojaban en él pedazos de pan duro tratando de hacer que durase lo máximo posible para retrasar el momento de volver a casa y meterse entre las sábanas, que con aquel frío parecía que estaban húmedas. Desde un rincón de uno de los cafés Radio París emitía al viento informes sobre las últimas victorias alemanas. De vuelta a la seguridad del apartamento, Vivi contaba en susurros que muchas de ellas eran mentira. Los nazis controlaban la emisora. En realidad, sus ejércitos estaban sufriendo más derrotas que victorias en aquellos días, pues tenían muchos frentes abiertos. Mireille parecía esperanzada al oír aquello, aunque no preguntó a Vivi cómo lo sabía. Sin embargo, al mismo tiempo, era consciente de que tres costureras como ellas estaban asumiendo cada vez mayores riesgos trabajando para la resistencia. Se había creado una nueva fuerza policial francesa, conocida como la Milicia, que se ocupaba de capturar a tantos miembros de la resistencia como fuera posible. También había una recompensa por denunciar a quien colaborara con ella, veinte mil francos, una cantidad muy tentadora para la gente que estaba muriéndose de hambre, y, por lo que parecía, la medida estaba siendo muy efectiva.

Había costado un tiempo restablecer las líneas de comunicación de la red después de las bajas del año anterior. Ahora todo parecía mucho menos estable. Los pisos francos cambiaban a menudo y Mireille había recibido instrucciones de usar distintas rutas cada vez que tenía que hacer una «entrega» con el fin de evitar que la Milicia o la Gestapo la descubrieran.

De pie bajo el reloj de la Gare de l'Est temblaba mirando cómo las manecillas se acercaban lentamente a la media hora. El tren que estaba esperando traía retraso, aunque no era nada raro eso. Los horarios eran cada vez menos fiables y a menudo los trenes se cancelaban si había que despejar la línea para que la utilizaran las fuerzas alemanas o para cualquier otro propósito. Era otro de esos días tremendamente fríos y el abrigo que llevaba le procuraba escasa protección contra el viento del este que atravesaba la raída tela. Levantó la vista al ver que entraba un tren en uno de los andenes, pero resultó ser un convoy fuera de servicio, pues no bajó de él pasajero alguno.

Entonces alguien gritó una orden que la hizo brincar.

—¡Apártense! ¡Despejen el camino! —Ella se apretó contra la columna de ladrillos que sostenía el reloj mientras dos soldados sacudían sus rifles para abrirse paso. Tras ellos, escoltados por más soldados armados, iba una fila de prisioneras que cruzaba el vestíbulo de la estación hacia el andén donde esperaba el tren vacío.

Algunas de ellas iban bien vestidas; otras, sucias y desaliñadas; algunas lloraban, mientras que otras se habían quedado lívidas de la sorpresa. Sin embargo, Mireille podía oler en todas ellas el miedo según pasaban por donde estaba; era una mezcla de sudor y orina y respiración rancia mezclada con pavor.

Una mujer alargó una mano y le dio un pedazo de papel doblado mientras pasaba de largo.

—Por favor, señora —rogó—, dele este mensaje a mi marido.

Un soldado le dio un golpe con la culata del fusil.

—¡Vuelva a la fila! —le gritó. Luego empujó a Mireille con la palma de la mano para que diera un paso atrás y le dijo—: Y usted, apártese. A no ser que quiera irse con ellas.

Las mujeres iban subiendo a los vagones de mercancías mientras los soldados patrullaban el andén y cerraban las pesadas puertas una vez llenos. Horrorizada, se dio cuenta de que los vagones estaban hechos con tablones de madera que no ajustaban bien, había rendijas. ¿Qué pasaría con aquellas mujeres cuando el tren se pusiera en marcha hacia el este, con el aire frío entrando por las rendijas, tan cortante como una hoja de acero afilada?

Echó un vistazo al pedazo de papel que tenía en la mano. Era una nota doblada con una dirección impresa por fuera. Se la guardó en el bolsillo del abrigo mientras el tren que había estado esperando llegaba a otro andén. La nota tendría que esperar: tenía trabajo que hacer.

Más tarde, cuando contactó con el hombre al que había ido a buscar a la estación y estaba en un piso franco en el decimosexto *arrondissement*, fue a por su bicicleta, que había dejado cerca de la estación, y dio una vuelta de camino a casa para entregar la nota en la dirección que indicaba. Llamó a la puerta, pero no hubo respuesta. La casa parecía desierta, la puerta estaba cerrada con llave.

Dudó un instante, mientras apoyaba la bicicleta en la pared; luego desdobló la nota por si tenía alguna otra prueba que indicara para quién era. Leyó aquellos garabatos escritos a toda prisa.

Cariño, me han atrapado. No sé adónde voy, pero volveré tan pronto como me sea posible. Cuida de nuestras hijas. Ruego para que no les pase nada y a ti tampoco. Dales un beso de parte de su madre que las querrá, y a ti, siempre. Nadine.

Miró a su alrededor sin saber qué hacer hasta que vio una cortina moverse en la casa de al lado. Llamó a la puerta. Después de unos momentos de duda, la vecina abrió con un crac y la miró desconfiada.

—Tengo una carta —explicó Mireille—. Para el hombre que vive en la puerta de al lado. Su esposa me pidió que se la diera.

La vecina negó con la cabeza.

—Se ha ido. Vinieron los alemanes y se los llevaron a todos, al padre y a las dos niñas. Se han ido… No sé adónde.

—¿Podría quedarse la carta? ¿Para dársela cuando vuelvan?

La vecina la miró dudando, luego alargó la mano no muy convencida por la rendija de la puerta que había abierto para aceptar la nota.

—De acuerdo, me la quedaré. Pero no volverán. Nunca vuelven, ¿verdad?

La mujer cerró la puerta como para subrayar lo que acababa de decir.

Agitada, Mireille pedaleó de vuelta a la *rue* Cardinale, aunque las calles heladas parecían haberse vaciado antes de tiempo.

Metió la bicicleta en el portal y subió las escaleras hacia el apartamento, estaba agotada. Había sido un día muy largo y estaba helada hasta los huesos después de haber pedaleado kilómetros bajo el viento helado. Había regresado mucho más tarde de lo que esperaba y tenía muchas ganas de estar en compañía de Claire y Vivi y de tomarse un tazón de sopa caliente. Se detuvo en las escaleras para recoger un guante que se le había caído a alguien. Parecía que era uno de los de Claire. Mireille sonrió y se dijo: «Estará encantada de recuperarlo».

Abrió la puerta y entró. El silencio en el apartamento era tal que le pitaron los oídos.

—¿Claire? —llamó—. ¿Vivi?

No hubo respuesta. Se encogió de hombros. Debían de haber salido, tal vez al café. Claire estaría echando de menos el guante. La puerta de su habitación estaba entreabierta y la empujó para entrar y dejarle el guante sobre la almohada. Pero se quedó parada en el umbral; una sensación terrible se le metió en los huesos. Todo estaba desordenado, los cajones abiertos y la ropa tirada por el suelo. La puerta del armario colgaba de las bisagras y dentro vio los abalorios plateados del vestido de noche azul que brillaban, pero el resto de la ropa había desaparecido.

Corrió hacia la habitación de Vivi, con el pánico fluyéndole por las venas. Lo que allí vio fue aún peor. Había una silla patas arriba y el contenido del armario y de la cómoda estaba tirado por la cama. Un bote con bolígrafos y lapiceros que solía estar en el alféizar de la ventana yacía pisoteado por el suelo, habían volcado la papelera y su contenido estaba tirado por ahí.

Mireille se dejó caer al suelo y enterró la cara entre las manos.

—No —susurró—. Vivi no. Claire no. Deberíais haberme llevado a mí, no a ellas.

Solo más tarde, cuando llegó a la tintorería, falta de resuello tras correr todo el camino y aporrear la puerta, pidiendo al tintorero que la dejara entrar, se dio cuenta de que todavía tenía en la mano el guante de su amiga.

«Mireille debe de haberse olvidado la llave», pensó Claire al oír que llamaban y bajar a abrir la puerta. Así que, al abrirla, estaba sonriendo. Pero su sonrisa desapareció y se convirtió en cara de horror al ver la insignia negra y plateada de los cascos de los tres hombres que allí había.

En los últimos meses había dejado de sentir ansiedad tras su encuentro con Ernst aquel día de verano cerca del Vélodrôme d'Hiver, y eso había quedado atrás para acabar siendo una faceta más de la situación general de miedo que dominaba el día a día en tiempos de guerra. De vez en cuando, se le aparecía en sueños, pero al final se despertaba con Vivi junto a su cama, despierta al haber oído los gritos de su amiga, pidiéndole que callara, tranquilizándola, diciendo que no pasaba nada.

Pero ahora se encontraba inmersa en una pesadilla de la que nadie podía despertarla. La mirada de fría impasibilidad de aquellos tres hombres le resultaba más horrible que las de las grotescas gárgolas de mirada lasciva que la perseguían mientras dormía. Sintió como si se le entumecieran el cuerpo y la mente cuando el primero de ellos le pidió que los acompañara arriba, al apartamento, para que pudieran investigar una denuncia que habían recibido.

—¿Qué clase de denuncia? —preguntó, tratando de ganar tiempo.

—Se sospecha de actividades subversivas —ladró el oficial de la Gestapo en respuesta, indicándole con una mano que debía guiarlos hasta el piso. Los pies le pesaban como el plomo al subir las escaleras. Subieron hasta más arriba del taller de costura, que estaba cerrado, como todos los fines de semana. «Por favor, que Vivi esté ahí. Que los oiga y se esconda. Y que Mireille no vuelva mientras estén aquí. Que busquen en mi habitación, no encontrarán nada y se irán», rezaba en silencio.

Entonces se puso a hablar, obligándose a hacerlo para que Vivi, si estaba en el taller de costura, los oyera.

—No tengo ni idea de qué «actividades subversivas» puede tratarse —dijo, con tanta calma como le fue posible. Se volvió para ver por dónde iban, le pisaban los talones—. Lo único que hacemos aquí es coser.

—¡Cierra el pico y sigue subiendo! —Uno de los hombres le dio un empujón que casi le hizo perder pie, así que tuvo que agarrarse a la barandilla de la escalera para no caerse hacia delante. Siguió subiendo, pisando fuerte, a propósito, en cada escalón, con el fin de que, si Vivi estaba en el apartamento, la oyese llegar.

—Pero, de verdad, señores, no tengo ni idea de por qué están aquí. Como verán, no tenemos nada que ocultar. —Afirmó de nuevo, subiendo la voz tanto como podía para que, al oírla, Vivi estuviera alerta, además de al oír el ruido de los tres pares de pesadas botas en las escaleras.

—En tal caso, señorita, no tiene nada que temer, ¿a que no? —El tono de voz del segundo soldado ocultaba un desprecio siniestro.

Al abrir la puerta del apartamento, uno de los hombres la agarró del brazo con puño de hierro. Podía sentir los dedos de sus guantes negros de piel clavándosele en la piel a través de las muchas capas de ropa de invierno que llevaba. Los otros dos abrieron de una patada las demás puertas que se abrían al pasillo y Claire pudo ver que la habitación de Mireille estaba vacía. Entonces vio la cara de sorpresa de Vivi y cómo se quitaba lo que parecían un par de auriculares de la cabeza. En la mesa que había junto a ella había una especie de radio.

—Vaya, vaya, ¿qué tenemos aquí? —El oficial de la Gestapo sonrió triunfante a su colega—. Pensábamos que íbamos a dar con una red llena de sardinas y resulta que hemos atrapado un tiburón. ¡Qué placer tan inesperado!

Claire hizo el gesto de correr hacia Vivi, pero el hombre que la tenía sujeta del brazo la sacudió tan fuerte que se mordió la lengua, con lo que la boca se le llenó del sabor metálico de la sangre.

—¡Ni hablar! —le gritó—. ¿Y dónde está vuestra otra amiga? Nos habían dicho que erais tres.

Claire sacudió la cabeza.

—No está aquí. Se ha ido. —Pensando a toda prisa, dijo, suficientemente fuerte como para que Vivi lo oyese—: Salió un día la semana pasada y ya no ha vuelto. No sabemos qué le ha pasado; tal vez usted pueda decírnoslo, ¿verdad? —Desafiante, miró al hombre a los ojos.

Él levantó la mano, cubierta con un guante negro, y le dio un bofetón en la mejilla, con fuerza.

—Nosotros hacemos las preguntas y vosotras respondéis. Espero que aprenda rápido, señorita, o de lo contrario las cosas se pondrán bastante peor para usted. Y también para su amiga aquí presente.

A Claire se le escaparon las lágrimas, y su sabor salado se le mezcló en la boca con el de la sangre, pero apretó los labios y se negó a llorar. Oyó un golpe en la habitación de Vivi y volvió el cuello para tratar de ver qué estaba pasando, pero el hombre la empujó al interior de su habitación y cerró de un portazo, ladrando:

—Quédate ahí hasta que yo te diga que puedes salir. —Oyó sus pisadas cruzando el pasillo al reunirse con sus colegas.

Desesperada, se puso a mirar a su alrededor pensando qué hacer para distraerles de Vivienne. ¿Podría distraerles con algo? ¿Hacer que se fueran? ¿Escapar y pedir ayuda? Por un segundo, se planteó salir por la diminuta ventana de su habitación y escapar por los tejados, pero, aunque pudiera salir, sabía que no podía dejar allí a Vivi, la amiga que siempre se sentaba junto a su cama, haciendo que despertara cuando tenía una pesadilla, calmando sus miedos.

Tenía claro que Vivi desempeñaba un papel importante en la red y que debía de haber estado pasando información clave a la resistencia, pero jamás sospechó que tuviera una radio escondida en su habitación. ¿Qué otros secretos guardaría? El contacto tan estrecho que mantenía con el señor Leroux podría ser el fin de toda la red. Al pensar en la cantidad de vidas que había en juego, tembló.

De repente, se le ocurrió qué hacer. Tenía que quedarse con Vivienne, ayudarla a que se mantuviera fuerte y que no dijera nada de lo que sabía. En total, debían aguantar veinticuatro horas, eso era lo que les habían dicho. Mireille tendría tiempo suficiente para alertar a los demás. Dependía de ellas dos conseguir el tiempo necesario para que pudieran desaparecer. Fueran donde fuesen, estaba decidida a que ambas irían juntas.

Rápidamente, se puso a guardar en un bolso toda la ropa de abrigo que pudo. Dio un brinco de miedo al ver que su puerta se abría de una patada.

—Bien hecho, señorita, veo que ha tenido vista y está preparando el equipaje para unas pequeñas vacaciones —dijo el oficial con desprecio—. Bien, vamos a ver qué tal se lo pasan en nuestra sala de espera de la avenida Foch.

Los otros dos ya estaban bajando a Vivi por las escaleras cuando el hombre sacó a Claire del apartamento. Ella se apresuró a bajar para alcanzar a su amiga, y al hacerlo, se le cayó un guante. Trató de recogerlo, pero el oficial le dio otro golpe que la mandó de cabeza hasta el siguiente descansillo. De nuevo, sintió la fuerza de los dedos del hombre en el brazo mientras la empujaba y la obligaba a seguir escaleras abajo y a salir a la *rue* Cardinale.

Había un automóvil negro aparcado. Metieron a Claire en la parte de atrás, junto a Vivi. Miró a su amiga a la cara. Tenía un ojo hinchado, se le empezaba a cerrar, pero por lo demás, solo parecía muy sorprendida. Claire buscó su mano y se la apretó.

—Estoy aquí —susurró, repitiendo las palabras que Vivi le solía decir cuando tenía una pesadilla que las despertaba a ambas—. Todo va a salir bien.

Entonces, Vivienne se volvió para mirarla, como si fuera la primera vez que la veía. Tenía los ojos llorosos por el miedo, pero se centró en la cara de su amiga y asintió con la cabeza. Luego le apretó la mano y ambas se abrazaron mientras el automóvil iba a toda velocidad por las calles de París, en dirección oeste.

Harriet

*I*mpresionada al saber que Claire había sido arrestada y llevada al cuartel de la Gestapo para ser interrogada, me he puesto a leer diversos informes sobre los traumas heredados. No hay duda de que mi abuela debió de estar aterrorizada cuando la capturaron y de que debió de sentirse tremendamente culpable porque atraparan también a Vivi, que según parece estaba en su habitación del ático operando con una radio.

He leído un artículo que habla de que una nueva investigación en el campo de la genética ha demostrado que existe cada vez mayor certeza de que la depresión puede ser hereditaria. Un trauma puede causar cambios en algunas áreas del ADN de la persona, dice, y dichos cambios pueden pasar a las siguientes generaciones, una tras otra.

Empiezo a ver ahora las muchas probabilidades que mi madre tenía de ser depresiva. ¿Padecería una fragilidad genética, causada por cambios en el ADN que su madre había sufrido por el trauma, lo que hizo que se hundiera frente a los golpes de la vida? En su caso, le llegaron uno tras otro, como olas poderosas que le hicieron perder el equilibrio. El abandono, el divorcio, lo duro de criar a una hija sola... Cada vez que trataba de levantarse, llegaba otra ola y la tumbaba. Parte de la ira y el dolor que he sentido contra mi madre durante años empieza a desaparecer poco a poco cuando vuelvo a examinar su vida bajo otra perspectiva.

Me lleva unos días reunir el coraje, pero después de que Simone me hablase del arresto de Claire tengo que ir a ver dónde la llevaron. Tengo que ser tan valiente como para reconstruir el recorrido por las calles hasta llegar a un *arrondissement* frondoso al oeste de la ciudad. Le pido a Thierry que me acompañe a la avenida Foch para que me apoye moralmente.

En la actualidad, en lo que fue el cuartel de la Gestapo se levantan edificios de apartamentos perfectamente respetables en una de las zonas más deseadas de la ciudad. Pero en 1943, la elegante carretera era conocida por los franceses como «la calle de los horrores». Nos quedamos en silencio frente a la fachada de piedra color crema de los edificios. Una paloma revolotea junto al tejado de pizarra gris del número ochenta y cuatro, canturreando suavemente para sí mientras se abre camino por el canalón.

—¿Te encuentras bien? —me pregunta Thierry, volviéndose para mirarme.

Solo entonces me doy cuenta de que estoy llorando. Me toma por sorpresa. Casi nunca lloro. No obstante, debe de creer que suelo hacerlo, después de nuestro viaje a Bretaña.

Me toma de la mano y me acerca a él, me besa el pelo mientras entierro la cara en los pliegues de su cazadora y lloro.

Lloro por toda la gente a la que trajeron aquí, por el miedo y el dolor que sintieron.

Lloro por Claire.

Lloro por la humanidad, por un mundo que puede romperse tan fácilmente.

Lloro por mi madre.

Y, al final, me doy cuenta de que estoy llorando por mí.

1943

*P*asaron bastantes días hasta que el tintorero permitió a Mireille que regresara al apartamento de encima de Delavigne Couture. Su mujer y él la escondieron en la bodega de un piso franco unas calles más allá de donde estaba la tintorería y, a pesar de sus protestas diciendo que tenía que volver a la *rue* Cardinale, él insistió en que se quedara allí.

—Tenemos ojos y oídos en las calles —le dijo—. Sabemos que se han llevado a tus amigas a la avenida Foch para interrogarlas. Si las obligan a hablar, la Gestapo volverá para buscarte. Ya conoces las reglas: las primeras veinticuatro horas son críticas. Tenemos que avisar al resto de la red. Incluso después de hacerlo, sería demasiado peligroso que estuvieras en el apartamento mientras todavía tengan a tus amigas. ¿Qué pasaría si vuelven a buscar y te encuentran allí?

—Hay alguien vigilando, así que nos enteraremos de si las liberan y cuándo. Sé que es duro, pero lo mejor que puedes hacer, por ellas y por ti misma, es quedarte aquí. Dentro de unos días lo sabremos, una cosa u otra... —Se quedó sin voz—. Ahora, trata de comer algo. Trata de mantenerte fuerte, ¿de acuerdo?

Aquellas horas, oscuras y solitarias, fueron de las más duras que tuvo que soportar. Frente a ella flotaban imágenes de sus amigas: la sonrisa amable de Claire; los ojos de Vivi, llenos de cariño. ¿Qué les estaría sucediendo? ¿Y ahora? ¿Y ahora? Casi no podía soportar pensarlo. En su angustia, perdía el control y se ponía a frotar los puños contra la pared de piedra de la bodega hasta que los nudillos le sangraban. Entonces, sollozando, caía al suelo y lloraba, de rabia, un llanto que le salía de muy dentro y le retorcía la garganta.

Pensó que se volvería loca.

Mientras las horas se convertían en días, gritó la rabia y frustración hasta que todo lo que quedó fue una determinación fría y dura de sobrevivir a esta prueba, de la misma manera que Claire y Vivi sobrevivían a las pruebas que les habían tocado a ellas.

Había perdido el sentido del tiempo, pero por fin el tintorero abrió la puerta de la bodega y le permitió salir de la oscuridad y ver la luz gris de una tarde de invierno.

—Ahora ya debería ser seguro que volvieras al taller de costura. Tus amigas son extremadamente valientes. No han cedido, ni siquiera cuando las han torturado —le dijo—. No han hablado.

La esperanza le llenó el corazón.

—¡Oh, gracias a Dios! ¿Están bien? ¿Van a volver a casa?

El hombre sacudió la cabeza, con cara triste.

—Nos han dicho que no están bien, pero siguen vivas. Han salido de la avenida Foch. Pero las han llevado a una cárcel para presos políticos. Ahora, ven conmigo, hija. Voy a llevarte a casa.

Nunca pensó que echaría de menos el taller de costura, pero al abrir la puerta y sentir el olor familiar de la tela almidonada y al ver las sillas de las demás costureras bien colocadas en la mesa en la oscuridad de la estancia, el corazón le dio un brinco por la añoranza de cómo era todo hacía tan solo una semana. Ojalá estuviera allí Vivi, en un extremo de la mesa con la luz haciendo brillar la trenza pelirroja mientras estaba inclinada sobre su labor. Ojalá se oyera la voz de Claire regañando a Vivi porque trabajaba hasta muy tarde, como siempre, y que debía dejar lo que fuera que estuviera haciendo y subir a cenar.

Sin embargo, la oscuridad y el silencio llenaban la estancia, amplificando el vacío.

Subió los siguientes tramos de escaleras despacio, retrasando el momento de abrir la puerta del apartamento del quinto piso y entrar en un silencio y un vacío mucho más terribles que los que había vivido en los últimos días.

Se armó de valor y luego entró.

No habían tocado su habitación, quizá porque la Gestapo había estado demasiado centrada en la detención de Claire y Vivienne como para pensar en nada más, aunque esperaba ver los desagradables restos de su presencia en las demás. Para su sorpresa, no obstante, se dio cuenta de que alguien debía de haber estado en su ausencia. Habían ordenado las habitaciones de Claire y Vivi, las puertas del armario estaban cerradas, su ropa doblada y guardada en los cajones, la silla en su sitio. Habría sido una amiga, seguramente, no una enemiga, ¿no?

Vio un ligero rayo de luz entrando en la habitación de Claire, que estaba a oscuras. Sobre el alféizar de la ventana que había junto a la cama yacía el medallón de plata que le había regalado hacía dos Navidades. Lo tomó y dejó caer la cadena lentamente entre los dedos. Después de un momento de duda, se lo puso. Lo llevaría por Claire y Vivi, se dijo, hasta que volvieran a casa. Cerró la puerta de sus habitaciones y luego se fue a la suya.

No se molestó en desvestirse, solo se quitó los zapatos, los apartó de una patada y se arropó con las mantas, estaba temblando. Echada en la oscuridad, recordó algo que el tintorero le había dicho. Cuando la sacó de la bodega, al ver la cara de alivio que ella ponía al oír que sus amigas seguían con vida, la había tomado de la mano con amabilidad.

—No te permitas esperar demasiado, hija —dijo, con cara de tristeza—. Tus amigas te han salvado. Y también nos han salvado a los demás. Pero puede que no sean capaces de salvarse ellas.

Cerró la mano, desafiante, sobre el medallón que le colgaba encima del corazón. Todavía tenía los nudillos en carne viva y cubiertos de costras que a veces se abrían y hacían que sangraran cuando cerraba las manos en un puño. Claire y Vivi seguían vivas. Habían soportado los horrores de la tortura en el cuartel de la Gestapo. Ahora, ¿qué podría haber peor que aquello? Seguían juntas. ¿Sobrevivirían?

Claire seguía sujetando con fuerza la mano de su amiga hasta que el automóvil llegó al número ochenta y cuatro de la avenida Foch. Desde fuera, aquel edificio tenía el aspecto de cualquier otro en el elegante decimosexto *arrondissement*.

—Sé valiente —susurró Claire, acercándose a Vivi tanto como podía—. Podré ser fuerte si tú también lo eres. —No estaba segura de que su amiga la hubiese oído y, de haberlo hecho, si habría entendido lo que le había dicho. Vivi seguía en *shock*, o quizá atontada por el golpe que le habían dado en la cabeza. Pero después de un rato notó que le apretaba la mano como respuesta.

La puerta del vehículo se abrió y sacaron a Vivi. Luego dos pares de manos la agarraron a ella y la arrastraron hasta el interior del edificio. Le arrebataron la bolsa de ropa que había preparado tan precipitadamente y se la entregaron a una mujer de uniforme gris que desapareció con ella.

—Llevadlas directamente al sexto piso —ladró uno de los hombres, mientras se quitaba el gorro y los guantes—. Veamos cómo disfrutan estas costureras de un rato en nuestra «cocina».

Al igual que en la *rue* Cardinale, las habitaciones de aquel edificio tenían el techo inclinado y las ventanas pequeñas. Pero ahí se acababan las similitudes. Habían tapado las ventanas con tablones clavados en los marcos y en la sala que la metieron a ella no había nada salvo una silla de metal bajo una bombilla desnuda que colgaba del techo. Oyó un portazo un poco más allá en el pasillo y supuso que a Vivi la habrían metido en un cuarto similar a aquel.

Los dos hombres que vinieron a interrogarla fueron educados.

—Por favor, señorita, tome asiento —dijo uno de ellos, dándole unos golpecitos en el hombro mientras la acompañaba a la silla—. La verdad es que no queremos retenerla más de lo necesario. Así que si responde a unas cuantas preguntas podremos dejarla marchar. ¿Puedo traerle algo? ¿Quizá un vaso de agua?

Sabía que aquella amabilidad aparente era un truco para que bajase la guardia. Sacudió la cabeza, juntando las manos sobre el regazo para evitar que le temblara todo el cuerpo.

Las primeras preguntas no parecían tener trascendencia y el interrogador mantenía un tono amable de conversación. ¿Cuánto tiempo llevaba trabajando para Delavigne Couture? ¿Le gustaba su trabajo? ¿Desde cuándo trabajaba allí su amiga? Al principio no dijo nada, negando con la cabeza.

El segundo hombre, que había estado dando vueltas arriba y abajo, se volvió sobre los talones de repente y acercó la cara a la suya. Podía oler su aliento rancio, y al hablar le salpicó en la cara con la saliva:

—Es usted una mujer muy atractiva, Claire. Sería una pena estropear esa cara tan bonita. Le sugiero que empiece a cooperar ya. Cuéntenos qué hacía su amiga, se llama Vivienne, ¿verdad?, con una radio de onda corta en su habitación. Debe de saberlo. Y tal vez usted colaborase con ella, ¿no? ¿Le entregó mensajes para que usted los hiciera llegar?

Claire negó de nuevo con la cabeza, sin atreverse a levantar la mano para secarse las gotas de saliva que le había echado en la cara. Se preguntó, por un instante, cómo sabría sus nombres. Alguien, ¿quizá Ernst?, debía de habérselos dicho.

—Muy bien. —El hombre se irguió de nuevo. Ella pensó que lo hacía para apartarse de ella, así que cuando volvió y la abofeteó le pareció que el tortazo venía de no sabía dónde. Gritó, aterrada y dolorida, y el sonido de su propia voz le pareció desconocido. Tenía que aguantar por Vivi, de la misma manera que su amiga aguantaría por ella. Así que habló, decidida a recuperar el control de su propia voz.

Lo hizo bajito y temblando, pero consiguió decir:

—Soy Claire Meynardier. Vivienne Giscard es amiga mía. Somos costureras en Saint-Germain. —Se aferraría a aquellas tres verdades. No diría nada más.

Como las olas que rompen en la playa, el tiempo parecía avanzar y retroceder y Claire perdió la cuenta de cuántas horas habían transcurrido. Los minutos mientras la interrogaban se le hacían eternos. Pero luego los lapsos en que perdía la consciencia no sabía si habían durado horas o días.

El dolor iba y venía del mismo modo, a veces era duro y cegador, otras veces la envolvía en oscuridad. Estaba enferma de cansancio, pero no le dejaban que se durmiera, interrogándola, presionándola, gritándole hasta que la cabeza le estallaba. Y, aun así, cada vez que hablaba no hacía más que repetir las tres verdades a las que se aferraba para luego ahogarse en un mar de dolor y tiempo.

—Soy Claire Meynardier. Vivienne Giscard es amiga mía. Somos costureras en Saint-Germain —repetía una y otra vez, con los labios agrietados, balbuciendo, hasta que, al final, caía la oscuridad.

Cuando volvió a despertar, se vio echada en un rincón de la habitación. Tenía el cuerpo entumecido por el frío que penetraba a través de las paredes y del suelo desnudo, por detrás y por debajo, pero, según fue recuperando la consciencia, el entumecimiento fue desapareciendo para dejar paso a una sensación de quemazón en los pies. La rigidez de las extremidades fue convirtiéndose poco a poco en un dolor palpitante y, al tratar de sentarse, un pinchazo de dolor le recorrió la caja torácica.

Tímidamente, se pasó la punta de la lengua por los labios, agrietados e hinchados, y se dobló. Luego empezó a temblar sin control.

Sus calcetines de lana estaban hechos un gurruño junto a ella y, poco a poco, se sentó y empezó a ponérselos sobre los pies ensangrentados para entrar en calor. ¿Qué día sería? ¿Cuántas horas habrían pasado? ¿Dónde estaría Vivi y qué le habrían hecho? La cabeza le daba vueltas, así que volvió a echarse en el suelo, haciéndose un ovillo con el cuerpo magullado y dolorido y llevándose las manos al pecho para absorber el poco calor que exhalaba con la respiración.

—Soy Claire Meynardier —susurró para sí—. Vivienne Giscard es amiga mía.

Se abrió la puerta, era la mujer del uniforme gris. La miró sin expresar emoción alguna.

—Levántese y póngase los zapatos —dijo—. Es hora de irse.

Claire no se movió, no podía mover las extremidades y apartarse del ovillo que se había hecho para calentarse. Tenía las manos apretadas contra el pecho y sentía que la sangre le corría levemente por el cuerpo.

La mujer la empujó con el pie.

—Levántese —repitió—. ¿O prefiere que vaya a buscar a los hombres para que lo hagan?

Lentamente y con dolor, se sentó. La mujer le lanzó los zapatos y ella se los puso, jadeando por los pinchazos de dolor al meter los pies magullados en ellos. No podía atarse los cordones, pero al menos se había calzado. Se las apañó para levantarse apoyándose en la silla y luego caminó siguiendo a la mujer hasta la puerta.

Cada paso que daba en las escaleras hacía que le dolieran los pies y que el dolor le llegara hasta las pantorrillas, pero se agarró a la barandilla y siguió cojeando, decidida a no gritar. Por fin llegaron a la planta baja y la mujer le indicó que se sentara en un banco de madera que había junto a la pared. Gracias a Dios, logró hacerlo.

—¿Podría darme un poco de agua? —preguntó.

Sin decir palabra, la mujer le trajo una taza de hojalata y bebió unos sorbos, humedeciéndose la boca y quitándose el sabor metálico de la sangre. Haciendo acopio de valor tras ver satisfecha aquella pequeña petición, dijo:

—¿Y el bolso con mi ropa? ¿Puede devolvérmelo? —Pero la mujer se encogió de hombros y se marchó.

Claire se sentó y esperó lo que fuera que tuviera que venir; oyó los pasos de dos personas bajando las escaleras. Los hombres cargaban con una camilla y le costó un poco darse cuenta de que el remolino de harapos húmedos que yacía en ella era una persona. Y solo cuando vio la cabellera pelirroja que caía por un lado se dio cuenta de qué persona se trataba.

Harriet

*F*rente al edificio donde mi abuela había sido brutalmente torturada, cuando dejé de llorar —lo suficiente como para al menos poner mis pensamientos en orden—, di la espalda a Thierry y empecé a caminar. Solo sé que necesito estar en cualquier sitio menos en este. ¿Cómo voy a ver el mundo como un lugar bueno y amable si sé que la humanidad es capaz de una crueldad tan repulsiva como esta?

Mientras los pies me llevan hacia delante, el ruido repentino de la sirena de un automóvil policial hace que el tráfico se disperse y a mí se me llena la cabeza de un grito enfermizo de dolor y la rabia me la llena con un sonido blanco que oculta todo lo demás. Sin pensar, echo a correr como loca, asustada. Casi no puedo ver, no puedo pensar, no le veo sentido a lo que me rodea. Unas luces azules que parpadean me atrapan y siento como si me quemara. Tambaleándome, dejo el bordillo de la acera y oigo un grito, el chirriar de unos neumáticos y un claxon que suena a todo volumen.

Entonces Thierry me alcanza y me echa hacia atrás para que vuelva a la seguridad de la acera, pues las piernas me ceden.

Respiro con dificultad, temblando, y lo miro a la cara, donde veo reflejado el miedo tras el desconcierto. Me mira a los ojos, preguntándose, «¿Quién es esta loca? ¿Por qué se pone a cruzar la calle de ese modo? Está desequilibrada, histérica».

Noto la incertidumbre en su cara, la siento al notar que su tacto se ha vuelto ahora titubeante, no sólido y tranquilizador como antes.

Lo he arruinado. Me he probado a mí misma lo que siempre temí, que estoy demasiado mal como para que me quieran. No soy lo suficientemente fuerte para esto. Quizá Simone tenía razón desde el principio: nunca debería haber tratado de conocer la historia de Claire. No debería haber preguntado, debería haber dejado que la historia mintiera. Antes lo hacía. Por mi cuenta. Con una claridad que de repente me deja sin respiración, me doy cuenta de que no puedo cargar a Thierry con la oscuridad que llevo dentro, a este hombre que está junto a mí, que titubea al sujetarme el brazo con la mano para que me sostenga, no sea que me ponga a cruzar otra vez. Me importa demasiado.

—Ven —dice—, has sufrido un *shock* terrible. Busquemos una cafetería, ¿qué tal si te tomas un té? —Me sonríe, tratando de que todo vuelva a su sitio.

Niego con la cabeza.

—Lo siento, Thierry —digo—. No puedo.

—De acuerdo, entonces te llevaré a casa.

Pero ya está ahí. Ahora hay algo entre nosotros que ha cambiado. Algo se ha roto y ya no tiene arreglo. Me deja en la puerta de casa, trata de darme un beso, pero me aparto haciendo que estoy buscando las llaves en el bolso. Luego se despide de mí y no soy capaz de mirarlo a los ojos.

Debo dejar que se vaya.

1943

*L*a señorita Vannier fue al piso de arriba en busca de las tres chicas al ver que ninguna de ellas acudía al trabajo el lunes por la mañana, y entonces descubrió que el apartamento estaba patas arriba. Estaba claro que había sucedido algo horrible, pero adónde habían ido las chicas era todo un misterio. Su ausencia fue motivo de muchas murmuraciones entre las demás costureras los días que siguieron.

Y lo mismo pasó cuando Mireille apareció en el taller. Sin decir palabra, entró y se sentó a la mesa donde solía, entre dos sillas vacías, la de Claire y la de Vivienne.

Del silencio que siguió a la sorpresa se pasó a un montón de preguntas.

—¿Dónde has estado?

—¿Dónde están Claire y Vivi?

—¿Qué ha pasado?

—Se han ido —dijo con franqueza—. Vino la Gestapo y se las llevó. No sé por qué. No sé dónde estarán ahora. No sé nada.

La señorita Vannier hizo que las costureras se callaran.

—Silencio todo el mundo, ya. Es suficiente. Dejad en paz a Mireille y seguid con vuestro trabajo.

Mireille le dedicó una mirada de gratitud al tiempo que ponía sus herramientas de coser sobre la mesa y, con los dedos temblando, empezaba a coser una cinturilla.

Casi no había dormido y no había comido nada desde que regresara anoche, incapaz de quitarse la imagen de Claire y Vivienne de la cabeza. El tintorero le había dicho que no estaban bien. No podía soportar pensar en lo que habrían tenido que pasar durante esos cuatro días en la avenida Foch. Pero estaban con vida, se recordó. Eso era lo más importante.

Trató de concentrarse en la costura. Una puntada, luego la siguiente, después otra… Coser le ayudaba a quitarse aquella imagen de sus amigas con la cara destrozada por el dolor, al menos por un rato.

Todo el mundo volvió a su trabajo, algunas la miraban de reojo por debajo de las pestañas. En el taller reinaba un silencio opresivo cargado de preguntas no planteadas y tampoco respondidas. Luego, sin decir palabra, una de las chicas se deslizó desde su asiento a una de las dos sillas vacías que había junto a Mireille. Tras un momento de duda, la chica sentada a su otro lado hizo lo mismo. Levantando la vista de su labor levemente, Mireille les dio las gracias con la cabeza por aquel gesto de solidaridad. Y entonces, parpadeando para evitar las lágrimas, trató de dar otra puntada, y otra, y otra…

De vuelta al piso de arriba, al silencio y la oscuridad del apartamento, se sintió tan mal como la noche anterior. Se calentó un poco de sopa y se la tomó envuelta en una manta para abrigarse del frío. Estaba lavando el tazón cuando al oír una suave llamada en la puerta se quedó helada de miedo.

Pero entonces oyó una voz familiar que pronunciaba su nombre con suavidad y volvió a respirar tranquila.

El señor Leroux aceptó la tisana que le ofreció, y luego insistió en preparársela él mismo mientras lo esperaba en la salita de estar, envuelta en la manta. Le sirvió una taza de melisa y ella la tomó en las manos, dejando que se las calentara.

—¿Hay alguna novedad? —preguntó una vez el hombre se hubo sentado en la silla frente a la suya.

Tenía los ojos llenos de dolor cuando los levantó para mirarla.

—De momento no sabemos nada más. Se las han llevado a la cárcel de Fresnes.

Ella se sentó.

—¿Fresnes? Pero eso no queda lejos. ¿Podemos ir a visitarlas al menos?

El hombre negó con la cabeza.

—En el caso de que permitieran que las visitaran, sería demasiado arriesgado. Lo que sé es que Claire y Vivi se las arreglaron para hacer creer a la Gestapo que a ti ya te habían atrapado. Actualmente el caos es tal que no pueden saber si eso es cierto o no, así que han dejado de buscarte. Si se te ocurre aparecer, te arrestarán en el acto. Y eso complicaría las cosas mucho más.

—Pero ¿qué les pasará en la cárcel?

Se encogió de hombros.

—No lo sabemos. Tengo un contacto dentro, así que espero tener pronto más noticias. En general, Fresnes se utiliza para encarcelar a prisioneros políticos antes de llevarlos a algún campo de prisioneros en Alemania. Si las deportan no será fácil seguirles el rastro. La gente a la que se llevan a esos sitios… suele desaparecer.

Ella estudió su cara un momento. Aparentemente, estaba tratando de mantener su habitual fachada de tranquilidad. Pero las ojeras que tenía y las arrugas de dolor alrededor de la boca traicionaron lo profundo de su angustia. Vivi era para él algo más que una simple agente de la red que controlaba. Quizá hubiera sido su amante. Y quizá los demás rumores que corrían sobre él tuvieran ahora también más sentido. Todas esas mujeres con las que había estado tratando… ¿serían también algo más? ¿Las habría convencido para que se convirtieran en agentes persuadiéndolas para que asumieran tareas en la red de la misma manera que había hecho con Vivi? ¿Serían otras los «contactos dentro» de los que había hablado, los «ratones grises» a los que se había ganado a base de cenas y de ropa cara, quienes le darían información desde el interior de la avenida Foch y de la prisión de Fresnes? Siempre había sentido cariño por él y había confiado completamente en él. Pero ahora se preguntaba si tendría también un lado frío y manipulador. ¿Serían Vivi y Claire simples peones que podían reemplazarse dentro de un juego de ajedrez espantoso que se estaba jugando en Europa?

Como si le estuviera leyendo el pensamiento, le dijo tranquilamente:

—Sabes, siempre he creído que la red era más importante que cualquier persona en particular que formara parte de ella. Pero perder a Vivienne y a Claire ha hecho que me diera cuenta de que estaba equivocado. —Por un momento, la cara se le arrugó por completo al tiempo que trataba de evitar derrumbarse. Dejó escapar un único sollozo, que le salió de lo más profundo, y luego se tapó los ojos con las manos.

Al instante, Mireille dejó sobre la mesa la taza que tenía en la mano y se acercó a él. Se arrodilló en el suelo junto a él y le tomó las manos en las suyas. Tenía los ojos rojos, y al notar el profundo dolor del hombre se sintió avergonzada por haber dudado de él siquiera un instante. Estaba claro que Claire y Vivi le importaban tanto como a ella.

—No —dijo ella—. No estaba equivocado. Sabe tan bien como yo que ambas estaban muy comprometidas, lo siguen estando, con su misión. No les gustaría nada pensar que la red cayera por su culpa. Si… —Se detuvo, luego se corrigió a sí misma—. «Cuando» vuelvan, ¿quiere ser usted quien les diga que nos rendimos por su culpa? ¡Claro que no! Tenemos que seguir adelante. Porque tenemos que acabar con el terror, los arrestos y las desapariciones. Tenemos que ganar.

Mientras hablaba, Mireille sentía que volvía a tener la fuerza de la convicción, que le fluía por las venas y parecía hacerla entrar en calor a pesar del frío que hacía.

Él le apretó la mano, luego se la soltó para buscar en pañuelo en el bolsillo con el que secarse la cara. Cuando hubo recobrado la compostura, dijo:

—Tienes razón. Claro que tienes razón. No podemos rendirnos. Tenemos que seguir luchando, aunque eso nos cueste el último suspiro.

—Bien —repuso ella—. Entonces estamos de acuerdo. Empezaré de nuevo con mis tareas tan pronto como consiga restablecer los vínculos de la red.

Él negó con la cabeza.

—No, Mireille, me temo que no podremos volver a contar contigo, ni como correo para que reemplaces a Claire, ni como *passeuse*. Y desde luego no podremos volver a tener aquí ningún transmisor de radio.

Como ya te he dicho, te estarán buscando y si te arrestan en la calle será peor para los demás, y también para ti por todo lo que sabes.

Mireille se llevó la mano al medallón que le colgaba del cuello y la cerró en un puño.

—Por favor, señor Leroux, tengo que hacer algo. No puedo quedarme aquí sentada mientras ellas siguen ahí fuera, soportando...

—No pudo seguir.

Luego volvió a hablar, más serena esta vez, pero también más decidida.

—Una de mis amigas que vivía en este apartamento fue abatida a sangre fría por los nazis. Ahora dos más han sido arrestadas y torturadas y privadas de libertad. Sus habitaciones están vacías y no puedo soportarlo. Así que déjeme utilizar esas tres habitaciones para otros que puedan necesitarlas. Este edificio se queda completamente vacío cuando el salón cierra y las demás costureras se van a casa. Soy la única que queda aquí. Si lo utilizamos como piso franco para la red, querrá decir que esas habitaciones ya no estarán vacías. Y así evitaré volverme loca. Porque estaré haciendo algo por gente como Vivi y Claire. Y luego, cuando vuelvan, cuando todo esto haya pasado, podré decirles que yo también he sido valiente, como ellas. Podré mirarlas a los ojos y decir que, al igual que ellas, nunca me rendí.

El señor Leroux levantó la vista a la altura de la de ella. Sacudió de nuevo la cabeza, aunque en esta ocasión fue más por admiración que por sentirse derrotado.

—Sabes, Mireille —dijo—, vosotras tres sois de las personas más valientes que jamás he conocido. Y un día, cuando todo esto haya pasado, espero que todos podamos estar juntos en un mundo mejor. Eso sí que es algo por lo que vale la pena luchar.

La puerta se cerró con un portazo y la celda en que estaba Claire se quedó a oscuras, salvo por la rendija en forma de buzón que permitía que un rayo de luz se deslizara hacia el interior porque la

215

tapa estaba mal ajustada. Mientras los ojos se le acostumbraban a la oscuridad, solo pudo ver el camastro con la gruesa manta y el cubo que había en un rincón.

Se sentó sobre el duro colchón y se tapó la cara con las manos. Se sentía derrotada, como si una ola estuviera rompiendo, con una fuerza avasalladora y le hiciera perder pie para arrastrarla y hacer que casi ni pudiera respirar. Hasta ahora, siempre había sabido que Vivi estaba cerca. En la parte trasera de la camioneta que las había llevado hasta allí, balanceándose y tambaleándose por las calles, se había tirado al suelo junto a la camilla y le había sujetado la mano a su amiga. Con cariño, le había apartado el pelo de la cara, con cuidado de no tocarla ni en la barbilla ni cerca de los ojos, donde tenía la piel magullada e hinchada. Según fue ganando consciencia lentamente, Vivi había empezado a temblar de manera incontrolada y la había abrazado y tranquilizado con las mismas palabras que su amiga solía utilizar para que ella se calmara cuando tenía pesadillas y ambas se despertaban. Las repetía una y otra vez hasta que se convirtieron más en una plegaria que en una frase: «Tranquilízate. Estoy aquí. Estamos juntas. Todo va a salir bien».

Vivi tenía el pelo y la ropa mojados. Aunque tenía los labios hinchados y destrozados pudo susurrar que habían llenado una bañera y que le habían metido la cabeza debajo del agua una y otra vez hasta que creyó que se ahogaría.

—Pero no he dicho nada, Claire. No han conseguido doblegarme. Sabía que no estabas lejos y eso me mantuvo fuerte. —Levantó una mano para tocarle el ojo morado—. Y tú también has sido valiente.

Claire asintió con la cabeza, incapaz de hablar.

Vivi le apretó la mano, débilmente.

—Sabía que lo serías. Las dos vamos a ser valientes. —Cerró los ojos y se durmió. Claire se quedó mirándola durante el resto del viaje hasta que la camioneta se detuvo con una sacudida frente a las puertas de la prisión.

Ya en la cárcel, las metieron en celdas separadas. Con ayuda, Vivi pudo ponerse en pie y los guardias la llevaron medio a cuestas hasta una celda cuya puerta se cerró firmemente tras ella. Una mujer guardia acompañó a Claire por un largo pasillo. Cojeaba, tratando de pisar solo con la parte de fuera de los pies, pues ahí el dolor se hacía al menos soportable. La guardia hizo que se quedara de pie mientras ella se sentaba tras una mesa de escritorio y rellenaba un montón de papeles con los datos de Claire. Y al final, sin decir palabra, la llevó hasta donde estaba, aquella celda oscura del ala de confinamiento de la prisión.

Sentada en la cama, bajo la opresiva oscuridad que le llenaba los orificios nasales con un hedor a moho y orina, pasaron unos minutos antes de que se diera cuenta de que se oían unos golpes. Era como si vinieran de la pared que había detrás. Al principio pensó que serían ratas o ratones. Luego, al prestar más atención, se dio cuenta de que seguían un ritmo regular. Quizá fuera el aire, entrando por las cañerías incrustadas en la pared, pensó. Pero el ruido seguía.

Levantó la cabeza para escuchar con más atención. Entonces advirtió que alguien estaba dando unos golpecitos que seguían un patrón, un patrón que se repetía una y otra vez. Tres golpes rápidos, y luego un cuarto con una pausa larga, luego otros dos más rápidos. Y luego se repetían, igual, seguidos de un silencio hasta que toda la secuencia empezaba otra vez. El golpeteo quedaba amortiguado por la pared de ladrillos, pero estaba claro que se repetía. Tenía que ser un código, un código que quería decir algo.

Dio unos golpecillos en la pared a modo de respuesta, siguiendo el mismo patrón. El código le volvió rápidamente desde la celda de al lado, esta vez repetido más rápidamente. Y luego se dio cuenta de que reconocía la primera parte. La había oído al principio de la transmisión de radio que su padre y su hermano habían sintonizado aquella noche cuando estaban esperando el mensaje codificado de la BBC para confirmar que la operación para poner a salvo a Fréd seguía adelante. Eran las primeras cuatro notas de la sinfonía de Beethoven: la V de victoria. ¡Era morse! Y entre ellas había otra letra. Dos puntos rápidos…

Devolvió el mensaje de nuevo, esta vez con mayor claridad: la letra V, luego dos golpecillos rápidos, luego la letra V de nuevo y dos golpecillos rápidos más. Se produjo una avalancha de golpes en respuesta, como si fueran un aplauso final.

¡Era Vivi! Estaba allí, al otro lado de la pared. Seguían juntas, una al lado de la otra. No estaba sola.

Y ahora que lo sabía, de alguna manera el frío y la oscuridad de la celda no le parecieron tan insoportables después de todo.

Mireille se había acostumbrado a oír el timbre de la puerta ya de noche, poco antes de que cayera el toque de queda, y a bajar para abrir la puerta y recibir al siguiente fugitivo de manos de la última *passeuse* reclutada por la red. A veces se trataba de un único «huésped», otras de un par de personas que hacían el peligroso viaje de salida de Francia, agradecidas por poder pasar una noche en el apartamento de la azotea del 12 de la *rue* Cardinale, donde las recibía una joven con una cabellera de rizos oscuros, cuyos ojos marrones y cálidos guardaban en el fondo una mirada de tristeza incluso cuando sonreía. Pero una noche, al abrir la puerta, se encontró con que allí estaba el señor Leroux.

Lo empujó adentro y cerró la puerta rápidamente.

—¿Hay alguna noticia? —preguntó.

—Sí, la hay. Han salido de la cárcel.

Soltó un grito sofocado.

—¿Dónde están? ¿Puedo verlas?

El hombre tenía los ojos color avellana nublados por la amargura.

—Se las han llevado en uno de los transportes. A un campo en Alemania. Es lo único que sabemos. Me temo que esta vez las hemos perdido.

—¡No! —Le salió de lo más hondo, y sonó estridente por el dolor que sentía, en aquel pasillo que le parecía ahora más oscuro.

La rodeó con un brazo y la abrazó mientras ella lloraba por sus amigas; odiaba la crueldad del mundo en que todos se encontraban.

Al final, se calmó y recuperó el control.

—¿Qué vamos a hacer ahora? —preguntó.

—¿Ahora? —repitió él. Al principio lo dijo con voz suave, pero según siguió hablando sus palabras se hicieron más fuertes y resueltas—. Ahora vamos a seguir haciendo lo que hemos estado haciendo. Y lo seguiremos haciendo cada día, tanto tiempo como podamos. Porque es lo que querrían que hiciéramos. Hay esperanza, Mireille, lo sabes. El sentido de la guerra está cambiando, estoy convencido. Los alemanes han sufrido una derrota muy amarga en febrero, cuando los rusos recuperaron Stalingrado. Acosan a sus ejércitos en todos los frentes y los aliados están haciendo progresos. Sabes, incluso la alta costura está deviniendo víctima de la guerra; acaba de publicarse un edicto en Alemania según el cual se van a prohibir las fotografías de moda en las revistas. Así que ya ves, la presión está surtiendo efecto a todos los niveles. Y eso hace que mantener nuestra contribución sea más importante, porque cada pequeño acto de desafío hace que los cimientos del poder de Hitler se desgasten. Lo más importante de todo es que tenemos que hacerlo por Vivienne y Claire. Porque cuanto antes acabe la guerra, mayores posibilidades habrá de que sobrevivan y regresen con nosotros.

Lo miró y vio que tenía el rostro tenso de angustia.

—La quieres mucho, ¿verdad? —dijo.

Por un momento no pudo decir nada. Pero luego respondió:

—Las quiero a las dos, Mireille.

Al día siguiente, fue a la isla en mitad del río y se arrastró bajo las ramas del sauce que había al final. Una vez más, apoyó la cabeza contra el tronco del árbol y dejó que la sujetara, para que soportara el peso de sus miedos y preocupaciones por un rato. A pesar de las palabras de esperanza del señor Leroux, le parecía que la guerra nunca iba a acabar. Y si lo hacía, ¿no sería demasiado tarde para Claire y Vivi?

Mientras el río fluía, vio las caras de la gente que quería reflejadas en sus profundidades. Su madre y su padre; su hermano y su hermana; la bebé Blanche; Vivienne; Claire; y la del hombre cuyo nombre todavía llevaba en el corazón, que guardaba como un secreto. ¿Llegaría el día en que podría pronunciarlo en voz alta? ¿Volvería a verlo?

¿Llegaría el final de aquella guerra?

El viaje hasta el campo fue largo, pero Vivi y Claire se tranquilizaban la una a la otra y trataban de mantener la moral alta ayudando a las demás mujeres a subir al vagón de ganado tambaleante lo mejor que podían. El tren parecía moverse despacio, como una serpiente que se despertara de la hibernación, circulando con lentitud hacia el este, como si no hubiera prisa por que llegara a su destino.

Llenaba el vagón una atmósfera de miedo y angustia, tan fría y pegajosa como la niebla que envolvió el tren la mayor parte del día. Muchas mujeres lloraban de manera incontrolada. Algunas estaban mal físicamente a causa de los golpes que habían recibido.

Una mañana al despertar se encontraron con que el sol de primavera entraba a través de las rendijas de los tablones del vagón. Pero el ligero ánimo que esto le dio a Claire duró poco. Los rayos de sol iluminaban la cara de una anciana que había muerto mientras dormía.

—Ojalá las demás tuviéramos la misma suerte —murmuró otra mujer mientras las ayudaba a Vivienne y a ella a cubrir el cuerpo con el viejo abrigo de la mujer y a moverlo con cuidado hasta un rincón del vagón. En la siguiente parada que hizo el tren, ya muy tarde ese mismo día, un guardia abrió la puerta y les dijo que podían salir para estirar las piernas un rato. Al ver el cadáver, lo sacó del rincón y lo arrastró para dejarlo junto a las vías entre la brillante maraña de arbustos y amapolas que allí crecían.

Las demás permanecían en pie mirando en silencio. Una o dos se santiguaron y murmuraron plegarias por su alma.

Pero entonces una mujer se agachó y retiró el abrigo del cuerpo para ponérselo ella misma y dejar el suyo, que estaba más desgastado, sobre el cadáver. Miró a su alrededor desafiante.

—Bueno, ahora ya no le sirve —dijo.

Unas cuantas le volvieron la espalda, pero pronto un guardia les gritó que regresaran al tren y de nuevo volvieron a estar como sardinas en lata, sin espacio para que nadie pudiera dar la espalda a la vecina, aunque quisiera hacerlo.

El tiempo pasado en la cárcel de Fresnes había permitido que Claire y Vivi se recuperaran un poco, al menos físicamente, de lo que les había hecho la Gestapo. Claire ya podía apoyar la planta de los pies, ya se le habían curado las heridas de las palizas que le habían dado, aunque le habían dejado unas cicatrices blancas; y las uñas de los pies que le habían arrancado le volvían a crecer. A Vivi también se le estaba curando la cara, aunque seguía teniendo la sonrisa torcida por lo que le habían hecho en la mandíbula y por haber perdido un diente. Tenía una tos agarrada al pecho que se manifestaba especialmente por las mañanas, debida a la humedad de la celda en que la habían recluido tras el ahogamiento a que la sometieron en la avenida Foch, pero siempre le decía que estaba bien. Las dos, juntas, lograban que la otra siguiera adelante. Cada noche, mientras el tren seguía avanzando, las dos amigas se hacían un ovillo la una junto a la otra. Y en la oscuridad, cuando las pesadillas y el miedo hacían que Claire gritara, Vivi la tomaba de la mano, como ya hiciera cuando estaban en el ático, y le susurraba:

—Tranquila. Estoy aquí. Y tú también. Estamos juntas. Y todo va a salir bien.

Después de varios días, las pasajeras que habían sobrevivido al viaje se apearon del tren para juntarse todas en el andén de una estación extraña. Con letra gótica irregular se leía en los letreros: Flossenbürg.

Claire parpadeó con el último sol de primavera, levantando la cara pálida hacia el calor de sus rayos. Aunque sentía miedo, pues no tenía ni idea de qué les esperaba, se las arregló para reunir fuerzas en su interior, recordándose que habían sobrevivido hasta llegar allí, que quizá lo peor ya habría pasado y que, y eso era lo más importante, Vivi y ella seguían juntas.

La carga del tren —hombres, mujeres y unos cuantos niños aterrorizados— se organizó en largas filas dirigidas por oficiales de las SS, que les ordenaron que caminaran. Hambrientos, muertos de sed y exhaustos, los prisioneros caminaron tambaleantes por una carretera polvorienta durante casi una hora, y quienes se rezagaban en un extremo u otro de la fila eran obligados a volver a la fila por los guardias.

A Claire no tardaron en arderle los pies del dolor, lo que hacía que cojeara. Llegado un punto, las piernas empezaron a fallarle, había pasado meses en la celda de una cárcel y luego en aquel vagón para ganado, así que tenía unos calambres terribles que hacían que creyera que iba a caerse. Pero entonces Vivi la agarró del brazo y la seguridad de ese contacto la ayudó a seguir adelante.

Por fin llegaron ante una puerta negra imponente de metal y cruzaron el umbral. A cada lado se extendía una valla alta cubierta de alambre de espino con torres de vigilancia a intervalos regulares a lo largo de su perímetro. De cada una de aquellas torres sobresalía el cañón de una ametralladora que apuntaba hacia el interior del campo.

Claire levantó la cabeza, encorvada, para leer la inscripción que se encontraba sobre uno de los pilares de ladrillo al pasar: *Arbeit Macht Frei*. Frunció el ceño, tratando de entender lo que ponía. Vivi le dio un codazo.

—Dice que el trabajo te hace libre.

La ironía del mensaje, allí, sobre las cabezas de prisioneros exhaustos y asustados, hizo que Claire se tragase un grito de histeria que se le escapaba por la boca. Casi podría haber sido una carcajada, de no haber sido porque sonó tan estrangulado y desolado entre los susurros de miedo y las pisadas de pies arrastrándose del gentío que no pudo confundirse, fue como el gemido involuntario de un animal herido.

—Cállate —le susurró Vivi, al ver que uno de los guardias se volvía para ver de dónde venía el ruido—. Tenemos que tratar de no llamar la atención sobre nosotras. Recuerda, estoy aquí. Estamos juntas. Todo va a salir bien.

Los guardias empezaron a clasificar a la gente de la fila; enviaron a los hombres en una dirección y a las mujeres en otra. No había rastro de los niños, aunque no había visto adónde se los habían llevado. A las mujeres las llevaron a un edificio bajo y alargado que según parecía estaba vigilado por mujeres guardia.

—Aquí, en fila —dijo una, e hizo un gesto—: Fila de a uno. Quítense la ropa.

Las mujeres se miraron las unas a las otras, atónitas.

—¡Rápido! Fuera la ropa. —Les dijeron a gritos.

Lentamente, atontadas y sin entender nada, las mujeres empezaron a desnudarse hasta que, por fin, se quedaron de pie, temblando, agarrando la ropa que se habían quitado. Entonces se abrió una puerta y, una a una, fueron llevadas a la siguiente estancia.

—Dejad la ropa aquí, en el suelo. —El tono de voz de la guardia era tan duro como sus palabras.

Avergonzada, humillada, expuesta. Así fue como Claire fue obligada a estar de pie frente a una de las varias mesas de escritorio que había a lo largo de las paredes de la habitación. Se sentía como si fuera una novilla en un mercado de ganado mientras unas manos ásperas la examinaban, le tomaba medidas, la auscultaban y le miraban los dientes y los ojos. Miró hacia el otro lado, adonde estaba Vivi, soportando un trato semejante, tratando de no toser cuando le pasaron el estetoscopio, frío, sobre la piel de la espalda.

—¿De qué trabajaba? —le preguntó la mujer sentada tras la mesa de escritorio.

—Soy costurera —repuso Claire. Oyó que Vivi daba la misma respuesta junto a la mesa contigua. Iban rellenando unos formularios que luego ponían sobre una de las muchas pilas de papel que había. La mujer sentada tras la mesa asintió con la cabeza hacia un guardia y Claire y Vivi fueron llevadas a la siguiente estancia. Mientras se dirigían allí, Claire se dio cuenta de que conducían a algunas mujeres en otra dirección, sin razón aparente. Parecía que las guardias estaban realizando una especie de proceso de selección arbitrario.

Cuando esas mujeres regresaron minutos después, quedó claro adonde habían ido, pues volvieron con la cabeza afeitada, pareciendo incluso más desnudas al reunirse con las demás en la siguiente estancia. Claire y Vivi se miraron, no sabían si habría sido bueno o malo que las dejaran conservar el pelo.

A cada una de ellas le entregaron una pila de ropa doblada. La ropa interior estaba dada de sí y desgastada, así que la tela se transparentaba en algunos sitios. Y cuando vieron el resto de ropa de algodón que les habían entregado, de rayas azules y blancas, se encontraron con una camisa amplia sin hechura y un par de pantalones.

—No os lo pongáis todavía —ordenó la guardia cuando una de las mujeres a las que habían afeitado la cabeza empezaba a vestirse con la camisa que le habían entregado para no estar desnuda—. Aquí, tened. —La guardia les entregó unas tiras de tela blanca, dos por cada prisionera, sobre las que se había estampado un número de identificación. Tras consultar una lista que le había dado otra de las mujeres que estaban tras las mesas en la habitación anterior, también le dieron una tela de color. Claire vio que tanto la de Vivi como la suya eran de color rojo, pero a algunas de las demás mujeres les daban triángulos de color amarillo o negro o azul. Y a varias les daban dos triángulos, generalmente uno amarillo junto con otro de alguno de los otros colores.

—En la puerta de al lado —Señaló una de las guardias. La fila de mujeres avanzó arrastrando los pies. Y allí, Claire y Vivi se encontraron en un terreno mucho más familiar. Había mujeres vestidas como ellas con el atuendo a rayas azules y blancas que llevaban un pañuelo blanco en la cabeza, sentadas cada una tras una máquina de coser. Las máquinas zumbaban mientras las mujeres cosían números de identidad y triángulos en las camisas y pantalones para las recién llegadas al campo. Era una costura tosca y sencilla, ejecutada con hilo grueso y lo más rápidamente posible, y luego los uniformes se entregaban a sus destinatarias.

En la siguiente habitación había un montón de zapatos. La guardia los señaló.

—Buscad un par que os sirva.

Las mujeres empezaron a buscar entre los zapatos, buscando los suyos, pero la mayoría tuvieron que dejarlo y tomar cualquier otro par que les sirviera. Claire consiguió un par de botas un poco más grandes de lo que necesitaba. Le entraron mucho más fácilmente que sus viejos zapatos, que no pudo localizar en el montón. Pero cuando cargó el peso sobre los pies, se dio cuenta de que las punteras le rozaban en los dedos, que todavía tenía mal, pues las uñas no le habían crecido del todo y todavía tenía partes en carne viva.

Cargando con la ropa que les habían dado, las llevaron por fin a una sala de duchas alargada y alicatada. Incluso a pesar de que el agua apenas estaba tibia, Claire se sintió un poquito mejor cuando se pasó por encima una pastilla de jabón. No había toallas, pero por fin les permitieron ponerse los uniformes que les habían dado.

—¿Qué te parece? —Claire trató de reunir un poco de valor y se dio una vuelta imitando a las modelos del salón de Delavigne Couture—. Es el estilo de la nueva temporada.

Vivi le sonrió.

—¿Sabes qué creo? —repuso—. Creo que tú y yo tenemos que conseguir un puesto en ese cuarto de costura.

Harriet

He estado evitando las llamadas y los mensajes de Thierry, solo le he contestado cuando tenía que hacerlo y le he dicho que estaba demasiado ocupada para que nos viéramos o para salir. La verdad es que ese día que fuimos a la avenida Foch y me dio el ataque de pánico me quedé temblando. Precisamente en el momento en que empezaba a sentir que tenía unas raíces, que notaba una conexión con mi familia, he descubierto que saberlo tiene un precio. El precio de saber que Claire sufrió y de ver lo traumático que fue y que ese trauma lo heredó mi madre. Parece ineludible. Una sentencia de por vida. Y si eso es verdad y lo llevo en el ADN, ¿cómo se lo voy a pasar a los que quiero, a mis propios hijos, para perpetuar el dolor y la soledad en la generación siguiente?

Si creía que conocer la historia de mi familia me daría fuerza estaba del todo equivocada. Lo que sé hasta ahora de la vida de mi abuela hace que me sienta atrapada. Ese fue el riesgo que asumí al venir al París en busca de las chicas de la foto. Pensaba que tendría el valor de descubrir quién soy. Pero ahora me temo que me ha hecho más mal que bien.

Al mismo tiempo, siento como que he llegado demasiado lejos como para no seguir adelante. Tengo que llegar hasta el final de la historia de Claire. Solo puedo esperar que encontraré cierta redención, por mí y por ella.

Simone sigue contándome la historia de nuestras abuelas, pero cada capítulo llega muy esporádicamente. Hay partes que ni ella misma conocía hasta ahora. Dice que ha preguntado a Mireille para cubrir los huecos, pero que lleguen sus cartas lleva tiempo. Me pregunto si recordar todo esto y ponerlo por escrito no le causará dolor.

Simone y yo estamos tan ocupadas con el trabajo que resulta difícil encontrar tiempo para hablar en realidad. Y eso no me va mal: no estoy preparada para contarle nada sobre el fin de mi relación con Thierry. ¿Lo sentirá o se alegrará? No estoy segura de que no haya oído nada, que se lo haya dicho él o que se lo haya contado alguno de los amigos que compartimos, pero, en cualquier caso, ella no lo ha sacado a colación. Ambas estamos decepcionadas, nos han dicho que ninguna de las dos irá a Niza para el lanzamiento de ecocosmética, sin embargo, Florence y otras dos de las gestoras de cuentas van a ir y todavía hay mucho que hacer para ayudarlas a prepararlo.

Antes que nada, los desfiles otoño/invierno de alta costura van a ser esta semana, eso también. Estamos a principios de julio y en la ciudad ya hace demasiado calor y demasiada humedad como para disfrutar viendo pesadas prendas de lana y trajes sastre, así que no puedo estar muy entusiasmada, y eso a pesar de que a Simone y a mí nos han dado entradas para lo de Chanel el martes por la noche. Tomamos asiento en el Grand Palais, en las filas de atrás, lejos de los famosos y de los editores de moda, y miramos a las modelos desfilar por la pasarela con las preciosas creaciones en *tweed* de Karl Lagerfeld. La colección es exquisita: cada prenda ha sido cuidadosamente diseñada para hacer que la mujer luzca y los diseños son tan ingeniosos como peculiares. Sin embargo, me distraigo con el espectáculo de variedades que nos rodea. Al final, el diseñador saca por la pasarela a las modistas de los talleres con que ha trabajado para mostrar que detrás de cada diseño de los que estamos aplaudiendo hay un pequeño ejército de trabajadoras. Miro, fascinada, mientras esas personas no hacen caso de lo que ocurre en la pasarela y siguen trabajando en versiones medio acabadas de los mismos diseños que llevan las modelos. Para mí, estas costureras de hoy son una conexión directa con Claire, Mireille y Vivi y muchas de las técnicas de costura que mi abuela empleó siguen utilizándose.

Sin embargo, el desfile, en lugar de servirme de distracción, no hace más que recordarme la terrible situación que Claire y Vivi tuvieron que pasar, enviadas desde la ciudad en que las torturaron y encarcelaron hasta campos de trabajo nazis. Siento el pánico creciéndome en el pecho, apretándome los pulmones y dejándome sin aire. De repente, el calor y la opulencia del Grand Palais se me hacen insoportables, así que agarro el bolso, me disculpo y me voy de allí antes de tiempo, dándome prisa por llegar a la soledad de mi habitación en el ático, al otro lado del río.

Esa noche, tumbada en la cama, me pregunto si me habrá dado algo. Miro la fotografía sobre la cómoda que hay junto a mí.

—Ayudadme —susurro.

Claire, Mireille y Vivienne me sonríen, atravesando el tiempo, para confortarme. Tres chicas con tres caracteres tan diferentes. Y me recuerdo a mí misma que si Mireille y Vivi no hubiesen ayudado a Claire a seguir adelante, hoy yo no estaría aquí.

—¡Tú también tienes que seguir adelante! —imagino que me dice Mireille, decidida, con los rizos oscuros de su pelo saltando.

«Solo cuando sepas toda la verdad lo entenderás», parecen decirme los ojos tranquilos de Vivi.

Y junto a ellas, Claire me sonríe, con su sonrisa amable, diciéndome que, a pesar de que nunca me haya conocido, me quiere. Está aquí conmigo. Nunca me dejará.

1943

*P*arís se estaba sumiendo en el caos. Mientras la guerra avanzaba y los alemanes sufrían más derrotas, las redadas y las deportaciones se hacían más frecuentes, más aleatorias y brutales. En general, Mireille solo dejaba el taller para salir a comprar comida, para conseguir las raciones que pudiera para sus «invitados» y añadirles algún bocado más acudiendo al mercado negro con el dinero que le daba el señor Leroux. Sus dos trabajos, el de por el día y el de por la noche, la mantenían ocupada. Pero siempre que podía, se acercaba al sauce que había en un extremo de la isla del Sena y se refugiaba bajo sus elegantes ramas.

Un día de julio, mientras miraba fluir el río y se preguntaba qué estarían haciendo sus seres queridos en aquel momento, un olor a quemado llenó el aire. Se veía una columna de humo sobre el cielo de los jardines de las Tullerías y, reacia a regresar al apartamento vacío precisamente ahora, se acercó al lugar para ver qué estaba sucediendo.

Se había congregado una multitud en los jardines donde había llevado a Claire para que conociera al señor Leroux ahora hacía casi dieciocho meses. Era como si desde entonces hubiera pasado toda una vida. Había sido en invierno, pero ahora era verano y el bochorno la aplastaba y hacía que el sudor le cayera como diminutos riachuelos por detrás del cuello.

Al acercase al museo de la Orangerie se dio cuenta de que los soldados estaban sacando los cuadros. Se deslizó entre la multitud para no llamar la atención. Consternada, contempló cómo levantaban uno de los lienzos en alto y lo arrojaban a una hoguera que ardía en uno de los parterres de hierba.

—¿Qué están haciendo? —preguntó a un hombre que estaba junto a ella, mirando la escena en silencio, triste.

—Han declarado estas obras de arte como «degeneradas». —El hombre hablaba con tranquilo desdén—. El arte asusta al régimen nazi, pues muestra la verdad sobre asuntos que a ellos les parecen abominables, por lo que parece. Por eso los queman. He visto, con mis propios ojos, cómo arrojaban un Picasso a esa hoguera. Cualquier cosa que no les guste, cualquier cosa que no encaje con su idea del mundo, la destruyen. —Negó con la cabeza y los ojos le ardieron con una pasión nacida de la furia. Mireille se dio cuenta de que la barba desarreglada que lucía tenía gotitas de pintura y pensó que debía de ser pintor—. Primero quemaron los libros, ahora están quemando los cuadros, y también queman a la gente, en esos campos de prisioneros que tienen, lo he oído decir. Recuerde este día, señorita; está siendo testigo del holocausto de la humanidad. Recuérdelo, y cuénteselo a sus hijos y a sus nietos para que no permitan que vuelva a suceder.

Mientras arrojaban otro cuadro a la hoguera, ella se volvió y echó a correr a casa. Pero ya en el apartamento, no podía librarse del olor de humo que tenía en la ropa y en el pelo. Y a pesar del calor de aquella tarde de julio, temblaba al recordar las palabras del hombre: «También queman a la gente en esos campos de prisioneros que tienen». Por milésima vez rezó a cualquier dios que quedara para pedir que Claire y Vivi siguieran con vida y estuvieran a salvo. «Por favor. Que vuelvan pronto a casa».

Cuando Claire empezó a saber cómo iban las cosas en el campo, descubrió que Flossenbürg era uno más entre los muchos campos que había en la zona, construido para proporcionar mano de obra esclava para el esfuerzo de guerra alemán. Los barracones toscos en los que se alojaban los prisioneros ocupaban un sector central del lugar. En las cercanías se habían levantado fábricas diversas: manufacturas textiles, de municiones e incluso la aeronáutica Messerschmitt. Todas aprovechaban el suministro regular de prisioneros como mano de obra; gente que llegaba en trenes como el que las había traído a ellas. Consiguió esta información de una de las chicas que dormía en la litera de encima de la que compartían Vivi y ella, pues la joven había pasado unos cuantos meses en un campo mucho mayor, el de Dachau. Allí, les dijo, había trabajado en el burdel que atendía al personal de las SS.

—Hablaban entre ellos mientras esperaban fuera del cuarto, como si nosotras fuéramos incapaces de entender lo que decían mientras estábamos echadas bocarriba —decía irónicamente.

—Debe de haber sido horrible para ti tener que pasar por algo así —dijo Claire.

—Oh, no es tan malo cuando te acostumbras. Comes mejor cuando estás allí. Hasta que te pones enferma y se te empiezan a caer el pelo y los dientes, eso sí. —Abrió la boca para mostrar las encías, abiertas y sin sangre—. Entonces es cuando vuelven a enviarte aquí y tienes que trabajar en las fábricas otra vez. —Miró a Claire como valorándola—. Allí les gustarías. Eres aria de verdad; con tu color de pelo, serías muy popular. Y serías una de las pocas a la que no le afeitarían la cabeza cuando la procesaran. Que no lo hagan quiere decir que estarías entre las elegidas.

Claire tembló y tiró de su gorro más para abajo para taparse la frente y que no se le viera el pelo. Aquella chica tenía los ojos apagados, sin alma, una mirada que compartían muchos de los que habían pasado ya un tiempo en los campos.

Cada día, después de pasar lista, cuando las obligaban a estar de pie durante una hora o más en la plaza central que había fuera de los barracones, Claire y Vivi seguían a la guardiana que estaba a cargo de las trabajadoras de la fábrica textil. La seguían en fila, en silencio, hasta el final del callejón que había a un lado del campo y que llevaba hasta un edificio de ladrillo de techos bajos, de cuya alta chimenea salía humo gris día y noche. Todo el mundo sabía para qué era. A veces se oían historias de cuerpos amontonados fuera, una pila liada de miembros desnudos y uniformes a rayas azules y blancas hechos jirones, una escena propia del infierno.

Algunos de los hombres que trabajaban en la fábrica de aviones llevaban triángulos que los identificaban como trabajadores voluntarios. Aunque, como señaló Vivi, «voluntario» no era una palabra muy precisa para describir a la gente a la que se había obligado a abandonar sus hogares y venir a trabajar como esclavos a las órdenes del enemigo. Claire pensaba a menudo en sus hermanos, Jean-Paul y Théo. ¿Trabajarían en algún lugar parecido? ¿Estarían aquí, quizá, en alguna parte entre aquel mar de gente con la cara hundida en algún campo satélite? De ser así, Jean-Paul llevaría un triángulo azul en la ropa y Théo uno rojo, como el que llevaban Vivi y ella, el de prisioneros políticos o prisioneros de guerra.

Fue Vivi la que se enteró de lo que significaban los triángulos al hablar con las demás mujeres de los barracones. Los amarillos eran los que señalaban a los judíos, y a veces un triángulo rojo invertido con uno amarillo sobrepuesto al revés indicaba que eran las dos cosas, judíos y prisioneros de guerra. Los triángulos verdes eran los que llevaban los convictos, a quienes se encargaba a menudo que se ocuparan de los grupos de trabajo, pues la prisión les había endurecido y eran capataces muy duros, o *kapos*, como se les conocía en el campo, listos para aplicar castigos a sus compañeros presos. El negro era el color que se destinaba a los enfermos mentales o a los gitanos, vagabundos y adictos.

A Claire le había impresionado profundamente ver que las prisioneras del campo eran clasificadas de un modo tan crudo y vergonzoso, del mismo modo que la habían clasificado a ella misma. Pero según pasaban los meses, casi se había acostumbrado a ello y apenas se fijaba ya en el color de los triángulos.

Vivi se las había arreglado para conseguir que a ambas las destinaran a la fábrica textil; había hablado con la *senior*, la mujer que supervisaba su barracón. Claire la había visto preguntándole cómo

234

podían conseguir un puesto en el taller de costura que habían visto en el centro de recepción cuando llegaron al campo.

—Esos trabajos son para privilegiadas —repuso la mujer—. No puedes entrar ahí y punto. Todas quieren trabajar en un sitio así, sentadas y cosiendo a máquina sin pasar frío.

—Pero es que nosotras somos costureras con experiencia —protestó Vivi—. Trabajamos rápido y bien y sabemos qué hacer con las máquinas de coser cuando las bobinas se enredan o las agujas se enganchan.

La mujer la miró de arriba abajo.

—Puede que eso os dé alguna posibilidad, pero aun así, no es tan fácil conseguir uno de esos puestos. Sin embargo, ya que me dices que tu amiga y tú tenéis esa cualificación, hablaré con el *kapo* que está a cargo de colocar a la gente en la fábrica textil. Quizá puedan hacer buen uso de vuestra experiencia allí. —Tenía un tono cortante, pero mantuvo su palabra y dos días después Claire y Vivi fueron enviadas a la fila de las trabajadoras textiles.

Al principio, el estruendo de la fábrica le había sorprendido, pero poco a poco Claire se había acostumbrado al ruido y a la enorme carga de trabajo. Vivi parecía más a gusto desde el principio; entonces recordó lo que le había contado del trabajo en los molinos de hilar en Lille antes de la guerra.

La fábrica producía camisetas y pantalones para los prisioneros de los campos y uniformes militares. A Claire la pusieron a coser pantalones grises para militares. Vivi hacía calcetines para los soldados, se ocupaba de poner a punto la maquinaria y de mantenerla todo el día funcionando a la máxima capacidad. Levantando la vista de su trabajo, de vez en cuando, veía cómo Vivi hablaba con las demás trabajadoras, y especialmente con la capataz, y cómo todas agradecían su amabilidad y su competencia.

Según avanzaba el verano, las condiciones de vida en los barracones se hacían más insoportables. El hedor del edificio de letrinas cercano se mezclaba con el olor a enfermedad y cansancio que flotaba en el aire de aquel espacio opresivo. Las literas, sobrecargadas, estaban llenas de pulgas y piojos que se daban el festín sobre los cuerpos exhaustos de las prisioneras. Las picaduras infectadas se convertían en llagas supurantes, así que cada mañana la *senior* del barracón elegía a un par de mujeres que estuvieran mejor para que se llevaran el cuerpo de las que habían sucumbido a la fiebre al hospital. Algunas mañanas, para algunas mujeres, era demasiado tarde: se llevaban su cuerpo sin decir palabra y sin ceremonia alguna, y quienes lo hacían eran otras prisioneras igual que ellas cuya misión era tirar de un carro hasta el crematorio donde la chimenea lanzaba su manto de humo gris sobre el campo, del amanecer al anochecer, día tras día.

En la fábrica textil el ruido y el calor eran inmisericordes. Un día, cuando el capataz estaba de espalda, Claire se las arregló para esconder unas tijeras y llevárselas al barracón. Esa noche se cortó el pelo. Mientras caían los mechones claros sobre el suelo alrededor de sus pies, sintió un pinchazo de vergüenza. Se acordaba de estar recogiéndose la melena rubia frente al espejo de su habitación, con el vestido azul medianoche con cuentas de plata, preparándose para salir con Ernst aquella nochevieja de hacía tanto tiempo. Su necesidad de sentirse querida, de disfrutar la sensación de lujo y plenitud que tanto había ansiado, habían sido su perdición, y al final la habían llevado allí, a aquel infierno. Se cortó el pelo de cualquier manera mientras le caían lágrimas de rabia.

Entonces apareció Vivi a su lado y tomó las tijeras.

—Tranquila —dijo—. Estoy aquí. Estamos juntas. —Le pasó los brazos alrededor de los hombros, que le temblaban, y le susurró al oído—: No llores. Ya sabes que las que lloran son las que se han rendido. Ni tú ni yo nos vamos a rendir, nunca.

Entonces le devolvió las tijeras y dijo:

—Córtame también el pelo. —Luego se volvió hacia las demás del barracón, con una sonrisa—: ¿Quién más quiere cortárselo? Así es más fresco, y también te pasas la peina más fácil para quitarte los piojos. —Se formó una cola de mujeres, de entre las que todavía conservaban el pelo, y después se ayudaron las unas a las otras para hacerlo. Así, la diferencia entre aquellas a las que habían afeitado la cabeza y las que no desapareció. Y para Claire fue como si el hedor y el deterioro fueran un poco menores aquella noche, desplazados por un sentido de camaradería que se había filtrado a la vida.

1944

*A*quel mes de enero la ciudad se congeló. Era uno de los más fríos que Mireille recordaba, y ahora que los suministros de alimentos y de carbón estaban en su nivel más bajo, tenía la sensación de que tanto el cuerpo como la mente se le habían congelado también. Pasaba los días como sonámbula en el taller, envuelta en una manta mientras trataba de coser las piezas de las pocas prendas que todavía encargaban. Muchas chicas habían dejado el taller de costura. Algunas, las judías y una o dos más, habían desaparecido sin más, igual que Claire y Vivi. Otras habían decidido volver junto a su familia e intentar sobrevivir allí, en zonas rurales, donde al menos existía la posibilidad de cultivar algo para comer.

La tentación de volver a casa era fuerte, pero sabía que no podía irse de París, ni siquiera aunque hubiera conseguido un pase para viajar. Pedir uno haría que llamase la atención. En cualquier caso, tenía que quedarse por los fugitivos a los que daba cobijo en las habitaciones del ático de la *rue* Cardinale y por sus amigas, Claire y Vivi. No tenía ni idea de si seguirían vivas o no, pero sabía que tenía que seguir adelante, seguir con la esperanza de que un día volverían.

Rara vez salía del apartamento, lo menos posible, y se enrollaba en las mantas cuando sonaban las sirenas que anunciaban un bombardeo y oía el rugir a lo lejos de los aviones. A menudo se preguntaba si Fréd pilotaría alguno y trataba de darse fuerzas imaginando que

239

sí, que él sabía que ella estaba allí y que lanzaría las bombas lejos de Saint-Germain para mantenerla a salvo.

El señor Leroux le traía noticias, ocasionalmente, relativas a la guerra en las fronteras del país. Las fuerzas alemanas estaban retrocediendo más que nunca, y las privaciones que ellos habían infligido a los países que habían ocupado ahora les afectaban a ellos también. Los aliados estaban más fuertes que nunca, avanzando. Seguramente, decía, si las cosas seguían así, la guerra no duraría mucho más…

Trató de aferrarse a sus palabras, a pesar de que cuando lo miró a la cara detenidamente vio que la tenía demacrada y torcida por la angustia, lo contradecía con una sensación subyacente de desesperación.

Había reflexionado a menudo sobre lo que le había dicho el día en que vino a contarle que Vivi y Claire habían salido de la cárcel y que se las habían llevado a un campo en el este. «Las quiero a ambas, Mireille». ¿Qué habría querido decir con eso? ¿Qué relación tenía con Vivi? ¿Qué sentimientos albergaba por Claire? ¿Podría amarlas a las dos de igual manera?

Una noche, después de haber acomodado a la familia de refugiados a la que estaba dando cobijo para que pasaran la noche en sus respectivos dormitorios, se sentó a la mesa de la salita junto a él.

Durante un rato ambos estuvieron en silencio. Entonces le dijo:

—Me pregunto qué estarán haciendo ahora. —No había necesidad de decir sus nombres, ambos sabían de quién estaba hablando.

—Cada día me digo que estarán haciendo lo mismo que nosotros. Mantenerse con vida, seguir, esperando el día en que podamos volver a reunirnos. Creo que debemos decirnos eso. Es lo que nos da un motivo para seguir adelante.

Trató de leer lo que le decían sus ojos, pero lo profundo del dolor que sentía el hombre lo oscurecía todo.

—Vivi… —empezó a decir ella, pero se detuvo, incapaz de encontrar las palabras adecuadas para preguntarle lo que quería saber.

Él la miró a la cara un momento. Entonces dijo, con la voz rota por la emoción:

—Vivi es mi hermana.

De pronto, todo cobró sentido. Su cercanía. La manera en que se sonreían el uno al otro. Pero también el modo en que le había visto mirando a Claire, a veces. Era cierto, las quería a las dos. Pero de maneras distintas. El dolor que reflejaban sus ojos también tenía sentido ahora.

Había perdido a su hermana de la misma manera que a la mujer de la que se estaba enamorando. Y se culpaba por ello.

El frío habría matado a las mujeres en los barracones, que tenían los dedos helados, con la sangre congelándoseles en las venas, de no haber sido porque la mayoría se amontonaba en las literas. En invierno, los piojos y las pulgas picaban menos, y por tanto había menos muertes por tifus, pero la gripe y la neumonía llenaban ese vacío para continuar la cosecha implacable y brutal de vidas en el campo. Debilitadas por el hambre y la desesperación, pocas prisioneras tenían recursos para luchar.

Una noche, cuando llegaron de vuelta de la fábrica, la *senior* del barracón las llevó a un lado a Vivi y a ella.

—Están buscando más mujeres que sepan coser para trabajar en el centro de recepción. Hay mucha más gente que procesar ahora, han traído más máquinas de coser. Os he inscrito en la lista.

—Gracias —dijo Vivi. Durante los meses que habían estado trabajando en el campo, le había dicho a Claire que se llevara para el barracón cualquier cosa que pudiera de la fábrica siempre que le fuera posible, para dársela a la *senior*, como ella hacía, para ganarse su confianza. Todo tenía un valor: un puñado de botones, una aguja e hilo, unos recortes de tela. Al final, los regalos habían tenido su recompensa, habían conseguido un puesto en el centro de recepción, un sitio relativamente cálido y seguro.

Así que, a la mañana siguiente, en lugar de caminar penosamente por la nieve hasta llegar a la fábrica, fueron unos cuantos metros hasta el grupo de edificios que había junto a las puertas del campo. Según se acercaban, Claire se soplaba las manos, tratando de evitar que los dedos se le congelaran.

—Me pregunto quién ocupará nuestros puestos en la fábrica —reflexionó en voz alta.

Vivi empezó a hablar, pero el aire frío se le metió en los pulmones e hizo que todo el cuerpo se le convulsionara con la tos. Cuando por fin pudo hablar, dijo:

—Bueno, espero que a quien le toque mi máquina de coser no se dé cuenta de que la ajusté para que los talones y las puntas de los calcetines quedaran más finos en lugar de reforzarlos. Estoy segura de que habrá más de un soldado alemán por ahí con los pies muy cansados. ¡Esa ha sido mi contribución más reciente al esfuerzo de guerra! —Por un instante, los ojos color avellana de la joven se iluminaron con un poco de su antiguo brillo, así que Claire no pudo contener la risa. Aquello sonó a música en mitad del aire helado, un sonido tan inusual que hizo que los prisioneros avanzaran unos cuantos metros adelante para darse la vuelta y mirar. En la torre vigía más cercana, el cañón de una ametralladora apuntaba en su dirección. Claire se tapó la boca con la mano rápidamente.

Vivi volvió a toser, y el vaho que despidió se convirtió en nubecillas alrededor de su cabeza que se congelaron y convirtieron en gotitas de hielo, que se prendieron en el halo de rizos rojos que enmarcaban su cara. Un rayo de sol de invierno la iluminó un instante y Claire se sorprendió entonces al ver lo guapa que estaba su amiga en aquel momento, tan fuera de lugar en los monótonos alrededores del campo como una flor en medio del barro.

Mireille se daba cuenta de que la ocupación de París había empezado a debilitarse. Cada vez había menos soldados de permiso sentados en los cafés y los restaurantes del bulevar Saint-Germain y más convoyes militares que dejaban la ciudad y se encaminaban hacia el norte.

El señor Leroux llegó al apartamento una noche de junio cargando una caja grande. La puso sobre la mesa de la salita e hizo un gesto.

—*Voilà!* Un regalo para ti, Mireille. —Ella abrió la caja y se encontró con una radio.

Un año atrás le hubiera dado miedo tener algo así bajo su techo, pero ahora representaba conquistar un poquito de libertad.

Una vez el señor Leroux la hubo conectado y hubo posicionado la antena correctamente, una voz llenó la estancia. Al principio casi no podía entender lo que decía el locutor.

—¿Qué quiere decir? —preguntó al señor Leroux—. ¿De qué va esta «Operación Overlord»?

Los ojos le brillaron esperanzados, con una esperanza que al hombre le había faltado durante mucho tiempo.

—Los aliados han desembarcado en las playas de Normandía, Mireille. Va de eso. ¡Es una gran ofensiva! Están luchando en suelo francés.

Todas las noches, después de aquella, Mireille se apresuraba a subir las escaleras desde el taller, acabado el día de trabajo, para conectar la radio y escuchar las últimas noticias de la BBC y de la radio libre francesa, Radiodiffusion Nationale. Las voces llenaban la habitación con boletines que anunciaban los últimos avances, ya que, una ciudad tras otra, los aliados iban recuperando Francia y liberándola del control alemán. Mientras lo escuchaba, aquellas mismas voces parecían llenarle el corazón con una esperanza nueva. Se permitió empezar a creer de nuevo que la guerra llegaría a su fin; que podría ver pronto a los suyos; que Claire y Vivi volverían a casa; y que quizá, solo quizá, en algún lugar ahí fuera un joven piloto francés cuyo nombre susurraba por las noches en el silencio de su habitación a oscuras estaría luchando para liberar la ciudad en la que ella estaría esperando, como en un limbo, para empezar una nueva vida.

Lenta pero inequívocamente, el tono de las voces que se oían en la radio se hacía más desafiante hasta que, al fin, el curso de la guerra cambió.

Era una calurosa tarde de agosto y la señorita Vannier había enviado más temprano a casa a las pocas costureras que quedaban. Había tan poco trabajo aquellos días que solo quedaba un equipo que trabajaba en los cada vez más esporádicos encargos que llegaban. Casi siempre, el salón del piso de abajo permanecía cerrado, con las persianas bajadas sobre las ventanas de vidrio cilindrado sobre las que se leía el nombre Delavigne Couture.

Mireille abrió de par en par las ventanas del apartamento para que entrara el aire de la noche y refrescara las habitaciones y luego conectó la radio. Mientras se servía un vaso de agua en la cocina, las palabras del locutor hicieron que regresara a la salita para escucharlas más de cerca.

—Acabemos con estos convoyes —urgía la voz—. Ayer, otro millar de hombres y mujeres fueron enviados al este. Y hoy decimos «¡Basta!». Ya han desaparecido demasiados campesinos en los campos de trabajo alemanes. Ha llegado la hora de que les permitan volver a casa. Ciudadanos de París, ha llegado la hora de poner fin a todo esto. Los trabajadores del metro, los gendarmes y la policía tienen que ponerse en huelga. Hacemos una llamada a los demás ciudadanos para que la secunden y se convierta en un acto de resistencia más amplio. ¡Levantémonos ya y recuperemos nuestra ciudad!

Como si respondiera a aquella llamada a la lucha, le llegó el ruido de un tiroteo que venía del río seguido del ruido sordo de una explosión en alguna parte, lejos, al norte. Se oían tiros en la calle, y el ruido de gente que corría parecía replicar los latidos de su corazón.

Sintió una necesidad implacable de participar, fuera lo que fuese lo que estuviera sucediendo fuera… Sin pararse a pensarlo, corrió escaleras abajo y salió a la *rue* Cardinale. Los altos edificios la acorralaban así que, de manera instintiva, se dirigió al río, donde las vistas eran más abiertas.

Había un grupo de hombres jóvenes que marchaban decididos hacia el Pont Neuf llevando consigo las armas que habían conseguido sabe Dios dónde. Otros salían de los sótanos y de las azoteas de los edificios a lo largo de la ribera del río, camareros, oficinistas, policías: todos miembros de la resistencia.

Mireille dudó bajo la sombra de un plátano sin saber bien hacia dónde ir. Al final del puente había hombres y mujeres levantando barricadas, arrastrando cualquier cosa que encontraran para colocarla cerrando la calle. Dos hombres empezaron a talar uno de los árboles que flanqueaban la entrada al puente golpeando el tronco con hachas con mucho apremio.

Mireille corrió para ayudar a un grupo que estaba arrancando adoquines de la calle y colocándolos en las barreras defensivas que se estaban levantando. Las manos le sangraron al rascar el mortero que sujetaba una de las piedras, luego hizo palanca en una esquina y, al final, consiguió arrancarla y llevarla hasta la barricada.

—¡Cuidado! —gritó un hombre cuando el árbol empezó a caer. Ella saltó para apartarse.

Justo en ese momento, un vehículo blindado alemán se encaminó hacia ellos cruzando el puente y disparó fuego de metralleta. Las balas rebotaban en las piedras al tiempo que la resistencia respondía con fuego, y el hombre tiró de Mireille para que se ocultara tras el tronco del árbol caído justo en el momento en que una bala le alcanzaba. El blindado se desvió y salió disparado por la orilla del río en dirección opuesta. El hombre la agarró del brazo e hizo que se agachara.

—Váyase a casa, señorita —dijo—. Estar en la calle no es seguro. La ciudad es ahora un campo de batalla. Póngase a cubierto. —Al final del puente apareció un tanque alemán cuya metralleta apuntaba amenazadoramente hacia las barricadas—. ¡Corra! Váyase ahora que todavía está a tiempo. —La empujó hacia la *rue* Dauphiné y ella echó a correr, tambaleándose, hacia el refugio que suponían las estrechas calles de la rive gauche. Mientras huía, echó la vista atrás y vio al tanque avanzando hacia las barricadas, donde yacía uno de los resistentes, al final del puente, en un charco de sangre.

De vuelta en el apartamento puso la radio, que seguía llenando las habitaciones vacías con sus proclamas animando a la gente a recuperar la ciudad. Se dejó caer en una silla, tratando de respirar, y se quedó sentada hasta tarde oyendo en la noche las voces que llegaban de lejos y los disparos, que se oían más cerca, mientras seguía la batalla por París.

En el campo estaban acostumbradas a las «selecciones» que se llevaban a cabo casi cada día. Se llevaban a las prisioneras o las conducían a autobuses que las llevaban y las traían de otros campos satélite de los muchos repartidos por la región. Algunas volvían para contar dónde habían estado, pero otras, no.

Mientras pasaban lista una mañana, cuando las demás prisioneras iban a las fábricas a trabajar, ordenaron a Claire y a Vivi que se quedaran atrás, con otras. Claire miró de reojo a las demás, de pie en la polvorienta plaza cuadrada que había frente a los barracones. Una o dos parecían asustadas, no sabía adónde las enviarían ni qué les esperaría en su próximo destino. Pero la mayoría permanecían ahí, mirando al suelo, como si no les importara. Vivi la miró y sonrió para darle ánimos.

—Al frente —gritó la guardia.

Las mujeres se pusieron de pie, tambaleándose bajo el sol del verano que les quemaba las cabezas afeitadas, solo protegidas con un fino pañuelo, hasta que por fin les dieron la orden de que caminaran. La fila de mujeres, famélicas y manchadas de barro, atravesó las puertas del campo siguiendo a las guardias hasta la estación de tren, donde les esperaba un tren de mercancías.

—Por Dios, otra vez no —rogó Claire recordando el viaje, largo y lento, que las había traído hasta Flossenbürg. Un guardia abrió la pesada puerta corredera de uno de los vagones y al principio Claire fue incapaz de entender lo que veía. Poco a poco, entrecerrando los ojos para evitar el fuerte sol, en la oscuridad interior del vagón de madera vio un montón de miembros pálidos y uniformes blancos y azules hechos jirones. Un montón de ojos oscuros la miraban, hundidos en caras cadavéricas. Entonces se dio cuenta de que eran mujeres. El hedor a muerte hizo que se cubriera la nariz y la boca mientras el guarda cerraba la puerta precipitadamente otra vez.

—El siguiente vagón —gritó un oficial de las SS, haciendo un gesto con el brazo a los del otro extremo del andén. En silencio, las mujeres subieron al vagón vacío que las esperaba. La puerta de madera se cerró, dejando fuera la luz, y pocos minutos después, el tren se puso en marcha.

La batalla de París sacudió las calles de la ciudad durante cuatro días. Mireille escuchaba la radio; se informaba de que la resistencia había ocupado el Grand Palais y de que estaban bajo fuego alemán. Había escaramuzas por toda la ciudad, pero, al mismo tiempo, se habían visto columnas de vehículos alemanes moviéndose hacia los Campos Elíseos y retirándose hacia el este.

A la noche siguiente, el tono de las transmisiones volvió a cambiar, se hizo incluso más frenético.

—¡Ánimo, parisinos! —gritaba el locutor—. La Segunda División Armada Francesa está en camino. Una avanzadilla ha llegado ya a la puerta de Italia. ¡Levantaos y recuperad vuestro país!

Desde la calle llegaba el ruido de pies corriendo y ráfagas de disparos.

Pero entonces oyó algo más. Se calzó y corrió escaleras abajo, apresurándose en dirección al río por primera vez desde que ayudara a levantar las barricadas en el Pont Neuf. Se unió a una multitud que tomaba las calles de la ciudad y, una por una, iba uniendo su voz a una canción.

La Marsellesa sonaba por las calles mientras tropas francesas y españolas, subidas a tanques y vehículos estadounidenses, abrían fuego contra las fortificaciones alemanas.

Al subir al tren en Flossenbürg, ni Vivi ni Claire sabían adónde las llevaban ni cuánto duraría el viaje. Pero solo pocas horas después de avanzar entre sacudidas, el convoy se detuvo.

Las mujeres levantaron la cabeza al oír gritos de órdenes y al ver que se abrían las puertas de los vagones. Al final, se abrieron las puertas del vagón en que estaban ellas y las unas a las otras se ayudaron a bajar, parpadeando por el contraste con el sol de la tarde. Apartaron la vista de los montones de cuerpos que estaban descargando de uno de los primeros vagones y se quedaron junto a las vías. Había prisioneros con el habitual uniforme a rayas que estaban cargando los cuerpos en carros y llevándoselos.

Las mujeres que seguían con vida fueron obligadas a formar filas y llevadas a una garita alta de color blanco. Mientras caminaban, una se puso al lado de ellas.

—¿Sois las de Flossenbürg? —preguntó en voz baja para que no la oyeran por encima del ruido de las pisadas del grupo—. Vi el nombre cuando paramos en la estación.

Claire asintió con la cabeza.

—¿Y tú? —preguntó Vivi—. ¿De dónde vienes?

—De más al norte —repuso la mujer—. De un sitio llamado Belsen. Espero que este campo sea un poco mejor. Desde luego, peor no podrá ser.

—¿Sabes dónde estamos?

—He oído decir a uno de los guardas que nos llevan a Dachau. Lejos de los bombardeos en el norte. Están construyendo fábricas nuevas para reemplazar las que han sido destruidas. Así que necesitan más mano de obra.

—¡Silencio! —gritó un guarda—. ¡Seguid caminando!

Mientras entraban en fila por la puerta de la garita, Claire levantó la vista para leer las palabras ahora ya familiares que había sobre las puertas de hierro: *Arbeit Macht Frei*. Esta vez las leyó en silencio.

Condujeron a las prisioneras a unos barracones mucho más amplios de los que habían ocupado en Flossenbürg. Había muchas filas de ellos hasta desaparecer en la distancia. A Claire le pareció que Dachau era tan grande como una ciudad. En el centro del campo, detrás de una arboleda, había una chimenea alta que se levantaba hacia el cielo de agosto manchando el azul con una nube de humo gris. Ya conocía esa imagen del campo en el que ya había estado y supuso que allí llevaban los carros cargados con cuerpos para incinerarlos.

Vivi le tiró de la manga.

—Vamos —dijo—. Busquemos una litera antes de que estén todas ocupadas.

Después de hacer cola para recibir las magras raciones de sopa aguada y un mendrugo negro, volvieron al barracón y la nueva *senior* pidió a las mujeres que le prestaran atención. Consultó un cuaderno y dijo a cada grupo adónde tenía que ir a trabajar al día siguiente. Miró los números que Claire y Vivi llevaban cosidos al uniforme y consultó su lista.

—Vosotras dos, presentaos en el centro de recepción. Os han asignado el taller de costura. ¿Sabéis en qué consiste el trabajo?

Ambas asintieron con la cabeza.

—Muy bien. Acabad de comer y dormid un poco. Se empieza pronto por la mañana.

En la litera que compartían, abarrotada, con dos mujeres más, Claire le susurró a Vivi:

—Nos va a ir bien en el centro de recepción, ¿verdad? Lo mismo que antes. Hay que dar gracias a Dios por saber coser. Puede que eso nos salve la vida.

Vivi se llevó la mano a la boca, el cuerpo le temblaba al tratar de evitar la tos. Cuando por fin pudo hablar, susurró:

—Todo va a salir bien. Ahora duerme, Claire. Ha sido un día muy largo.

Claire se había acostumbrado al ritmo de trabajo del taller de costura en el centro de recepción de Dachau. Durante el día llegaba un suministro continuo de nuevas prisioneras y las máquinas de coser zumbaban mientras las mujeres pegaban números y triángulos de colores en uniformes a rayas azules y blancas, en la camisa, justo por encima del corazón, y en la pierna derecha de los pantalones. El alma se le caía a los pies cuando pensaba en que se había convertido en una pieza más de aquella maquinaria siniestra que procesaba a cada nuevo preso con una eficiencia despiadada y se sentía culpable cada vez que acababa una prenda, se la entregaba a su destinatario y veía los ojos de miedo y desesperación de la persona. Al principio trataba de animarlos diciendo una o dos palabras amables, pero la guardia que vigilaba el taller le había llamado la atención diciéndole que dejara de hablar y que se concentrara en su trabajo. Así que ahora tenía que apañárselas con una leve sonrisa y nada más.

No obstante, sabía que tenía suerte. No tenía más que un corto camino hasta el centro de recepción cada día y Vivi y ella conservaban así la poca energía que les proporcionaban las escasas raciones que componían la dieta de los prisioneros del campo. Claire se sentía incluso con algo más de fuerza que cuando trabajaba en la fábrica textil de Flossenbürg. Al final del día, al volver a los barracones, bajo los ojos vigilantes de los guardias apostados en las torres que rodeaban el perímetro del campo, notó que Vivi tenía la tos un poco mejor, aunque tal vez fuera debido a que era verano. También sabía, por lo que le habían contado las otras mujeres del barracón, que su trabajo era un poco más fácil que el que había que hacer en las fábricas y en los alrededores, donde era más duro.

Se dio cuenta de que llevaban ya más de un año en aquel campo, y por un instante un sentimiento de desesperación amenazó con superarla. ¿Volverían a ver París alguna vez? Miró hacia donde estaba Vivi, sentada a su máquina de coser, con la cabeza inclinada sobre la labor. Como si sintiera que la estaban mirando, Vivi levantó la cabeza y le sonrió, al tiempo que asentía con la cabeza, lo que la confortó. «Estamos juntas», se decía Claire, repitiendo el mantra que la había sostenido tantas veces frente a la desesperación. «Todo va a salir bien».

De pronto, la guardia que estaba apoyada en la pared mirando trabajar a las mujeres se acercó adonde estaba Vivi sentada, tiró de ella para ponerla de pie y la golpeó con fuerza en la cabeza. La fila de prisioneros se echó atrás y una de las mujeres gritó ante la violencia del gesto.

Claire miraba, horrorizada, cómo a Vivi se le caían del regazo un montón de triángulos amarillos, esparciéndose por el suelo como si fueran alas rotas de mariposa sobre los tablones desnudos. La guardia gritó, y dos de sus colegas entraron corriendo desde la habitación contigua.

—¡Traidora! ¡Puta francesa! —gritó la guardia. Se agachó y recogió los triángulos de tela amarilla—. ¿Cuántos de estos has estado cambiando por los azules? ¡No lo niegues! Te he estado mirando. Te he visto hacerlo. Has estado apartando los amarillos cuando había que coser dos. Podría hacer que te pegaran un tiro por esto. —Miró a su alrededor a las costureras aterrorizadas y a los prisioneros, que se habían quedado pasmados en sus puestos—. Que esto sea una lección para todos vosotros. No os atreváis a pensar que las órdenes se pueden desobedecer.

En mitad del silencio, el ruido que hizo Claire con la silla sobre las tablas del suelo al retirarla para ponerse de pie hizo que todo el mundo se volviera para mirarla. Vivi estaba lívida y le caída una gota de sangre del labio inferior, pero miró a Claire suplicante y negó con la cabeza, de una manera casi imperceptible, rogándole sin palabras que se quedara donde estaba.

—¿Tú también? —gritó la guardia—. ¿También eres una traidora? ¿O es que solo quieres presentarte como voluntaria para trabajar más duro como tu amiga?

Claire abrió la boca para contestar, pero justo en ese momento Vivi gritó:

—¡No! Déjela en paz. He sido yo, nadie más. Nadie más lo sabía.

—Llévensela —ordenó la guardia—. Y tú —dijo señalando a Claire—, vuelve a tu sitio y sigue con tu trabajo. Estaré vigilándote, así que no te atrevas a intentar cualquier otra treta.

—Por favor… —dijo Claire.

—¡Silencio! —gruñó la guardia, al tiempo que sacaba la pistola de la funda—. Dispararé a la próxima que abra la boca. Ahora, todas a vuestro trabajo, ¿o es que voy a tener que sacaros a todas de aquí y adjudicaros otros trabajos peores?

Lentamente, sin decir nada, Claire se dejó caer en su asiento e inclinó la cabeza sobre la máquina de coser. Mientras se llevaban a Vivi de allí, las lágrimas se le caían sobre la camisa a rayas azules y blancas que tenía delante.

Claire estaba desesperada. Nadie sabía dónde se habían llevado a Vivi. La *senior* del barracón no hizo más que encogerse de hombros cuando le rogó que tratará de enterarse.

—No debería haber sido tan estúpida de intentar engañar a las guardias. Eso de esconder los triángulos amarillos para salvar a los prisioneros ha sido una bobada. Y más después de tener la suerte de que le dieran ese trabajo. —Sacudió la cabeza—. Lo más probable es que haya acabado en el crematorio.

Pasadas dos semanas; Claire acabó por perder la noción del tiempo: otra prisionera había ocupado ya el lugar de su amiga en la litera que compartían cuando, de pronto, Vivi volvió a aparecer en el barracón una noche. Estaba más delgada que nunca y volvía a tener tos. La ropa le colgaba de los huesos como si fueran harapos y caminaba encorvada, como si hubiera encogido sobre sí misma. Claire corrió hacia ella y la ayudó a acostarse obligando a la que había ocupado su lugar a que se fuera a otra litera. Trajo un poco de sopa y trató de dársela, pero Vivi estaba tan mal que no podía sostener el tazón sin tirarlo.

—Toma —Claire la tranquilizó—. Deja que lo haga yo. —Poco a poco, le fue dando el caldo aguado hecho de mondas de patata y de calabaza.

Más tarde, cuando hubo recobrado suficiente fuerza para hablar, le contó que la habían puesto en aislamiento durante dos semanas. Estaba sola en la oscuridad, escuchando los gemidos y los llantos de las celdas contiguas, y había conseguido sostenerse a fuerza de repetirse una y otra vez las mismas palabras que se susurraban a menudo la una a la otra: «Estoy aquí. Estamos juntas. Todo va a salir bien».

—Sabiendo que estabas bien, podía soportarlo —dijo.

Claire la ayudó a tumbarse.

—Ahora te pondrás mejor —dijo—. Cuidaré de ti. ¿Crees que podrás volver a la fábrica?

Vivi negó con la cabeza.

—Me han dicho que me una al destacamento laboral mañana por la mañana, después de pasar lista.

—¡No! —Claire abrió mucho los ojos, horrorizada—. No tienes la fuerza necesaria para hacer ese trabajo. Te matará.

—Eso es precisamente lo que ellos esperan. Cuando los guardias me llevaron del taller, uno de ellos me empujó contra la pared del centro de recepción y me puso la pistola en la cabeza. Pero en ese momento, justo cuando estaba a punto de apretar el gatillo, su colega lo detuvo.

—«Una bala es demasiado bueno para esta puta francesa», le oí decir. «Podemos hacer que trabaje un poco más, deja que tenga una muerte lenta». —Se detuvo, tratando de respirar entre los dolorosos espasmos que la tos le provocaba.

—Calla —dijo Claire—, no intentes hablar. Descansa y recupera fuerzas.

Vivi siguió, sin hacerle caso.

—Pero no pienso darles esa satisfacción, Claire. Ahora que he vuelto contigo, tendré más fuerzas. Las dos seguiremos adelante, tú y yo, ¿verdad? Como siempre hemos hecho, ¿a que sí? —Vivi le sonrió, pero incluso en el barracón que se oscurecía al caer la noche podía ver que su amiga tenía los ojos hundidos en la tristeza.

Claire no podía soportar seguir en su puesto del centro de recepción cosiendo números y triángulos en los uniformes de los prisioneros que llegaban. Después de un mes más, reunió el coraje que pudo y habló con la *senior* del barracón para que la transfirieran a trabajar junto a Vivi.

La mujer la miró sorprendida.

—¿Sabes lo que me estás pidiendo? A tu amiga la han destinado al trabajo más duro para mujeres que hay, a las órdenes del comandante del campo. Que siga viva es casi un milagro. El verano ha sido lo único que ha permitido que cualquiera de esas pobres almas haya sobrevivido, ha sido benigno. Pero pronto llegará el invierno. Las diezmará.

—Por favor —dijo Claire con firmeza—. Quiero que me transfieran allí. Hay muchas otras desesperadas por conseguir un puesto en el taller de costura. Déjeme ir con Vivi.

—Muy bien. Pero luego no me pidas volver al cómodo trabajo que tienes ahora cuando empiece a nevar y te pidan que pases diez horas al día limpiando carreteras. Espero que sepas lo que estás haciendo.

Claire sabía bien que ni Vivi ni ella sobrevivirían el invierno trabajando con los prisioneros que se encargaban de las tareas más duras. Pero al ver cómo el trabajo le pasaba factura a su amiga había tenido tiempo suficiente de pensar lo que sería su vida allí sin ella. Y sabía que no podría vivir si tenía que pasar aquellas noches largas y oscuras en aquel barracón abarrotado sin que su amiga estuviera allí para decirle: «Estoy aquí. Estamos juntas. Todo va a salir bien».

No tenía elección. Prefería morir con Vivi que seguir viviendo sin ella.

1945

París había sido liberada y había vuelto bajo el gobierno francés, pero al final Delavigne Couture había cerrado sus puertas. La señorita Vannier les había dicho a las costureras una mañana que cuando acabaran los encargos en que estaban trabajando no habría más. No obstante, les dijo a las chicas que el señor Delavigne había estado preguntando por ahí para colocarlas y que había una casa de costura mayor que todavía tenía mucho trabajo. Las que quisieran podrían empezar allí la semana siguiente.

Más tarde ese mismo día, había hablado tranquilamente con Mireille y le había contado que iban a poner en venta el edificio, según parecía, pero que podría quedarse en el apartamento de momento, pues no convenía dejar el edificio vacío cuando todo seguía tan inestable tras la liberación de la ciudad.

—Vas a venir a trabajar conmigo a Monsieur Lelong, ¿verdad? Eres una de las mejores, Mireille. Sé que allí serías bienvenida.

Ella se lo pensó un momento. Deseaba irse a casa y ver a su familia, pero la guerra seguía en Europa y todavía se producían escaramuzas en suelo francés, ya que las últimas tropas alemanas que quedaban se estaban moviendo hacia el este para consolidar las defensas de la frontera este. Viajar era arriesgado y las líneas de ferrocarril habían sido destruidas en su mayoría allí donde la resistencia las había saboteado para evitar el eficiente transporte de tropas alemanas. Lo más seguro era probablemente quedarse donde estaba por ahora... y si tenía que ser completamente sincera consigo misma, había otras razones por las que no quería irse. Esperaba, todos los días, que el señor Leroux le trajera noticias de Vivi y Claire. Y, además, ¿qué pasaría si el piloto volvía a buscarla...?

Así que dijo que sí. Trabajaría para la nueva casa de costura y se quedaría en París de momento.

La casa de alta costura de Lucien Lelong había sobrevivido a la guerra y ahora estaba prosperando gracias a un brillante diseñador al que había contratado.

A Mireille le temblaron las rodillas cuando le presentaron al propio diseñador, un tal señor Dior. Estaba trabajando en algunos de los nuevos estilos para dar paso a un nuevo comienzo, según explicó al equipo que venía de Delavigne, mientras les enseñaba el taller el primer día.

—Estoy encantado de daros la bienvenida a Lelong. Las costureras de Maison Delavigne tienen fama de ser perfeccionistas en su trabajo —dijo—. Y no espero menos.

A Mireille le gustaba el trabajo con su nuevo empleador. Todavía era difícil conseguir algunos tejidos, pero el señor Dior sacaba el máximo partido de lo que había disponible. Entre sus ideas estaban los contornos más suaves y adornos más sutiles, y también ponía más vuelo a las faldas de los vestidos que le tocaba coser. El taller zumbaba con el ruido de las máquinas de coser y una sensación de tener trabajo y estar ocupadas que hacía tiempo se había perdido en Delavigne Couture. La reputación de Dior crecía rápidamente y clientes ricos de todo el mundo volvían a comprar alta costura de París otra vez.

No podía evitar pensar lo mucho que Claire y Vivi disfrutarían trabajando allí, empleando sus habilidades para insuflar vida en los impresionantes vestidos de noche de Dior, pues eran las mejores cuando se trataba de realizar complejos trabajos con abalorios. Ojalá estuvieran allí en aquel momento, sentadas a la mesa de costura junto a ella, intercambiando una sonrisa de vez en cuando al levantar la vista de lo que estaban haciendo, parando para quitarse el calambre de los dedos o estirar el cuello para relajar las cervicales.

¿Cuándo iba a acabar la guerra del todo? Buena parte de Francia había sido liberada, pero los alemanes habían consolidado sus posiciones en los Vosgos, al este. Los informativos de la radio, que escuchaba con avidez, decían que, a pesar de los últimos intentos de las tropas de Hitler, los aliados se estaban abriendo paso en Bélgica y estaban llegando a Alemania. Como escuchaba las noticias todas las noches, se preguntaba cuándo oiría lo que realmente quería saber: noticias de sus amigas.

El señor Leroux seguía trabajando sin cesar para encontrarlas por medio de sus contactos en el ejército y la Cruz Roja. Seguro que las localizaría pronto, se decía a sí misma. Solo entonces estaría tranquila.

En Alemania, el invierno había vuelto a ser muy duro. Al principio, cuando Claire se unió a Vivi en el trabajo, les había tocado empujar un rodillo muy pesado por las carreteras que se estaban construyendo para unir las nuevas fábricas bajo tierra en un intento de proteger la producción de los bombardeos aliados. Por tren llegaban vagones enteros de escombros que iban a parar al refuerzo que se había construido alrededor del campo; eran escombros que llegaban de las ciudades que habían sido bombardeadas. Los prisioneros, esqueléticos y famélicos, tenían que transportarlos, una carretilla tras otra, hasta donde estaba la carretera. Les ponían arneses como si fueran caballos para que tiraran de las carretillas, y Claire y Vivi tenían que tirar de ellas para moverlas y luego, durante horas, tenían que apisonar la mezcla de escoria y escombros para que se rompieran los pedazos y la superficie quedara plana.

La nieve había empezado a caer y las habían puesto a quitarla con palas para que las carreteras se mantuvieran abiertas y los prisioneros pudieran ir a pie a las fábricas cada día. Era un trabajo duro, que hacía que sudaran las camisas a rayas que vestían hasta que el tejido acababa deshecho hasta las costuras y se deshilachaba. Pero a la vez, los dedos se les quedaban helados en los mangos de las pesadas palas, les sangraban y las yemas se les ponían negras por la congelación.

Mientras se congelaba el suelo y la nieve seguía cayendo, se pedía a las fábricas de Dachau que incrementaran la productividad. Al igual que el crematorio, la fábrica de municiones funcionaba día y noche. Un día, el *kapo* a cargo de su partida de trabajo les dijo que las habían reasignado para trabajar allí en el turno de noche.

Su nuevo trabajo consistía en sumergir las carcasas de los proyectiles en un baño ácido para limpiarlas y endurecerlas antes de cargarlas con explosivos. El ácido salpicaba y les quemaba los brazos, comiéndose la poca piel que les cubría los huesos. Agotadas, caían en su litera cada mañana, justo después de que la hubieran abandonado sus ocupantes nocturnas, arropándose con unas mantas sucias y deshilachadas y abrazándose para mantener el calor. Y cada vez que lo hacían, se decían la una a la otra las mismas palabras que las mantenían vivas, antes de caer en un medio sueño nada fácil, destrozadas. Cuando Claire se despertó al llegar la noche, se quedó escuchando la trabajosa respiración de su amiga, el leve crujido de sus pulmones mezclado con el sonido del viento sacudiendo las paredes del barracón, y la arropaba con el extremo de la manta, tratando de devolverle la fuerza y de protegerla de la dureza de la realidad que las rodeaba.

Cuando las levantaban las trabajadoras del turno de día que regresaban por la noche, la *senior* del bloque les hacía cargar con los cuerpos de las que no habían conseguido vivir una noche más. Las echaban en los montones de los carromatos que recorrían el campo cada mañana y cada noche y se las llevaban al crematorio.

Por fin, llegó el día en que el sol se elevó un poco más por encima del alambre de púas que rodeaba el perímetro electrificado del campo y empezaron a verse parches de barro desnudo entre la nieve que cubría el suelo. Mientras caminaban agotadas hacia la fábrica de municiones una noche, Claire le susurró a Vivi que lo habían conseguido: habían sobrevivido al invierno en Dachau. Seguramente no habría otro, le dijo a su amiga: la guerra se habría acabado y serían libres para cuando las siguientes nevadas cubrieran el campo. Vivi le había sonreído y asentido con la cabeza, pero no podía hablar, pues un acceso de tos se lo había impedido y había hecho que todos los huesos se le convulsionaran, moviéndose como las ramas desnudas de los árboles que había al otro lado de las puertas del campo que se sacudían y temblaban en invierno.

A Dachau seguían llegando prisioneros, cada vez más. Algunos de los trenes que se detenían allí traían los vagones abiertos llenos de escombros y carbón y materia prima para las fábricas. Pero otros eran muy largos y traían vagones para ganado, y cuando los guardias abrían los cerrojos de las puertas correderas, salía carga humana. En los barracones, las recién llegadas hablaban de enormes montones de cadáveres que tenían que ser descargados del tren y amontonados junto a las vías. Algunas hablaban de que las habían llevado hasta Dachau desde otros campos que estaban siendo evacuados ante el avance de los aliados. No importa de dónde vinieran, todas contaban historias de torturas y asesinatos, de hambre y de trabajo esclavo. Y todos y cada uno de aquellos campos parecían tener una chimenea alta en el centro que extendía el hedor de la muerte por los cielos de toda Europa.

Las recién llegadas también traían piojos, pulgas y enfermedades que se extendían rápidamente entre las ya escuálidas habitantes de los barracones. Las mujeres hacían lo que podían por ayudarse las unas a las otras quitándose los piojos de la cabeza, repartiendo el agua y cuidando a las enfermas lo mejor que podían. Pero sobrevivir se estaba convirtiendo en un reto imposible. Al tiempo que crecía la población del campo, la disentería llenaba los barracones con su hedor de enfermedad y el viento suave de la primavera trajo consigo un rebrote de tifus.

Era abril. Todavía hacía suficiente frío como para que los tejados de los barracones se helaran por la noche y para que a Claire se le helaran las manos y los pies mientras iban del barracón a la fábrica de armamento cada noche. Le dolían todos los huesos del cuerpo del frío, el agotamiento y el hambre, la santísima trinidad del campo de concentración. El cielo alrededor de la torre vigía lucía rojo, pues un amanecer más se abría sobre Dachau, pero la chimenea del centro del campo ensuciaba la belleza del amanecer con su palidez sombría.

Vivi tenía una tos seca que dolía escuchar cuando se echaba sobre la litera. Claire le trajo una taza de hojalata con agua caliente, pero su amiga ya se había sumido en un sueño profundo, así que la dejó con cuidado bajo la cama para más tarde. La arropó con el extremo de la manta; su amiga tenía el cuerpo anguloso, deshecho, y vio que tenía una serie de picaduras ennegrecidas en el pecho, donde la camisa a rayas azules y blancas le colgaba por debajo de las clavículas.

Ese mismo día, más tarde, mientras se debatía en un sueño inquieto, una conmoción repentina en el barracón hizo que se despertara del todo.

Algunas mujeres que se suponía deberían estar trabajando en el turno de día habían vuelto a los barracones y el ruido de sus botas corriendo de aquí para allá sobre los tablones de madera hacía que las paredes retumbaran.

—Si tenéis una manta, lleváosla —gritó la *senior*. La mujer recorrió la larga estancia despertando a las agotadas prisioneras que habían estado trabajando en el turno de noche y diciéndoles que se levantaran—. Deprisa. Nos vamos. Reuníos en la plaza tan rápido como podáis.

Claire le dio unos golpecitos a su amiga en el brazo, pero esta no reaccionó de momento. Entonces la sacudió con más fuerza y Vivi tosió con esa tos seca y desgarradora que tanto le dolía oír. Luego se dio cuenta de que su amiga estaba ardiendo. Se sentó lo mejor que pudo en la litera y le echó el cuello de la camisa para atrás. Entonces vio lo que se había estado temiendo: las manchas oscuras se habían extendido y le cubrían el pecho. Ya lo había visto antes al tratar de ayudar a otras mujeres del barracón. Era la señal del tifus.

Una vez el barracón se hubo vaciado, la *senior* se acercó a toda prisa al rincón donde Claire estaba tratando de que su amiga tomara un sorbo de agua de la taza de hojalata. Vivi tenía los ojos brillantes por la fiebre, el cuerpo le ardía.

—¡Levántate! ¡Rápido! Tienes que estar en la plaza cuando pasen lista.

—No puede… —dijo Claire, volviéndose frenética hacia la *senior*—. Está enferma. Mírala.

Tras echar un vistazo rápido, la *senior* soltó:

—Bien, entonces tendrás que dejarla aquí. Las que están demasiado enfermas para partir se quedarán aquí y los guardias se ocuparán de ellas.

—¿Partir? —preguntó Claire—. ¿Partir adónde?

—Los aliados están avanzando. Dentro de un día estarán aquí. Tengo órdenes de evacuar el campo. Nos vamos hacia el este, a las montañas. Recoge lo que puedas y sal ya.

Claire negó con la cabeza.

—No voy a dejarla —dijo.

La *senior* ya había empezado a alejarse. Se volvió para mirarla.

—En ese caso —espetó—, por mí puedes quedarte. Vosotras dos no habéis dado más que problemas desde que llegasteis. Pero te advierto, van a destruir el campo. Las SS están eliminando a todo el que se queda atrás, a los enfermos y los moribundos. Si te quedas, morirás con ella.

Claire habló en voz baja, pero con determinación.

—No la dejaré —repitió.

La *senior* se encogió de hombros. Luego se volvió sobre sus talones y salió del barracón, dando un portazo al hacerlo.

Claire se echó junto a Vivi y trató de bajarle la fiebre humedeciendo una esquina de su camisa y poniéndosela sobre la frente con delicadeza.

—Estoy aquí —susurró—. Estamos juntas. Todo va a salir bien.

Más allá de las paredes del barracón se oían ruidos amortiguados: pisadas corriendo que se concentraban en la plaza, y luego un silencio que pareció durar horas mientras se hacía el recuento, pensó, y después el ruido de los pies de unos cuantos miles de prisioneros arrastrándose para empezar su larga marcha y cruzar las puertas del campo bajo aquel eslogan grotesco, hacia los Vosgos, donde las asediadas fuerzas alemanas estaban tratando de consolidar uno de sus últimos baluartes.

Mientras el anochecer reducía la luz que se filtraba a través de las sucias ventanas del barracón, el campo se quedó en silencio. Claire seguía refrescándole la frente a Vivi y limpiándole la piel, que tenía tan frágil como el papel tisú y que le ardía de tal modo que parecía que fuera a estallar en llamas. Su amiga murmuraba, tosía y gemía, mientras el dolor y la fiebre la consumían. Durante todo el tiempo que duró la oscuridad de la noche, Claire siguió tratando de hacer que su amiga bebiese un poco de agua mientras le susurraba: «Estoy aquí. Estamos juntas. No voy a dejarte, Vivi», hasta que al final, ella también se sumió en un sueño inquieto.

Al amanecer, Claire se despertó y vio que su amiga la estaba mirando. Todavía tenía los ojos perlados por la fiebre, pero estaba despierta. Claire le echó hacia atrás el pelo sudado para apartárselo de la cara rogando que aquello fuera señal de que la fiebre estaba cediendo y de que su amiga se recuperaría.

El ruido de botas pesadas corriendo ante la puerta del barracón la asustó. ¿Qué estaba pasando? ¿Serían guardias que venían a eliminar a las enfermas y a las moribundas como le había dicho la *senior*?

Pero el ruido se desvaneció hacia donde acababan los barracones. Luego se oyó una ráfaga de disparos, cerca. Se oyó gritar una orden que hizo que Claire se sentara. No era una voz alemana, sino una voz que hablaba en inglés.

—Vivi —susurró—, ¡están aquí! Los americanos. Lo hemos conseguido. —Sin embargo, Vivi parecía haberse sumergido de nuevo en la inconsciencia mientras el pecho le sonaba con cada respiración.

—Voy a pedir ayuda, Vivi —dijo Claire—. Tendrán medicinas. Espera. Volveré pronto.

Abrió la puerta poco a poco hasta que quedó abierta del todo. Al hacerlo, la luz del sol de abril le hizo parpadear. Tenía las piernas tan débiles que casi no podía tenerse en pie, pero sabía que tenía que ir en busca de alguien que pudiera ayudar a Vivi. Cada minuto contaba. Apoyándose en las paredes del barracón para no caerse, se abrió paso hasta la plaza abierta que había frente a las hileras de barracones.

La fuerza de la costumbre hizo que mirara nerviosa hacia la torre vigía más cercana. Pero en lugar de ver a un soldado nazi con una metralleta apuntando al interior del campo, no había más que un espacio vacío, un trozo de cielo enmarcado por la torre abandonada. Apoyándose en el barracón, se acercó tambaleándose hasta la plaza.

Lo primero que la golpeó fue el olor. Por encima del habitual hedor a muerte y putrefacción, todavía salía de la chimenea de ladrillo tras ella el habitual humo gris y agrio. Pero al acercarse a la plaza un hedor todavía más fuerte le llenó la nariz. Al doblar la esquina del último barracón, se atragantó con una espesa capa de humo, que la envolvió arremolinándose a su alrededor por el viento. Al despejarse, pudo ver un montón humeante de lo que parecían traviesas en mitad de la plaza. Una mano carbonizada señalaba desde lo alto de la pira a un cielo que ya no creía que pudiera existir, y con los sentidos abotargados pudo entender que se trataba de una pira funeraria construida a toda prisa. El crematorio era demasiado lento: el personal de campo había tratado de quemar todos los cuerpos que había podido antes de que el campo fuera liberado en un intento por destruir las pruebas de lo que allí había estado pasando.

Alineadas en la plaza, donde antes se forzaba a los prisioneros a permanecer en pie durante horas hiciera el tiempo que hiciese para pasar lista o donde se les castigaba, había unos cuantos guardias del campo. Las tropas estadounidenses, que llevaban cascos redondos y uniformes de color caqui, les apuntaban. Un prisionero llegó tambaleante hasta la plaza, las piernas casi no le sostenían, se lanzó hacia uno de los guardias de las SS. Al hacerlo, gritó, pronunciando una serie de palabras ininteligibles, denunciando el trato inhumano que aquellos hombres habían dado a tantos inocentes durante tantos años. Como estaba tan débil, no pudo en realidad hacerle nada, y dos soldados estadounidenses lo agarraron y lo alejaron de los soldados de las SS, apartándolo con cuidado.

Renunciando a apoyarse en la pared del barracón, Claire se acercó tambaleante hasta un soldado que llevaba una banda blanca en el brazo con una cruz roja, que estaba inclinado sobre el cuerpo de un prisionero que se había desvanecido.

—*S'il vous plaît* —dijo, tirándole de la manga—, mi amiga. Tiene que ayudarla. Por favor.

El hombre se levantó, tras comprobar que el prisionero caído había fallecido. Ella le tiró de la manga otra vez.

—Por favor, venga conmigo.

El hombre tenía una voz amable, aunque no podía entenderla. Él trató de hacer que se sentara, pero ella halló fuerzas para resistirse y tirar de él hacia el barracón. Dándose cuenta de lo que quería, el hombre la acompañó, entró en el barracón y llegó hasta la litera que Vivi y ella compartían.

Claire se arrodilló y tomó la mano de su amiga.

—Vivi, ¡he conseguido ayuda! —gritó.

Pero no recibió respuesta al apretarle la mano, ni tampoco vio que aquellos ojos color avellana parpadearan.

Entonces se dio cuenta de que no se la oía respirar y la camisa a rayas azules y blancas le cubría el pecho inmóvil y el corazón.

Un corazón que había estado tan lleno de valentía y fuerza.

Un corazón que ya no latía.

El médico le puso a Claire una mano sobre el hombro, con ternura, mientras ella seguía arrodillada junto a la cama de madera.

Claire se puso a sollozar junto al pelo pelirrojo de su amiga, que ahora brillaba por un rayo de luz que penetraba a través de los cristales sucios de la ventana para iluminar a dos mujeres acurrucadas en el barracón vacío.

Harriet

Nunca había oído nada sobre Flossenbürg, así que me pongo a buscar en Internet. Me horroriza darme cuenta de que hubo cientos de esos llamados campos de trabajo por toda la Europa ocupada por los nazis, desde Francia, en el oeste, hasta Rusia, en el este. Las cifras son terribles, un registro grotesco de lo que sucedió en los campos de concentración. He descubierto que Claire y Vivi no fueron más que dos personas de los millones que fueron llevadas a ellos, esclavizadas y asesinadas. La enfermedad, el hambre y el agotamiento causaron la muerte de muchos; muchos más fueron asesinados por pelotones de fusilamiento o en cámaras de gas en los campos de exterminio como Auschwitz, Buchenwald y Bergen-Belsen. Dachau, donde acabaron Claire y Vivi, era uno de los campos más antiguos y de mayor tamaño.

Mi investigación se ve interrumpida por unos golpecitos en la puerta de mi dormitorio.

—Entra —dijo.

Simone empuja la puerta para abrirla, con cuidado.

—Harriet —dice—, sal conmigo esta noche. Voy con un grupo de gente a ver los fuegos artificiales en la Bastilla, en el Campo de Marte. Son espectaculares.

Cierro el ordenador portátil y me froto el cuello para quitarme la tensión. Lo que acabo de leer me ha dado dolor de cabeza.

—Muchas gracias, pero creo que me voy a quedar en casa.

En lugar de marcharse, Simone da un paso adelante y se acerca.

—Harriet… —Duda, escogiendo las palabras con mucho cuidado—. Me he enterado de lo que ha pasado contigo y Thierry. Lo siento. De verdad. Hacíais buena pareja.

Sonrío y me encojo de hombros.

—Sí, yo también lo siento. Supongo que ahora no es el momento. Pero la verdad es que no creo que eso de las relaciones se me dé bien.

Se sienta sobre mi cama y niega con la cabeza, los rizos del pelo se le mueven.

—Eso no es verdad. Eres una de las personas más queridas en la oficina. Para mí has sido una buena amiga. Y también eres una buena nieta, ya sabes, por continuar investigando su historia. Claire estaría muy orgullosa de ti. Pero tienes que salir. Tienes que distraerte. Por favor, ven conmigo. Después de todo, ¡esta es la noche más importante del año en Francia! Thierry no va a estar, por cierto, si eso es lo que te preocupa —añade—. Esta noche tiene trabajo.

Los ojos le brillan, es una amiga de verdad, así que no puedo negarme.

—De acuerdo. Dame solo diez minutos para cambiarme —digo.

Las calles están llenas con una riada de gente que se abre camino hacia el Campo de Marte. Las laderas de hierba que flanquean el amplio espacio frente a la torre Eiffel ya están casi cubiertas de espectadores según nos acercamos. Pero Simone ya tiene experiencia en estas cosas, así que no tarda en localizar a sus amigos, que han extendido una manta para reservar el espacio suficiente para nosotras también. El cielo acaba de empezar a oscurecerse y en el aire se percibe un zumbido de entusiasmo cuando el armazón metálico de la torre se ilumina de azul, blanco y rojo y empieza la música. Los fuegos artificiales no comenzarán hasta las once, y cuando lo hagan pondrán un broche final espectacular a este día de fiesta nacional, pero antes está el concierto. Me siento hacia atrás, apoyándome en los codos, y dejo que la vista y los sonidos me inunden. Simone tenía razón, he hecho bien en salir. Además, puede que no vuelva a tener otra oportunidad de ver esto. Me pregunto dónde estaré al año que viene por estas fechas, cuando mi trabajo como becaria haya terminado y sea algo del pasado.

Todo el mundo es afable, todos han salido para pasarlo bien y la gente bromea a menudo. De pronto, no obstante, algo cambia. Al principio no sé decir qué es; es sutil, algo que se respira. El espectáculo de luces en la torre Eiffel continúa y la música sigue tocando, pero la multitud enmudece, de alguna manera; miro a mi alrededor, me invade esa sensación demasiado familiar de ansiedad en la boca del estómago. A nuestro alrededor, la gente mira sus teléfonos móviles. Suenan, pero no se oyen con la música, aunque cada vez más gente parece estar recibiendo mensajes o haciendo llamadas. Me vuelvo y miro a Simone, que está sentada justo detrás de mí. Se ha sacado el teléfono móvil del bolsillo y lo está mirando. La sonrisa se le ha borrado de la cara.

Alargo el brazo y le doy unos golpecitos en el tobillo para llamar su atención.

—¿Qué pasa? —pregunto.

Se arrastra un poco para sentarse junto a mí.

—Ha habido un ataque. En Niza. Lo están diciendo ahora. Nadie parece estar seguro de qué ha ocurrido. Pero no tiene buena pinta.

Nuestros ojos se encuentran en la oscuridad y sé que las dos estamos pensando lo mismo.

—¿Florence? ¿Y los demás? Todavía están allí, ¿verdad?

Por lo que recuerdo, el lanzamiento del nuevo producto estaba previsto que acabara hace un par de días, pero el equipo había planeado quedarse para recoger y celebrar allí el Día de la Bastilla.

Simone asiente con la cabeza, está muy ocupada escribiendo algo.

—Les estoy mandando un mensaje. —Se muerde el labio, aprieta «enviar» y se pone a esperar la respuesta, nerviosa—. Están bien . Se han metido en un bar que está justo en el frente marítimo y parece que ha ocurrido algo. La policía ha acordado el centro de la ciudad, según parece. Pero todos están a salvo. —Las dos respiramos aliviadas.

Tratamos de concentrarnos en el espectáculo de fuegos artificiales. Pero en el aire se respira tensión y todo el mundo a nuestro alrededor está preocupado y distraído. Tan pronto como se apagan los fuegos en el cielo negro, nos vamos a casa. Simone se pone a mirar las noticias que una y otra vez iluminan la pantalla de su teléfono móvil y me las cuenta según caminamos.

—Un camión ha arrollado a los peatones en el paseo de los Ingleses. Dicen que hay algunos heridos, quizá algunos muertos. Tiene mala pinta.

Tristes, subimos las escaleras del apartamento del quinto piso y nos metemos en silencio cada una en nuestra habitación.

A la mañana siguiente me despierto pronto. Simone ya se ha levantado y está viendo la televisión en la salita de estar. Levanta la vista al ver que me uno a ella en el sofá y me doy cuenta de que está llorando. Mientras siguen las noticias, entiendo el porqué. Un terrorista ha entrado con un camión en el frente marítimo de Niza la pasada noche. El paseo estaba cortado para celebrar la noche de la Bastilla y estaba lleno de gente que se encontraba de vacaciones. El terrorista ha lanzado el camión contra la multitud, tratando de atropellar a todo el que podía, con lo que ha dejado un reguero de destrucción y muerte a su paso. Los informativos de la mañana hablan de más de ochenta fallecidos y más de cuatrocientos heridos, algunos en estado grave.

—¿Han dicho algo más Florence y los demás? —pregunto cuando consigo hablar.

Simone asiente con la cabeza.

—Están en el hotel, haciendo las maletas para marcharse de allí. Llegarán más tarde.

Nos sentamos en silencio un rato, dando gracias de que la gente a la que conocemos esté bien, pero somos incapaces de quitarnos de la cabeza a los muchos a los que han asesinado brutalmente o a quienes les ha cambiado la vida para siempre.

Me siento enferma, me pongo una cazadora y salgo para que me dé el aire. La ciudad a primera hora de la mañana está tranquila después del ruido de las celebraciones de anoche, que se nos han olvidado ya después de este ataque terrorista en suelo francés. Sin un plan predeterminado, me encamino hacia el río. Cruzo la carretera y me quedo parada un momento, apoyada en una pared al otro lado de la Île de la Cité. Al principio casi no puedo ver el paisaje delante de mí. En la cabeza me da vueltas todo un caleidoscopio de imágenes de pesadilla, de un camión avanzando por una calle llena de gente y de los campos de concentración sobre los que estuve investigando ayer. ¿Qué clase de mundo es este en el que los seres humanos perpetran semejantes actos contra los de su misma especie? Trato de no dejar que el pánico creciente se adueñe de mí y aprieto las manos contra la pared, respirando hondo.

Cuando me calmo un poco, me doy cuenta de que estoy mirando al extremo de la isla. Y entonces lo veo: el sauce de Mireille. Todavía sigue ahí, en un extremo, con las ramas inclinadas sobre la corriente del río Sena. Cruzo el puente y doy con las estrechas escaleras que llevan hasta el punto de partida de los botes turísticos. En el muelle adoquinado hay un pequeño parque público y sigo hasta llegar al árbol. En mitad de la ciudad, me encuentro en un oasis de soledad. El ruido de los primeros vehículos de la hora punta a cada lado del río se ve diluido por el velo de hojas y el sonido tranquilo del río lamiendo las piedras que refuerzan las orillas de la isla. De la misma manera en que Mireille encontró aquí la tranquilidad hace tantos años, me siento con la espalda apoyada en el tronco, apoyo la cabeza sobre su tranquilizadora solidez y me calmo lo suficiente como para poder pensar con claridad. Dejando de lado el horror del ataque terrorista de Niza de momento, reflexiono sobre lo último que he sabido de mi abuela, deseando que me conforte y me dé seguridad.

Que Claire sobreviviera fue un milagro. De no haber estado Vivi con ella para animarla y apoyarla, nunca lo habría logrado. La determinación de Vivi para seguir adelante —y no solo eso, sino también el hecho de que siguiera tratando de encontrar la manera de sabotear el esfuerzo de guerra nazi— me habla de una fuerza de carácter admirable. El sistema de campos de concentración fue ideado para ser totalmente deshumanizador para los prisioneros. Pero no pudo quebrar el espíritu de Vivienne: ella nunca perdió su humanidad.

No obstante, cuando llegó el final, Claire se quedó sola. No solo tuvo que cargar con la culpa de haber sido la causante de que arrestaran a su amiga, sino también con la culpa de haberla sobrevivido para el resto de sus días, además de con las secuelas que dejaron aquellos dieciocho meses traumáticos en los campos. Siguió adelante, se casó y tuvo una hija. He descubierto que mi madre nació cuando la suya tenía casi cuarenta años… A Claire debió de costarle muchos años recuperarse del trauma física y mentalmente como para ser capaz de soportar un embarazo. Su hija se llamó Felicity por eso, por la felicidad que representó para sus padres: una niña nacida milagrosamente de una madre que había sobrevivido a tantas cosas.

Ahora que puedo entenderlo mejor, veo la muerte de mi madre desde otra perspectiva. Puede que lo último que hiciera en la vida fuera tomarse un puñado de pastillas y media botella de brandi, pero sé que lo que la mató en realidad fue la fragilidad que había heredado. Nacida en tiempos de paz, no dejaba de ser una niña que tenía que cargar con el legado de la guerra al que se añadían sus propias cargas: la carga de representar la felicidad; la carga de esos cambios genéticos inducidos por el trauma que heredó de su madre; el miedo al abandono. Todos ellos fueron factores que crearon la tormenta perfecta para que la desesperación y la desesperanza la superaran y que la llevaron finalmente a suicidarse.

Saberlo me ayuda, ser capaz de entender más sobre la vida de mi madre y su muerte. Pero también me da miedo. ¿Cómo puedo escapar a ese mismo destino? En un mundo que parece lleno de miedo y pánico, ¿qué puedo hacer para detener ese círculo vicioso? ¿Habré heredado yo también la misma fragilidad genética? ¿No hay nada que hacer o existe la posibilidad de que retome el control de mi vida?

Me doy cuenta de que no puedo hallar las respuestas a estas preguntas yo sola. Quizá no debería ser una bretona o británica tan cabezota. Ha llegado el momento de ser valiente y pedir ayuda.

Así las cosas, sentada bajo la sombra protectora de las ramas del árbol de Mireille, reúno el coraje suficiente para pedir hora a un especialista. Ya que me resulta más fácil expresarme en un idioma extranjero, tal vez me ayude hablar libremente, por fin, de mis propias cargas.

1945

—¡*M*ireille, tengo grandes noticias! —El señor Leroux la atrajo hacia sí y la abrazó en el momento en que ella abría la puerta en respuesta a su llamada—. ¡Han encontrado a Claire en uno de los campos de concentración! La he localizado gracias a la Cruz Roja. Está viva. Ha estado enferma y la han estado cuidando en el hospital del campo, pero ya está bien como para ser evacuada. Voy a ir, para traerla de vuelta a un hospital aquí en París donde pueda seguir recuperándose. Y también trataré de encontrar a Vivi. Seguro que Claire sabrá algo de ella. Si Claire ha sobrevivido tengo la esperanza de que Vivi también. ¡Ya sabes lo fuerte que es! Quizá Claire pueda decirnos dónde está.

Mireille tenía el corazón a punto de estallar con una mezcla de emociones que bullían al ver la cara de alegría del hombre.

—¿Dónde está Claire? —preguntó.

—En un campo llamado Dachau. Cerca de Múnich. Saldré hoy. Tan pronto como sepa algo más, te lo haré saber. Por fin van a volver a casa con nosotros, Mireille, estoy seguro.

Claire parpadeó al abrir los ojos por la luz del sol que entraba por las ventanas de la habitación del hospital. Tenía las manos como si fueran de otra persona, sobre el blanco limpio de las sábanas. Tenía los brazos esqueléticos y, al extremo, la piel enrojecida y con señales de quemaduras de ácido, los nudillos pelados y en los huesos, los dedos agrietados y endurecidos. Resultaba difícil creer que aquellas manos hubieran cosido delicadamente las piezas de un vestido de noche azul de crepé de China dando unas puntadas tan minúsculas que casi no se veían, y que hubieran tenido entre los dedos delicadas cuentas plateadas para coserlas en el escote creando una constelación de estrellitas sobre un cielo nocturno.

Todavía estaba débil por la fiebre a la que había sucumbido al día siguiente de ver cómo enterraban a Vivi en una fosa común cavada a toda prisa, con muchas otras prisioneras. Aunque era abril, el abrazo del invierno parecía renuente a dejar Dachau y ese día había nevado, cubriendo la fosa de armiño y dibujando una capa blanca y suave sobre las pilas de cuerpos que yacían apilados junto a la zanja llena de barro.

El tifus se había extendido por el campo e incluso tras su liberación unos pocos miles de prisioneros, que estaban demasiado enfermos o débiles como para seguir camino de la muerte hacia las montañas con sus colegas, seguían muriendo a cientos a pesar del esfuerzo de la Cruz Roja y de los médicos del ejército estadounidense. Claire fue una de las afortunadas. Cuando la fiebre cerró su puño brutal sobre ella, la trataron pronto y la cuidaron bien en el hospital improvisado.

Aun así, mientras la fuerza volvía a correrle por las venas poco a poco, pensaba que ojalá se hubiera ido con Vivi. En lugar de una liberación, aquello había sido una sentencia de por vida: viviría sabiendo que no había sido capaz de salvar a su amiga. Y sabía que cada día de su vida estaría presidido por el peso de la culpa. Había sido culpa suya que la hubieran capturado; su amiga la había cuidado y protegido, pero ella no había podido hacer lo mismo. No había estado con ella cuando exhaló su último suspiro.

Ojalá yaciera junto al cuerpo de Vivi en aquella fosa cubierta por la nieve y descansara allí para siempre.

Una enfermera que estaba tomándole el pulso a un paciente que había en la cama de enfrente se dio cuenta de que ya se había despertado.

—Vamos —dijo—, deje que la ayude a sentarse un poco. —Ahuecó la almohada y dijo—: Bébase esto. —Claire obedeció, estaba demasiado débil como para negarse, aunque la medicina tenía un sabor amargo y le provocó náuseas.

Dormía y se despertaba, y cada vez que abría los ojos esperaba ver la sonrisa de Vivi, soñaba con oír el susurro de su voz para saber que no estaba sola, que estaban juntas, que todo saldría bien. Pero lo único que veía era las sábanas blancas y limpias que cubrían su cuerpo roto y una silla vacía junto a la cama de hospital, y las únicas voces que oía eran las de las enfermeras que iban y venían. Entonces volvía a dormirse con la esperanza de que, quizás, esta vez no volviera a despertarse…

Cuando volvió a abrir los ojos vio que había alguien en la silla. La figura se inclinó sobre ella y por un momento se quedó sin respiración al ver los ojos claros de color avellana de su amiga.

Pero entonces, al centrarse más en la imagen, vio que no era ella.

Era un hombre que alargaba la mano para tomar la suya y apretársela fuerte, como si no quisiera volver a soltarla.

Harriet

La oficina de la agencia Guillemet era de nuevo un enjambre de actividad. El murmullo generalmente tranquilo había dado paso a conversaciones frenéticas según se acercaba la Semana de la Moda de París y la presión obligaba a las gestoras de cuentas a manejar las crisis de última hora (modelos que desaparecían, un pedido de zapatos que se había quedado en la aduana francesa, peticiones de entrevistas de radio y para la prensa...). Simone y yo no damos abasto ayudando a que todo esté listo y haciendo que todo el mundo tenga su café a punto. Trabajamos todos los días incluido el fin de semana y casi no nos da tiempo ni para tomarnos un sándwich a mediodía el lunes, el día antes del lanzamiento oficial de la Semana de la Moda. Mi trabajo en prácticas de un año ha llegado a su fin, pero Florence me ha pedido que me quede unas cuantas semanas más para ayudar en esta época del año, que es cuando más trabajo hay. He dejado de pensar en lo que voy a hacer después. Me encanta estar en París, pero no he tenido oportunidad de hablar con Florence sobre la posibilidad de tener un puesto a tiempo completo en la agencia. Sé que es una posibilidad muy remota; de hecho, si hubiera querido, ya me lo habría propuesto. Quizá tenga que volver a Londres y tratar de conseguir un trabajo allí. Cada vez que pienso en dejar París me da mucha pena, es como si fueran a arrancar las raíces que he empezado a echar aquí si me voy a empezar de nuevo, otra vez, en otra parte. El patrón de mi vida —los trastornos continuados, hacer y deshacer las maletas, la siguiente mudanza a otro sitio donde no tengo sensación alguna de pertenencia— parece inexorable, como si no pudiera escapar de él.

No obstante, hoy no quiero pensar en eso. El trabajo es lo mejor para olvidarme, así que me sumerjo en él. Estoy acabando de dar los últimos toques a unas bolsas de regalo con los ecocosméticos de nuestro cliente que repartiremos entre los invitados a uno de los desfiles cuando Florence se acerca a la recepción.

—Te has quedado a trabajar hasta tarde, Harriet. —Sonríe—. Y gracias, están preciosas. —Busca algo en el bolso (un Mulberry clásico, por supuesto) y saca un par de tarjetas blancas—. Toma —dice—. Tengo dos más de estas. Creo que Simone y tú os las más que merecéis. Nos vemos allí.

Me saluda ligeramente con la mano al salir por la puerta, diciendo *«Bon courage!»*, mientras se va a casa para prepararse para la semana más importante del año en la capital mundial de la moda.

Miro las tarjetas. En relieve, en la parte superior, hay un logo que reconozco de inmediato.

Corro escaleras arriba hasta el apartamento, subiendo los escalones de dos en dos, de tal manera que al llegar al quinto piso me falta la respiración y casi no puedo decirle a Simone que tenemos invitaciones para la fiesta de *Vogue*. Y que tendrá lugar en el Palais Galliera. Ahora sé cómo se sentía Cenicienta cuando le dijeron que iría al baile.

Al unirnos a la procesión de famosos llenos de glamur subiendo las escaleras del museo estoy tan entusiasmada que casi no puedo respirar. Al fondo, la torre Eiffel está iluminada como si fuera de lamé plateado y brilla como si estuviera cubierta de lentejuelas. Es un espectáculo de luz, ha salido en las cabeceras de todos los periódicos, encargado para celebrar la Semana de la Moda. En el aire flota una sensación mágica, ensalzada por la vista del edificio del museo según nos acercamos, iluminado de manera que el blanco puro de la piedra parece etéreo y destaca sobre el fondo negro de la noche.

Dentro, en el vestíbulo y en la galería principal, todo está lleno de gente vestida con ropa deslumbrante, desde la más vanguardista que llevan aquellos que tratan de llamar la atención de quienes mueven el mundo de la moda hasta la clásica subestima de quienes no necesitan ni intentarlo. Las cámaras de fotos lanzan *flashes* y hay por ahí un equipo de filmación capturando la brillante variedad de invitados. Se oye música a través de altavoces ocultos y tanto la temperatura como el volumen de las voces de la estancia suben. Simone y yo brindamos con nuestras copas de champán y nos abrimos paso entre la multitud, empujándonos la una a la otra cada vez que reconocemos a alguna modelo, a algún actor o a algún editor de moda. Florence nos ve y nos saluda con la mano desde donde está, conversando con un hombre a quien nos presenta como uno de los directores de la revista *Vogue* de París. Es muy amable al hacerlo, pero sabemos, eso también, que esta es una reunión de negocios para ella, así que nos vamos pronto y la dejamos con sus contactos de alto nivel. Simone se encuentra con un cliente de la agencia al que ya conocía y los dejo para que hablen mientras me doy una vuelta por la sala. Casi no puedo creerme que sea este el mismo sitio al que vine a refugiarme, en busca de paz y seguridad por la historia que alberga. Es el lugar perfecto para una fiesta glamurosa como esta, desde luego, pero una pequeña parte de mí lo siente como si hubieran invadido este espacio. Cuántos de los que están aquí habrán visto las exposiciones, me pregunto.

Dejo mi copa y me cuelo en una sala adyacente que está casi vacía. Todos quieren encontrarse donde está la acción, quieren salir en alguna de las fotos que se publicarán en las ediciones de *Vogue* de Nueva York a Londres, pasando por Delhi y Sídney. De manera que resulta fácil encontrar un poco de paz y tranquilidad lejos del alboroto en una sala donde se expone una colección de vestidos de la *belle époque* en urnas de cristal.

Mientras estoy mirando una bonita creación de satén con cristales incrustados que supera a cualquier atuendo de los que se ven en la sala contigua, una voz me dice:

—Hola.

Me doy la vuelta y ahí está la mujer del pelo gris. Esta noche, en lugar del traje sastre, lo que lleva es un vestido negro drapeado que cubre con elegancia su esbelta figura. Parece decepcionantemente sencillo, pero creo que Mireille y Claire se hubieran dado cuenta de la complejidad del corte, hecho para que caiga bien y tenga vuelo, equilibrando la severidad del atuendo con una serie de pliegues que le dan forma.

—Buenas noches —respondo.

—Hay mucha gente. —La mujer sonríe, inclinando la cabeza hacia la sala principal.

—Lo sé. Es una fiesta fantástica. Solo quería tomar un poco el aire.

—Lo comprendo. —Se vuelve para mirar el vestido de la vitrina—. Bonito, ¿verdad? Te gusta la historia de estos modelos, ¿a que sí? Te he visto antes por aquí, ¿no? Sueles tomar notas. ¿Eres periodista?

Le cuento que estoy de prácticas en la agencia Guillemet y que pronto acabaré, y que he estado reconstruyendo la historia de mi abuela, de la que le hablé aquel día cuando nos encontramos en la exposición de Lanvin, que trabajaba como modista durante la guerra.

Asiente con la cabeza.

—Está muy bien que la escribas. Los hilos de la historia pueden resultar enrevesados y complejos, ¿verdad? Aquí en el museo tratamos de desenredar algunos de esos hilos permitiendo que los modelos cuenten su propia historia. Y las historias son tan importantes, ¿verdad? Siempre he creído que las contamos para entender el caos de nuestras vidas.

—Entonces, ¿trabaja usted aquí? ¿En el Palais Galliera?

Busca en el bolso y me da una tarjeta. Se llama Sophie Rousseau, es la gestora de las colecciones de principios del siglo xx.

—Gracias, señora Rousseau. Me llamo Harriet. Harriet Shaw.

Me da la mano.

—Encantada de conocerte, Harriet. Me ha gustado hablar contigo. Avísame cuando vuelvas a venir. Si tengo tiempo, te enseñaré algunos de los vestidos que guardamos de la década de 1940 en los archivos del sótano.

—Lo haré. Gracias.

Me observa con sus cálidos ojos entre gris y verde. Y entonces dice:

—No sé si te interesaría, pero el museo tiene un gran proyecto en marcha para crear un nuevo espacio de exhibición, más grande, en el sótano. Vamos a contratar personal adicional dentro de poco para empezar a planificarlo. El museo cerrará durante un tiempo, pero cuando volvamos a abrir tendremos capacidad para exponer muchos más modelos que actualmente permanecen ocultos en los archivos. Envíame tu currículo si quieres y lo pasaré. Cuando hayas acabado con la historia de tu abuela, aquí encontrarás muchas más.

—¿Un empleo? ¿Aquí en el Palais Galliera? ¡Ni en sueños me habría imaginado algo así! —exclamo—. Me encantará enviarle mi currículo. —Me guardo su tarjeta con cuidado en el bolso.

—Bueno, creo que ha llegado el momento de volver a la *mêlée*, ¿no te parece? *Allons-y!* Pero espero volver a verte pronto, Harriet. Que lo pases bien el resto de la velada.

Me doy una vuelta por lo que queda de la fiesta, tratando, sin éxito, de mantener los pies en el suelo mientras me imagino trabajando en estas mismas salas. Quizá sea el champán lo que me está dando fuerza, pero estoy empezando a atreverme a soñar con una vida propia en París.

1945

Cada fin de semana, Mireille viajaba a Neuilly para visitar a Claire en el hospital americano y llevarle noticias de lo que sucedía: el mundo ya no estaba en guerra. Le daba el brazo y la sacaba para dar un paseo lento por los caminos de entre los cuidados parterres y zonas donde había flores brillantes con el fin de que el sol le insuflara un poquito de color en las mejillas. Cuando Claire se cansaba, se sentaban en un banco bajo los árboles y la entretenía contándole historias de la casa de alta costura Lelong, describiendo los últimos modelos que había creado Dior y añadiendo cotilleos sobre las clientas que venían a probarse.

Al principio, parecía que Claire no quisiera volver al mundo del que la habían arrancado, casi como si no quisiera estar allí. Pero poco a poco, semana tras semana, con ayuda y cuidados, veía cómo su amiga volvía a la vida. Y con mucho cariño, cuando pensó que había llegado el momento, empezó a animarla para que hablase de lo que les había pasado a Vivi y a ella. Algunos de los recuerdos eran todavía demasiado dolorosos como para sacarlos a la luz de aquellos días de verano en París, pero Claire le habló de su trabajo en la fábrica textil y de la sala de costura en el centro de recepción del campo de concentración, recordando que Vivi siempre encontraba maneras de seguir resistiéndose, a pesar de los golpes y la tortura, del hambre y del frío. Cuando quienes las rodeaban habían sido privados de los últimos retazos de humanidad, Vivi se había negado a rendirse. Eran esos recuerdos, más que cualquier otra cosa, los que ayudaban a Claire a recuperarse.

Un domingo por la tarde, cuando volvía en bicicleta desde Neuilly, llegó al Pont Neuf. Se bajó de la bici y la apoyó en una pared, luego bajó las escaleras hasta la isla en mitad del Sena. El sauce seguía allí, en el extremo de la Île de la Cité, había sobrevivido a la batalla para liberar París. Se metió bajo las ramas para sentarse un rato y pensar en su casa y mirar cómo fluía el río. Oyó unos pasos sobre los adoquines de la orilla tras ella, pero no hizo caso, pensando que sería alguno de los barqueros que se estaba ocupando de sus cosas y volviendo a su barca bajo la luz dorada de la tarde de verano.

Las pisadas se detuvieron. Entonces oyó una voz que decía su nombre suavemente.

Se puso de pie, sujetándose con el sólido tronco del árbol. Y allí, en mitad del lánguido verde e inclinando la cabeza bajo las ramas del sauce, vio a un hombre con el uniforme del ejército francés. Dejó en el suelo la pesaba bolsa que llevaba y se acercó a ella alargando una mano, tentativamente, para tocarle la cara, como si quisiera asegurarse de que era real y no una visión de un sueño que había tenido hacía mucho tiempo, allí de pie, junto al río, mientras la luz de la tarde se volvía dorada.

—Iba a buscarte a la *rue* Cardinale. Te he visto desde el puente. Al final, pensé que eras tú, con esos rizos, así que tenía que venir a comprobarlo —dijo—. Mireille Martin. No sabes cuánto te he echado de menos.

Y ella levantó la mano para cubrir la de él y pronunció el nombre que había guardado en secreto durante tanto tiempo, el nombre del hombre del que se había enamorado.

—Philippe Thibault. Yo también te he echado mucho de menos.

Cuando hicieron el viaje de Dachau al hospital en París, para Claire fue como un sueño. ¿Cómo podía haber sido tan largo cuando ella y

Vivi fueron en tren hasta los campos cuando la ambulancia de la Cruz Roja no tardó más que un día? Había estado tan cerca, todo el tiempo, y a la vez un mundo la había separado de su hogar en la ciudad.

Organizar el transporte había llevado unos días y durante ese tiempo el señor Leroux no se había alejado prácticamente de su lado. Aunque ahora sabía que no se llamaba «señor Leroux».

Lo primero que le preguntó, mientras estaba sentado sujetándole la mano, era si sabía dónde estaba Vivi. Al principio ella lo había mirado y no había dicho nada, seguía viendo en los ojos de aquel hombre los de su amiga. Estaba aturdida y le dolía la cabeza por la fiebre, y verlo allí en Dachau la había confundido, no entendía lo que veía ni lo que oía. El sonido del nombre de su amiga, que él había pronunciado en voz alta, había sido un *shock*.

Claire tenía los labios secos y agrietados, así que él tuvo que acercarse mucho para poder oír la respuesta.

—No pude salvarla —susurró Claire—. Lo intenté. Ella me salvó a mí, pero yo no pude salvarla. —Entonces se le empezaron a saltar las lágrimas, que le humedecían la piel de la cara, reseca y demacrada, como si fueran gotas de lluvia cayendo después de la sequía. Él abrazó aquel frágil cuerpo y la sostuvo mientras lloraba.

Los días que siguieron, mientras esperaban a que Claire estuviera suficientemente fuerte para viajar de vuelta a París y él gestionaba lo necesario con el hospital americano, el hombre se mantuvo siempre junto a su cama. Le daba la sopa, que al principio era lo único que su frágil cuerpo admitía, a cucharaditas, para que aquel estómago encogido las aceptara. Se aseguraba de que bebiera el tónico amargo que debía tomar y le masajeaba con un ungüento las manos y los pies para que la piel, agrietada y magullada, se recuperara. Se negaba a apartarse de ella, incluso cuando caía la noche, y cuando se despertaba presa de pesadillas, él seguía allí, sujetándole la mano, tranquilizándola como antes hiciera Vivi.

—Calla. Estoy aquí. Estás bien.

Todavía no podía hablar sobre lo que les había pasado en el cuartel de la Gestapo en la avenida Foch, ni del viaje hasta Dachau, ni de lo que había sucedido en el campo. Era él quien hablaba, y ella lo escuchaba asombrada, preguntándose a veces si habría soñado lo que él le contaba de Vivi y de sí mismo.

Lo primero que le dijo fue cómo se llamaba. Laurence Redman. («Pero todos me llaman Larry», le dijo). No se llamaba señor Leroux, después de todo, aunque su nombre en francés era una traducción directa del inglés.[3]

Lo segundo, que Vivi era su hermana.

Se habían criado en el norte de Inglaterra, no en Lille, pero su madre era francesa y Lille era su hogar. Su padre, inglés, tenía una fábrica textil y de ahí venía que Vivi supiera tanto sobre la maquinaria que había en la fábrica de Dachau.

—Siempre andaba detrás de papá, haciéndole preguntas y más preguntas, para saber cómo funcionaba todo. Siempre le encantó coser —le dijo a Claire—. Cuando era pequeña, solía hacer vestiditos para sus muñecas. Luego siguió haciéndose sus propios vestidos. Trabajaba en el teatro local, también hacía los vestidos, le encantaban todos esos tejidos de calidad y aquellos cortes. Y resultó que además era buena actriz.

—Cuando estalló la guerra, me seleccionaron para que me entrenara con el Equipo de Operaciones Especiales —prosiguió—. Así que cuando vino a verme y me dijo que ella también quería colaborar, que quería hacer algo para ayudar a los franceses, supe que sería perfecta. Los dos hablábamos bien francés porque nuestra madre lo hablaba en casa con nosotros, y nuestro conocimiento de los tejidos y la moda eran exactamente lo que el EOE estaba buscando para establecer una red en París, donde la industria de la moda proporcionaba la tapadera perfecta.

Entonces se detuvo, incapaz de seguir al recordar un instante a su bonita hermana, tan llena de vida.

---

3 N. de la Trad.: «Redman» significa en español, literalmente, «Hombre rojo». «Leroux» sería algo así como «El rojo».

—Traté de disuadirla —dijo al fin—. Pero ya sabes cómo era: tan cabezota, tan decidida. Y esas características eran también las que la hacían perfecta para el puesto. Era justo lo que estaban buscando. Siguió la formación y pasó las pruebas muy bien. Así que le asignaron uno de los puestos más peligrosos. Ser la operadora de la radio para la red camuflándola bajo su trabajo de costurera en el corazón de París. No sabía si sentirme orgulloso o estar aterrorizado por mi hermanita pequeña.

Se hundió y enterró la cabeza en las manos. Luego Claire alargó un brazo y le acarició el pelo. Compartiendo su fuerza, el hombre siguió hablando:

—Tú y yo, ambos cargamos con el peso de la culpa. Ambos participamos en su destino. Pero, al escucharte, entiendo que nada que hubiéramos podido hacer la hubiese detenido. Estaba decidida a luchar por Francia, por lo que era justo. Así era ella. Siempre se habría arriesgado con tal de levantarse contra lo que sabía que estaba mal. Era valiente de verdad. Era una soldado.

Ambos lloraron, y sus lágrimas se mezclaron, dándose consuelo el uno al otro, mientras la pena les rompía el corazón y dolía tanto como a Claire sus heridas físicas; luego supo que de las lágrimas y el dolor nacería un sentimiento nuevo. Junto a él, Larry, a su lado, ambos podrían encontrar el camino para volver a vivir.

Él le dijo una cosa más. Cómo se llamaba Vivi en realidad. Su verdadero nombre no era Vivienne.

Se llamaba Harriet.

Harriet

A hora, por fin, sé quién soy.

Soy Harriet. Llevo el nombre de mi tía bisabuela, que murió en Dachau el mismo día en que el campo fue liberado. Harriet, que decidió llamarse Vivienne porque amaba la vida. Harriet, que era cariñosa y amable y, caramba, tan valiente. Lo suficientemente valiente como para volverse hacia el peligro cuando vio que la libertad estaba amenazada; lo suficientemente valiente como para presentarse voluntaria y meterse en mitad de la guerra para ocuparse de una de las tareas más peligrosas que había. Si la esperanza media de vida de un operador de radio de la resistencia era de seis semanas, ella sobrevivió cuatro años.

Soy Harriet; y aunque ella muriera antes de que yo naciese, sé que mi abuela Claire me quería, que creció en lo personal lo suficiente como para hallar dentro de sí misma una valentía que no sabía que estaba ahí. Claire también perdió a su madre, y la historia se repitió, como si fuera una tendencia fatal, cuando yo perdí a la mía. He leído que las tensiones provocadas por los traumas se quedan en las familias. Pueden heredarse, pasar de una generación a otra, arruinando la vida de los que las sufren. Quizá fue eso lo que le sucedió a mi madre. Pero no voy a dejar que a mí me pase lo mismo. Ahora que sé de dónde viene ese trauma, puedo ver para qué es. Y si encuentro la valentía para enfrentarme a él, tendré la oportunidad de detenerlo.

Lo que más esperanza me da es que durante las sesiones que he tenido con la terapeuta me ha dicho que hay nuevas investigaciones que indican que los efectos de un trauma heredado pueden revertirse. Nuestro cuerpo y nuestra mente tienen la capacidad de curarse, de construir una resiliencia que nos ayuda a contrarrestar la vulnerabilidad a la que el trauma heredado te predispone. Me ha dado varios libros para leer que dicen que puede hacerse, que la mente tiene que reestructurar el trauma y liberarlo para que el cerebro pueda resetearse.

Me doy cuenta de que la historia de Claire y Vivi (Harriet en realidad) me ha servido para que me pase eso precisamente. Ahora sé que puedo superar el daño que me hizo el pasado y que he arrastrado toda la vida. Más que eso, sé que puedo dejar ese peso a un lado del camino de mi vida y seguir caminando sin él.

Ahora que conozco toda la historia de mi abuela, me siento en silencio, impresionada, con un montón de cosas en la cabeza. Toco los dijes del brazalete que pasó de mi abuela a mi madre y luego a mí: el dedal, las tijeras minúsculas, la torre Eiffel. Ahora entiendo lo que cada uno de ellos significa.

Llegué a París sintiendo que no tenía raíces, sin tener una familia propia. Venía en busca de algo, aunque no sabía bien qué podría ser. Una fotografía me trajo hasta aquí. Alargo la mano y la tomo, con el marco, y me imagino oyendo los ecos de las risas de las chicas mientras están ahí en pie, en la esquina de la calle, frente a Delavigne Couture, con su ropa de domingo para salir, una mañana de mayo en París, para ir al Louvre.

Gracias a ellas, hoy Simone y yo estamos aquí. No es solo que estemos aquí, trabajando para la agencia Guillemet y viviendo en el mismo apartamento bajo el tejado de la *rue* Cardinale; es que ellas son la razón de que hayamos venido a este mundo. ¿Qué habría pasado si Mireille no hubiera ido a salvar a Claire la noche en que bombardearon Billancourt? ¿Qué habría pasado si Vivi, mi tía bisabuela Harriet, no hubiera protegido a Claire y la hubiera ayudado a sobrevivir aquellas torturas terribles a manos de la Gestapo, la soledad del confinamiento en la prisión de Fresnes, y casi dos años en el infierno del campo de concentración de Dachau?

Yo no estaría viva de no haber sido por ellas. También les debo la vida.

Cuando tomaron esa fotografía, esas tres jóvenes, llenas de sueños y esperanzas, tenían toda la vida por delante. Me parece que resumen el amor por la vida. Aquella mañana de mayo no sabían todavía cuán lejos llegaría a probarse ese amor.

Y entonces pienso en mi madre. En lo mucho que la depresión y la desesperación hunden a una persona hasta que, al final, la llevan hasta un punto de no retorno. Claire y Vivi demostraron lo mucho que el espíritu humano puede aguantar: la brutalidad, la crueldad, la falta de humanidad. Todo eso se puede soportar. Lo que no se puede aguantar es perder a aquellos a quienes quieres.

De repente, me doy cuenta de que después de escuchar la historia de mi abuela Claire y de mi tía bisabuela Harriet, por fin he llegado a entender qué fue lo que mató a mi madre. Fue la pena. No importa lo que diga el certificado de defunción, ahora sé que murió porque tenía el corazón destrozado.

Conocer mi propia historia me ha liberado. El pasado me ha dado un futuro. Quizá sea un futuro que tenga que ver con que acepte el trabajo de mis sueños en el Palais Galliera, pues Sophie Rousseau ha pasado mi currículo a la dirección del museo y me han llamado para hacer una entrevista. Es una perspectiva abrumadora. Me muero por este trabajo. Así que lo daré todo en la entrevista y aceptaré el resultado, sea el que sea, porque ya no tengo miedo de mi vida, nunca más, sea lo que sea que me traiga.

También entiendo que he tenido miedo de amar, porque el desafío no es poca cosa. He visto el precio que puede haber que pagar por el amor y me ha parecido que es demasiado alto para mí. Así que siempre me he protegido. No me he atrevido a amar a mi padre, a mi madrastra, a mis amigos. A Thierry. He mantenido el corazón cerrado con llave para protegerlo. Pero ahora me han mostrado la verdad. Claire y Vivi no son solo unas caras en una fotografía y ya está; forman parte de mí. Les debo seguir con ese legado de valentía que corre por mis venas. Me han dado el regalo de la vida. Hasta ahora he dejado que el trauma heredado encarcelara mi espíritu. Pero gracias a su historia, ahora sé que soy tan fuerte como para apartarme de eso. No dejaré que gane la oscuridad. Miraré hacia la luz. Y, solo quizá, seré capaz de amar abiertamente como ellas hicieron.

Al alcanzar el teléfono, los dijes del brazalete suenan al chocar unos con otros, es como si fuera una ronda de aplausos leve y triunfante. Tengo que enviar un mensaje y no quiero perder ni un minuto.

Me pongo a buscar entre los contactos y selecciono el número de Thierry.

Thierry vive en un minúsculo estudio en el barrio de Marais. Solo hay una habitación, pero lo que hace que sea un lugar mágico es que tiene un estrecho balcón con el espacio justo para dos sillas, una al lado de la otra. Hemos pasado horas ahí sentados y he hablado mucho más de lo que nunca había hecho. Nos hemos puesto de acuerdo en ir despacio, ninguno de los dos quiere resultar herido y sé que la forma en que lo aparté de mí ha hecho que se vuelva más cauto. Pero está preparado para intentarlo de nuevo, y creo que esta vez la conexión es más fuerte que nunca, para ambos.

Mientras entra para ir a buscar un par de copas y una botella de vino, me suena el teléfono. Me fastidia que me estropee la paz de este momento, así que estoy a punto de apagarlo cuando veo que quien me llama es Sophie Rousseau, del Palais Galliera.

—¿Hola? —digo, tímidamente.

Tiene una voz cálida y me dice que quería ser la primera en felicitarme: el puesto es mío.

Cuando Thierry vuelve, estoy de pie, mirando la ciudad. Está anocheciendo y las luces de la ciudad empiezan a parpadear, como si fueran lentejuelas sobre una tela de terciopelo negro. La llaman la Ciudad de la Luz. Ahora también puedo decir que es mi hogar.

Salimos ese fin de semana para celebrarlo, quedo con Simone y con los demás en el mismo bar en que Thierry y yo nos conocimos. Suena la música, están los amigos y hay muchas, muchas bebidas con que brindar por mi nuevo puesto. Y Thierry y yo nos damos la mano por debajo de la mesa, no queremos dejar pasar ni un minuto de estar juntos ahora que nos hemos vuelto a encontrar.

Al final de la noche decidimos volver a pie al apartamento de la *rue* Cardinale con Simone. Damos las buenas noches a los demás y nosotros tres empezamos a caminar lentamente de vuelta a casa. Simone se queda un poco atrás para darnos a Thierry y a mí un poco de espacio para seguir caminando. Me encanta sentir que estoy cerca de él mientras me toma por la cintura. Me vuelvo para echar un vistazo a Simone, que está buscando algo en su bolso. Saca unos auriculares y los sacude al aire triunfante, luego se pone a caminar de nuevo, todavía unos metros por detrás, escuchando música.

Oigo un leve sonido de sirenas por detrás de nosotros y me vuelvo para ver el parpadeo de las luces azules en la distancia. Se acercan rápidamente, acelerando por la calle mientras persiguen a una camioneta blanca, que conduce hacia nosotros. Simone, que sigue enganchada a su música, no se ha dado cuenta y me sonríe como preguntándome qué pasa. Cree que estoy esperando a que nos alcance, así que sacude las manos para indicarme que siga adelante. Pero la camioneta se acerca a ella a toda velocidad, el conductor ha perdido el control. Las luces del vehículo policial la persiguen, la absorben con su luz azul, tratando de hacer que el conductor se detenga. Es como si el tiempo se detuviera, la camioneta vira y se sube a la acera detrás de Simone.

Sin pensármelo, echo a correr.

Corro hacia las luces azules, hacia Simone, que se ha quedado pasmada, también envuelta en las luces azules, dibujando su silueta contra el metal blanco que va a golpearla, que convierte su cuerpo en una masa deforme y desmadejada.

La alcanzo una fracción de segundo antes de que lo haga la camioneta, y la empujo fuera del alcance de esta con todas mis fuerzas.

Oigo un grito y el ruido de algo que se parece a un latigazo.
De repente, todas las luces se apagan y nos quedamos a oscuras.

Mi padre me está leyendo una historia antes de dormir. Se trata de *Mujercitas*, uno de mis libros favoritos. Noto cómo su voz sube y baja, capítulo tras capítulo, mientras me cuenta la historia de Meg, Jo, Beth y Amy. Estoy soñando, claro, pero es un sueño tan agradable que no quiero abrir los ojos para que no se acabe. Así que los mantengo cerrados, para poder quedarme así, tranquila en una época de inocencia de hace muchos años.

No obstante, hay algo que sigue tratando de sacarme de ese sueño. Es un pensamiento persistente al que no puedo llegar muy bien, está fuera de mi alcance. Me dice que abra los ojos, diciendo que, aunque esa parte de mi pasado estuvo llena de cariño y amor, tengo un presente y un futuro que están llenos de incluso más amor. Otra voz, que no es la de mi padre, me dice que ha llegado el momento de despertar y vivir.

Cuando por fin abro los ojos, veo a través de las ventanas de una habitación que no conozco la suave luz de una tarde otoñal que convierte las hojas marchitas que caen de los árboles en oro hilado. Tengo la cabeza rara, pesada y como si me apretara, como si tuviera el cuero cabelludo demasiado tirante. Con mucho cuidado, me doy un poco la vuelta, primero de un lado y luego del otro. A la izquierda veo a mi padre sentado en una silla junto a la cama, con la vista fija en el libro que sujeta entre las manos, mientras me sigue leyendo la historia de la familia March. A mi derecha está Thierry. Tiene la cabeza ladeada, como si estuviera rezando mientras escucha lo que mi padre lee. Me está sujetando la mano, evitando con mucho cuidado tocar el tubo que va de mi brazo a un gotero que hay colgado junto a la cama.

Experimentalmente, ya que todo parece estar muy lejos y desconectado y no estoy muy segura de poder sentir los dedos, le aprieto la mano a Thierry, un poco. No responde. Así que vuelvo a intentarlo.

Esta vez levanta la cabeza. Y cuando sus ojos y los míos se encuentran, veo que una sonrisa le ilumina la cara lentamente como si fuera un amanecer, como si todas sus plegarias se hubieran cumplido.

La habitación del hospital donde estoy está llena de flores. En el alféizar de la ventana hay un florero con girasoles que me ha enviado Simone, junto con rosas que han enviado Florence y los colegas de la agencia Guillemet, y un ramo de fresias de dulce aroma que han llegado de parte de Sophie Rousseau, del Palais Galliera.

El ramo más grande de todos es el que han enviado mi madrastra y mis hermanas, lo han entregado con una nota en la que me envía su amor y dicen que quieren que vuelva pronto a casa.

—Tienen ganas de verte —dice mi padre—. Tan pronto como estemos a mitad de trimestre, vendrán. Todos estamos muy orgullosos de ti, Harriet. Y las chicas no dejan de hablar de lo contentas que están de tener una hermana mayor que se ha abierto camino en el mundo de la moda francesa por sus propios medios.

—Será divertido llevarlas al museo —digo—, voy a hacerlo. Yo también las echo de menos.

Llevo cinco días durmiendo, según parece, por un coma inducido. Y mi padre ha estado junto a mi cama todos y cada uno de esos cinco días y me ha estado leyendo el libro que mi madrastra le metió en la maleta, hecha a toda prisa. «Llévaselo, —me cuenta que le dijo—. Siempre ha sido su favorito».

Thierry me visita a menudo y todas las enfermeras están enamoradas de él, eso me cuentan.

—No nos ha hecho ni caso. Mientras estabas en coma, no se ha separado de tu lado —me dicen—. ¡Qué romántico!

En lo que respecta al accidente, no me acuerdo de nada, así que Thierry se ocupa de completar las piezas del rompecabezas que faltan.

—La policía estaba persiguiendo a un sospechoso. Y la alerta que habían recibido era correcta: habían encontrado explosivos en la parte trasera de la camioneta. El conductor formaba parte de una célula terrorista. Han practicado varios arrestos.

Me toma la mano, la aprieta con cuidado de no tocar el esparadrapo que cubre la aguja que me conecta con el gotero que hay junto a mi cama.

—Empujaste a Simone y le salvaste la vida, no hay lugar a dudas. La camioneta la hubiera aplastado. Pero al correr hacia ella, el retrovisor del vehículo te golpeó, fuerte, y perdiste el conocimiento. Creí que habías muerto. Han sido los peores momentos de mi vida. La policía no me dejaba acercarme, tenías una herida grave en la cabeza y les preocupaba que tuvieras también algo en el cuello, así que no podíamos moverte. Por fin llegó la ambulancia y te trajeron aquí. Te hicieron un escáner y después te operaron para aliviar la presión en el cerebro. Indujeron el coma para que la inflamación se redujera. No estaban muy seguros, me dijeron. Me pidieron que llamara a tu padre y que le pidiera que viniese lo más rápidamente posible. Simone y yo estábamos muy nerviosos. Ella también estaba en *shock*, claro. También ha estado aquí, cada día, pero solo dejan que se queden dos personas a la vez, no más.

Thierry telefonea a mi amiga para decirle que me he despertado y ella pide hablar conmigo. No es que tengamos una conversación en condiciones, yo estoy atontada y ella llorando mientras me da las gracias, una y otra vez, por salvarle la vida. Entre las lágrimas, promete que estará aquí lo primero mañana por la mañana.

Estoy agotada. Todavía me duele la cabeza, me han dado muchos medicamentos y también por la conmoción, así que mi padre me besa en la frente, justo por debajo de donde me han vendado, y luego se va al hotel donde se aloja para pasar la noche. Después de irse, Thierry se quita las botas y se sube a la cama, junto a mí, abrazándome con cariño.

—Tengo algo para ti —dice. Se lleva la mano al bolsillo y saca el brazalete con los dijes—. Te lo tuvieron que quitar antes de meterte en el escáner, así que la enfermera me lo dio para que lo guardase. Sé lo mucho que significa para ti.

—Gracias. ¿Me ayudas a ponérmelo, por favor?

Aprieta el cierre. Y luego se pone a buscar otra cosa en el bolsillo. Es una cajita cuadrada. Me ayuda a abrirla y dentro hay un corazón dorado con una «H» grabada.

—Pensé que quizá tuvieras sitio para otro dije en ese brazalete —dice.

Sonriendo, apoyo la cabeza en su hombro, que me resulta más confortable que cualquier almohada. Y luego, con la cajita todavía en la mano, me hundo de nuevo en otro sueño profundo, muy profundo.

Simone llega al día siguiente, justo cuando estoy acabando de desayunar. El desayuno consiste en un cruasán envuelto en plástico y una taza de café, pero como es la primera comida en condiciones que tomo en casi una semana, me sabe bastante bien y desde luego me gusta mucho más que la alimentación intravenosa.

Después de que me haya abrazado tan fuerte que casi no puedo respirar, arruga la nariz al ver los restos del desayuno en la bandeja.

—Puaj, qué asco —dice, levantándola y poniéndola sobre una mesa vacía de la cama de al lado. Busca en su bolso y saca una cestita de fresas que huelen de maravilla, un zumo recién hecho del bar de zumos que hay a la vuelta de la esquina del apartamento en la *rue* Jacob, una caja de *macarons* de Ladurée y dos chocolatinas Côte d'Or.

—Toma —dice, dándome el zumo—, primero, bébete esto. Tienes que tomar vitaminas. Luego ya te comerás lo demás.

El zumo es como de color barro, pero sea lo que sea lo que contenga, está absolutamente delicioso.

Simone se quita los zapatos y pone los pies en la cama. Nos pasamos una hora más o menos charlando y comiendo chocolate, tan contentas. Me cuenta novedades sobre la agencia Guillemet y me dice que todos me envían recuerdos.

Al final, llega una enfermera que la obliga a salir, diciendo que debo descansar, así que Simone recoge sus cosas. Luego me vuelve a abrazar, es un gesto de solidaridad, de sororidad, de amistad. Y, al ponerse en pie y acercarse a la puerta, hace una pausa y se da la vuelta para decir:

—Por cierto, mi familia al completo me ha pedido que vaya a casa y que te lleve conmigo. Todos quieren conocerte. Darte las gracias en persona por salvarme. En especial mi abuela, Mireille. Dice que quiere contarte más cosas sobre Claire… sobre lo que pasó después. Y que tiene algo para ti.

Mi padre llega a la hora de comer, me trae unos pastelillos deliciosos de una pastelería por la que ha pasado de camino al hospital desde su hotel. Los compartimos mientras me cuenta lo entusiasmadas que están mis hermanas por venir a verme a finales de octubre. Mi madrastra ya ha reservado los billetes en el Eurostar.

—Te echan de menos, ¿sabes, Harriet? Están deseando pasar un tiempo contigo. Todos lo estamos deseando.

Me toma la mano y la aprieta con fuerza.

—Te debo una disculpa —dice.

—¿Por qué? —pregunto, sorprendida de veras.

—Por no haber hecho las cosas muy bien cuando más me necesitabas. Lo siento, ahora me doy cuenta de lo mucho que sufriste cuando Felicity… bueno, cuando murió. Mi propio sentimiento de culpa me consumía, por haberte fallado, y no supe encontrar las palabras que debería haber pronunciado para ayudarte a superarlo. Debería haberte consolado, haber hecho que te quedaras con nosotros en lugar de enviarte a un internado. En aquel momento pensaba que era lo correcto, dejarte espacio, no forzarte para que aceptaras un nuevo hogar y a una nueva familia. Pero ahora creo que tal vez eso era lo último que necesitabas. Deberíamos haber permanecido juntos y haberlo superado juntos. Debería haber hecho las cosas mejor. Debería haber estado ahí por ti.

Le aprieto la mano.

—No pasa nada, papá. Creo que todos tratamos de hacerlo bien después de vivir una situación tan horrible. Sé que querías lo mejor para mí; lo que pasa es que no creo que ninguno de nosotros supiera qué era. Ahora me doy cuenta de lo duro que también fue para ti. Para todos nosotros. Pero lo hemos superado. Somos más viejos y sabios, ¿a que sí? Además, creo que todos estamos listos para empezar de nuevo.

Ahora me doy cuenta, a toro pasado y con una buena dosis de perspectiva, que aquello fue tan duro para él como para mí. También debió de ser muy duro para mi madrastra, pero ahora veo lo mucho que ella intentó cuidar de mí para que fuera parte de la nueva familia en la que caí de golpe.

Mi padre toca con cuidado los dijes del brazalete que llevo en la muñeca.

—A Felicity siempre le gustó, lo llevaba siempre. Era lo que la unía con su madre. Me gusta ver que ahora lo llevas tú. Habría estado muy feliz de saber que sigues con la tradición.

Entonces los ojos se le llenan de lágrimas y tiro de él para abrazarnos. Me acaricia el pelo, como solía hacer cuando era una niña y, entre lágrimas, sonríe.

—No podría soportar perderte, sabes, Harriet. Habría sido demasiado. Te quiero y estoy tan orgulloso de que seas mi hija.

Después de que se haya ido, me pongo a pensar en lo que he aprendido de la paradoja del amor: cuando el precio a pagar por perder supone asumir un riesgo demasiado grande, nos echamos atrás y nos protegemos para no perder, incluso aunque eso signifique no amar de manera abierta. Después de que mi madre muriera, creo que mi padre y yo nos protegimos para no volver a sentirnos así nunca más. Pero tal vez ahora, por fin, los dos podamos dejar la pena de lado y seguir adelante, juntos. Quizá podamos consolarnos el uno al otro.

Ser el padre y la hija que fuimos.

Harriet

*P*asar unos días en el sudoeste de Francia con la familia de Simone es como dejarse llevar por un río de aguas bravas de ruido, amor y risas. Sus padres me envuelven en abrazos que duran casi tanto como los que le dan a su hija. Su madre, Josiane, se seca las lágrimas de alegría y alivio y no deja de darme las gracias una y otra vez por salvar la vida de su hija. Su padre, Florian, es hombre de pocas palabras, albañil al igual que antes lo fue su padre, y trabaja para la empresa familiar junto a sus tres hermanos. Pero también él me da abrazos de oso que lo dicen todo y que casi me dejan sin respiración.

Las hermanas mayores de Simone son un poco tímidas al principio, pero no tardan en relajarse durante la cena que nos reúne a todos alrededor de una mesa larga que hay fuera bajo un enrejado en forma de arco con jazmines y guirnaldas de luces. Al principio la noche se llena de risas y conversación mientras la familia se pone al día de las noticias del pueblo. Luego, nos ponemos a hablar más serios sobre el accidente y la suerte que tuvimos las dos.

Cuando me voy a la cama en la habitación de Thibault, que no está, casi no me da tiempo de apagar la luz antes de hundirme en uno de los sueños más profundos que jamás haya disfrutado.

A la mañana siguiente desayuno con Simone. Ya lleva un rato levantada, diría yo, y tiene ganas de pasar tiempo con su familia, así que ha recogido unas flores otoñales para hacer un ramo para su abuela, Mireille. El pan reciente que Josiane me sirve en el plato es la combinación perfecta entre tierno y crujiente, así que lo unto con mantequilla y una capa generosa de mermelada de albaricoque. Está más rico que la mejor creación de cualquiera de las pastelerías que hay en París.

Mientras Simone y yo subimos la colina hacia la casita donde vive Mireille, una docena de vencejos nos acompañan revoloteando y piando por delante de nosotras, llenando el azul perfecto del cielo con su baile, complejo y sin fin. Aquí en el extremo sur la temporada cambia más lentamente y los días de verano duran más que en París. El sol me calienta la espalda, pero al mismo tiempo la luz es suave y da la sensación de que los vencejos doblan las alas mientras se preparan para realizar su largo viaje hacia el sur, donde pasarán el invierno.

Doblamos por una carretera y pasamos de largo el final de un camino bordeado por altos robles. Un gran gato negro, que ha estado dormitando a la sombra, se pone en pie cuando nos acercamos y se estira tranquilamente. Simone se agacha para rascarle detrás de las orejas y, en respuesta, el gato maúlla fuerte mientras se restriega la cabeza tan contento contra su mano.

—Hola, *Lafitte* —le dice—. ¿Dónde están hoy mis primos pequeños? —Me cuenta que uno de sus tíos, otro de los hijos de Mireille que se han dedicado a la albañilería, vive en la casa con su esposa inglesa y sus hijos, y que el viejo gato es como si fuera uno más de la familia.

Seguimos por el camino adelante, escoltadas por el gato hasta la casa de Mireille. Nos mira cuando entramos por la puerta del jardín y luego, con la cola en alto, se da la vuelta y regresa por el camino hasta su puesto vigía bajo los robles.

La casa de campo de Mireille está rodeada de viñedos cargados de uvas, según me cuenta Simone, pues la vendimia tendrá lugar dentro de pocas semanas. En cada ventana hay tiestos con unos geranios preciosos. Simone llama a la puerta y luego la empuja para abrir, diciendo: «*Coucou!*».

—¡Entra! —La voz que contesta es una voz cascada y suavizada por los años—. Estoy en la cocina.

Aunque dentro de poco cumplirá cien años, reconozco a Mireille de la foto de las tres chicas en la *rue* Cardinale. Ahora tiene el pelo blanco del todo, aunque todavía se le escapan algunos rizos del moño que lleva a la altura del cuello, negándose a dejarse dominar. Sus ojos marrones profundos brillan todavía, tiene la mirada de un pájaro cuando nos sonríe. Está sentada en un viejo sillón que hace que su diminuta figura parezca más pequeña, y en el regazo tiene un bol de guisantes que ha estado pelando en un colador. Lo hace con dedos hábiles, a pesar de que la artritis los ha convertido en extremos nudosos. Me imagino esos mismos dedos hace muchos años, volando sobre las telas con la aguja, dando una puntada tras otra.

Deja el tazón a un lado, estirándose el delantal que lleva puesto, y se pone en pie, abrazando a su nieta.

—Simone, *ma chérie* —murmura, enmarcándole la cara con sus manos nudosas, haciendo que sepa lo mucho que la quiere.

Luego se vuelve para mirarme.

—*Harriette.* —Pronuncia mi nombre como si fuera en francés—. Por fin has venido. —Asiente con la cabeza, como si estuviera escuchando a unas voces interiores que nosotras no podemos oír—. Te pareces mucho a tu abuela. Pero tienes los ojos de tu abuelo. Y, claro, también de tu tía abuela. —Me abraza tan fuerte que me sorprende que una mujer tan mayor pueda hacer algo así, mirándome a la cara como si estuviera leyendo todo lo que hay escrito en ella. Sus ojos brillantes me llegan casi hasta el centro de mi ser. Asiente de nuevo con la cabeza, como si aprobara lo que ha visto.

Luego me abraza con ternura y con cariño, y por un instante tengo la sensación de que fueran tres y no una las personas que me abrazan. Es como si ella fuera la guardiana del espíritu de las otras dos: Claire y Vivi también están aquí, abrazándome.

—Tráete el té —le dice a Simone, haciendo un gesto hacia una bandeja—. Vamos a sentarnos en el jardín.

Me toma del brazo y la ayudo a salir al jardín. A un lado hay un huerto, muy bien cuidado, de tierra tan negra como el chocolate, en el que hay de todo: tomates de color rubí, calabacines de color verde

303

esmeralda y alcachofas cuyas cabezas similares a la flor de cardo son de color entre plateado y amatista. Los guisantes, que parecen hebras de hilo, trepan por un entramado de cañas, son los últimos del verano. Nos resguardamos bajo la sombra de un tilo cuyas hojas han empezado a teñirse de dorado y nos sentamos en un banco junto a una mesita de latón.

Mireille alarga el brazo para retirar un álbum de fotos grueso con tapas forradas de piel que hay en la mesa y hacer sitio para que su nieta ponga la bandeja con el té.

—Como puedes ver, me gusta una tetera en condiciones, al estilo inglés. —Mireille sonríe—. Tenía una vecina inglesa que me enseñó a apreciar estas cosas. —Hace un gesto señalando la descuidada casa de piedra que hemos pasado de largo al venir aquí, donde viven los primos de Simone, que solo puede verse desde más allá de los robles que la rodean—. Mi amiga murió y ya no está. Pero su sobrina se casó con mi segundo hijo más joven y ahora viven en la casa, así que tengo la suerte de poder visitarlos para tomar el té de vez en cuando. Es divertido, ¿no?, cómo los caminos de la vida se entrecruzan de manera inesperada, ¿verdad? —Inclina la cabeza a un lado, y mientras lo hace me lanza otra de esas miradas penetrantes.

—El destino es algo complicado, ¿a que sí? —sigue—. Aunque, como he vivido tantos años, pocas cosas me sorprenden a estas alturas. Cuando Simone me dijo que la nieta de Claire compartía el apartamento con ella en la *rue* Cardinale, tuve la intuición de que vendrías a verme algún día. Aunque de lo que no tenía ni idea es de que lo harías habiendo salvado la vida de mi nieta. Así que se ha cerrado el círculo, *n'est-ce pas?* Si no hubiese ido a salvar a Claire la noche en que bombardearon Billancourt, tú no habrías estado ahí para salvar a Simone todos estos años después. Así que, por lo que parece, el destino todavía se guarda algunos ases en la manga, incluso para alguien con tantos años como yo. Que es como tenía que ser. —Sonríe y me da unos golpecitos en la mano.

—Sirve el té, Simone. Voy a enseñarle a Harriet las fotos de su guapa abuela.

Se pone el álbum en el regazo y empieza a pasar las páginas hasta que llega a las fotos que está buscando. Me cuesta un poco entender lo que estoy mirando. Hay una novia que lleva un bonito vestido cuya falda tiene mucho vuelo y destaca su fina cintura. Lleva los rizos oscuros recogidos hacia atrás, un poco sueltos, y adornados con flores. El corte del vestido quita el aliento. Es un ejemplo perfecto del nuevo look de Dior, el estilo que le hizo famoso en los años de la posguerra.

Luego me fijo en la figura que hay de pie junto a la novia: su dama de honor. Tiene el pelo rubio, casi blanco, recogido con un suave moño y sujeta un ramillete de flores de color pálido a juego con el de la novia, que es más lujoso. La rodea un halo de fragilidad, algo casi de otro mundo. Pero lo que me hace suspirar es el vestido que lleva. Es de color azul medianoche, cortado al bies, y cubre suavemente las finas líneas del cuerpo de la joven. Y cuando le da la luz, solo entonces, se ven unas cuentas plateadas cosidas en el escote que le cubre los hombros.

—¿No te parece guapa? —Mireille pasa la página, mostrándome más fotos del día de su boda—. Tu abuela Claire... y este es Larry, tu abuelo, claro. Hacían muy buena pareja. ¿Reconoces el vestido, Harriet?

Asiento con la cabeza, incapaz de hablar, los ojos me brillan por las lágrimas de alegría y tristeza contenidas.

—Es el que se hizo —susurro al final—. El que está hecho de retales sobrantes.

—Cuando dejé el apartamento de la *rue* Cardinale, lo encontré en su armario. Lo empaqueté y me lo traje a casa. Le dije que lo tenía, pero cuando vino a mi boda, al principio, no quería mirarlo, quería rasgarlo y deshacerse de él. Decía que le recordaba su vanidad y lo ingenua que había sido, y que prefería olvidarse de aquello. Pero yo le dije que se equivocaba al pensar así. Le dije que era un triunfo. Que había creado algo bello de retales, algo que era la manifestación de cómo se las apañó para crear algo tan bonito en un tiempo de dificultades y peligros. Le hice prometer que no lo tiraría a la basura y le pedí que lo llevase para ser mi dama de honor. De ese modo, lo asociaría desde ese momento a algo alegre. Quería que se convirtiera en un símbolo de supervivencia y del triunfo del bien sobre el mal, eso es.

—Es tan bonito —digo—. Y tu vestido de novia también lo es, Mireille. ¿Lo diseñó Dior para ti?

Se ríe.

—Así es. Bien visto. Desde luego, tienes ojo para la moda, ya me lo había dicho Simone. ¿Adivinas de qué está hecho?

Miro la fotografía más de cerca. La tela es de color blanco crema, tan fina que casi parece transparente.

—Por la caída que tiene la falda, creo que es seda. —Levanto la vista para mirarla—. Pero ¿de dónde sacaste semejante tela cuando hacía tan poco que había acabado la guerra?

—Mi marido la consiguió, claro. —Los ojos le brillan divertidos—. Cuando Philippe vino a buscarme a París al final de la guerra, traía consigo una bolsa grande con cosas. Casi no contenía efectos personales. Pero sí guardaba un enorme paracaídas del ejército. Esta vez no lo había enterrado en un campo de nabos. Había cumplido su promesa y lo había guardado para que hiciera algo con él. Y bueno, ¡me hice mi vestido de novia!

Al devolverme el álbum de fotos, se fija en el brazalete de oro con dijes que llevo.

—¡Pero qué maravilloso es ver que todavía lo lleva alguien! —exclama—. Se lo di a Claire el día de mi boda, como regalo por ser mi dama de honor y mi amiga. Sabía que iba a empezar una nueva vida en Inglaterra, con Larry, y quería que se llevara un pedacito de Francia con ella. Solo tenía un dije, el de la torre Eiffel. Me escribió y me contó que tu abuelo le regalaba otro cada año, por su aniversario de boda.

Mira el brazalete más de cerca, separando los dijes con la yema de uno de los dedos nudosos para verlo mejor: la bobina de hilo, las tijeras, el zapato, el dedalito. Hasta que llega al corazón que Thierry me ha regalado. Entonces se detiene.

—Este parece nuevo. —Sonríe.

—Lo es —digo—. Tal vez Thierry y yo sigamos con la tradición. O puede que empecemos una nueva.

Pasamos más de una hora tomando té y viendo el álbum de fotos. Al final, Mireille lo deja a un lado.

—Casi ha llegado la hora de que volváis a casa para el almuerzo —dice a Simone—. Pero antes de que os vayáis, ayúdame a levantarme. Hay algo más que quiero enseñar a Harriet.

De vuelta en el interior de la casa, pasamos por el recibidor hasta llegar a una salita de recibir visitas. Han cerrado las contraventanas para que no entre la luz del sol y me pide que las abra. Hay dos formas largas y fantasmales que cuelgan de una estantería en una de las paredes y Mireille las señala. Son sábanas que cubren dos vestidos colgados en unas perchas. Con mucho cuidado, empieza a quitar los alfileres del primero. Simone se acerca para ayudarla y, al fijarme, veo que el vestido de novia de Dior sale a la luz. Viéndolo de verdad es más bonito incluso de lo que me había parecido en la fotografía. El cuerpo está bordado con flores de color crema y en el centro de cada una de ellas brilla una perlita. Mireille pasa el dedo índice doblado por encima de las minúsculas puntadas, con cuidado.

—Lo hizo Claire —dice—. Yo confeccioné el vestido y ella lo bordó. Siempre fue la mejor en eso.

Luego se da la vuelta hacia la otra percha cubierta con una sábana.

—Y esto es para ti, Harriet. —Desprende los alfileres que sujetan el envoltorio y al caer este al suelo surge de debajo un vestido de noche de crepé chino color azul medianoche, cuyo escote brilla bajo la luz del sol que entra en la estancia y captura la constelación de diminutas cuentas plateadas cosidas en él. Solo cuando te fijas bien te das cuentas de que el cuerpo del vestido está hecho de retazos y restos de tela, pero las puntadas son tan diminutas y perfectas que casi no se ven.

—Es el vestido de Claire —jadeo.

Mireille asiente con la cabeza.

—Cuando se fue después de mi boda para empezar su nueva vida en Inglaterra con Larry, no quiso llevarse el vestido. «Debe quedarse en Francia», me dijo. Así que lo guardé todos estos años. Entonces no lo sabía, pero lo guardé para cuando viniera por fin su nieta, para que tuviera este pedazo de la vida de su abuela. Y por medio de este vestido, entendiera un poco mejor quién era y de dónde venía. Llévatelo, Harriet. Es tiempo de que su historia sea contada.

Con cuidado, saco el vestido de la percha y el susurro de la seda fina se oye al pasar las manos por el tejido de color azul oscuro. Simone me ayuda a envolverlo en papel tisú para protegerlo durante el viaje de vuelta a su hogar en París.

Cuando nos despedimos, Mireille se lleva una mano al bolsillo del delantal.

—Tengo algo más para ti, Harriet —dice.

Saca un medallón de plata que cuelga de una cadena fina. Me lo da, diciendo:

—Vamos, ábrelo.

Incluso antes de apretar el resorte que lo abre, que está duro por el tiempo que ha pasado, sé lo que voy a encontrarme. Y, segura, al abrirlo, veo las caras de Claire y Vivienne-que-en-realidad-se-llamaba-Harriet que me sonríen desde la palma de la mano.

2017

*P*or fin está lista la exposición. Al salir de la galería para reunirme
con mis colegas y tomar una copa para celebrarlo en el bar a la
vuelta de la esquina, apago las luces. Pero en el momento en el que
me dispongo a presionar el último interruptor, dudo.

En el centro de la galería a oscuras la vitrina sigue iluminada, y su
luz atrapa las diminutas cuentas plateadas dispersas por el escote del
vestido azul medianoche. Desde cierta distancia, parece como si hubiera sido cortado de una única pieza de tela. Solo cuando te acercas
ves que no es así.

Ahora lo entiendo un poco mejor; la verdad sobre mi abuela y mi tía
abuela; la verdad sobre mi madre; la verdad sobre mí misma.

Este vestido extraordinario —una pieza de historia viva— ha servido de ayuda para contar las historias de Claire y de mi tía abuela
Harriet. Eran gente corriente, pero los tiempos nada convencionales
que vivieron hicieron que ellas se convirtieran también en personas
nada convencionales. No importa lo duro que fue, ni lo oscuros que
fueron, nunca se rindieron.

Y sus historias me han ayudado a descubrir la verdad sobre mi
madre. Al final la niebla de angustia y dolor que ha envuelto mis
sentimientos por ella durante todos estos años se ha disipado y ha
dejado que la compasión brille. Era la hija de Claire y Larry, a la que
tuvieron bastante tarde, cuando el cuerpo roto de Claire se recuperó
al fin lo suficiente como para poder albergar vida. La llamaron Felici-

ty por la alegría que les trajo y en ella recayeron todas sus esperanzas. Pero quizá cargó también con la culpa y la pena. ¿Sería algo que heredó con los genes? ¿O le llegó de maneras sutilmente invasivas, de un modo que Claire no pudo evitar? ¿Le llegaría por los miedos nocturnos, el trauma, el saber que los seres humanos son capaces de comportarse de un modo tan inhumano? ¿Seguiría todo eso ahí, bajo las cicatrices que tenía en la piel su madre, unas cicatrices más profundas que nunca se curaron? ¿No recogería mi madre todo eso quizá de un modo inconsciente?

También me doy cuenta de que a pesar de todo lo que pasaron, mi abuela y mi tía abuela nunca tuvieron que sufrir que las abandonaran en sus noches y días más tristes: estaban juntas para confortarse la una a la otra ante lo que viniera. Tal vez eso, pues, sea el sentimiento más poderoso de todos, el sentimiento de que no estás sola en el mundo. Y quizá, cuando mi madre se sintió abandonada por sus padres, que habían muerto, y por un marido que la había dejado con la hija que debería haberles unido, no tuvo la fuerza para seguir adelante. Fue el abandono lo que le rompió el corazón.

Estoy segura de que Claire solo trataba de proteger a su hija, mi madre, y que por eso no le contó nada de lo que le había pasado en la guerra. Todo lo que mi madre sabía era que había sido algo terrible, vergonzoso, de algún modo, algo de lo que ninguno de sus padres hablaba no fuera a ser que las cicatrices se abrieran de nuevo. Pero sabía cómo se llamaba su tía Harriet. Me pregunto qué sabría de su vida. ¿Le habría hablado su madre alguna vez de la culpa? ¿Sería consciente Felicity de que tanto su padre como su madre se sentían culpables del sufrimiento de una hermana y una amiga a la que tanto querían? ¿Intentaría mi madre al llamarme Harriet arreglar el pasado?

Ojalá mi madre hubiera conocido toda la historia. Tal vez así habría entendido. Tal vez no se hubiera sentido tan sola. Hubiera pensado, como yo, que no importa lo negras que se pongan las cosas, que ella podía seguir adelante. Porque habría sabido que Harriet y Claire eran parte de ella, como ellas forman parte de mí.

Pienso en las tres chicas de la fotografía que me trajeron hasta aquí para contarme su historia. Sus caras me parecen ahora incluso más familiares porque veo que siguen vivas. En la cara de Mireille veo cómo sus ojos oscuros brillan con el mismo humor y amabilidad que los de mi amiga Simone, la amiga que hoy existe porque su abuela salvó a la mía hace tantos años.

En mi abuela Claire veo un cariño que se refleja en la fotografía de mi madre, cuando me sujetaba en brazos cuando solo era un bebé.

Y luego está mi tía abuela, de quien llevo el nombre. Harriet, que se hizo llamar Vivienne porque estaba tan llena de vida. Sé que tengo un poco de su coraje. Sé, que como me llamo como ella, resistiré, como ella lo hizo, y me enfrentaré al peligro. Que no saldré corriendo. Que lucharé por lo más importante. Por la vida.

Abro el medallón que llevo colgado del cuello y miro las fotos de mi abuela Claire y de mi tía abuela Harriet guardadas en él.

Los ojos les brillan, a pesar de las sombras que oscurecen parcialmente sus rostros en las pequeñas fotos en blanco y negro. Igual que las diminutas cuentas plateadas cosidas en el escote del vestido cuando apago las últimas luces de la galería y la vitrina se queda a oscuras.

Y al cerrar las puertas de la exposición detrás de mí, siento que están conmigo, Claire y Vivi, alargando la mano a través de los años para tomar la mía y susurrarme: «Estoy aquí. Estamos juntas. Todo va a salir bien».

NOTA DE LA AUTORA

*L*a investigación que llevé a cabo para escribir algunas de las partes de *El regalo de la modista* me resultó dura en extremo, pero me parecía importante insistir para hacer justicia y contar las historias de algunas de las valientes mujeres que trabajaron para la resistencia y sufrieron en los campos de concentración durante la Segunda Guerra Mundial. Leer sus historias me ha llevado a dedicarles este libro.

Como siempre, he tratado de ser tan fiel a la verdad de los hechos como me ha sido posible. Estas son algunas de las fuentes que he utilizado para escribir esta historia:

El brillante libro de Anne Sebba, *Les Parisiennes: How the Women of Paris Lived, Loved and Died in the 1940s*, que me ha proporcionado una idea de cómo era la vida en París durante la guerra.

El libro de Sarah Helm, valiente y exhaustivo, *If This is a Woman: Inside Ravensbrück: Hitler's Concentration Camp for Women*, ha sido esencial para recordar las atrocidades que llevaron a cabo los nazis y la valentía de las mujeres retenidas en los campos.

Referenciado en el artículo de Eric Lichtblau, *The New York Times*, 1 de marzo de 2013: «*The Holocaust Just Got More Shocking*»: un proyecto de investigación del Museo del Holocausto de Estados Unidos que documentaba todos los guetos, los campos de trabajo en condiciones de esclavitud, los campos de concentración y de exterminio que los nazis levantaron por toda Europa. El resultado impactó incluso a los escolares que estudiaban historia del Holocausto. Los investigadores catalogaron unos 42 500 guetos y campos por toda Europa, levantados en las áreas bajo control alemán desde Francia hasta Rusia y en la propia Alemania, durante el reinado de terror de Hitler desde 1933 hasta 1945. Se estima que entre quince y veinte millones de personas murieron o fueron encarceladas en esos sitios.

La enciclopedia del Museo del Holocausto de Estados Unidos en el apartado que trata campos y guetos, de 1933 a 1945: https:// encyclopedia.ushmm.org/

El Palais Galliera, el museo de la moda francesa, sito en la avenida Pierre 1er de Serbie, 75016 París. www.palaisgalliera.paris.fr

Se lleva años debatiendo sobre las investigaciones relativas al trauma heredado. Al respecto, hay un artículo en el periódico *The Guardian* de 21 de agosto de 2015 que cita un estudio del hospital Monte Sinaí de Nueva York: *«Study of Holocaust Survivor Finds Trauma Passed on to the Children's Genes»*. Sin embargo, hay científicos que siguen mostrándose escépticos respecto de la idea de que el trauma pueda heredarse genéticamente y el debate sigue abierto. En cualquier caso, lo que da esperanzas es el hecho de que con la ayuda adecuada y el apoyo necesario se puede reconstruir la resiliencia y contrarrestar los efectos del trauma. El modelo de la recuperación del trauma y el empoderamiento es ampliamente utilizado por los profesionales de la salud mental como base para la rehabilitación. Un terapeuta o un médico de familia puede ayudar para obtener apoyo en esta área.

Si a usted le ha afectado alguno de los asuntos que se tocan en este libro, entonces espero que hable de ello con amigos y familiares. Además, puede conseguir apoyo adicional de médicos y de los Samaritans en tiempos de crisis: www.samaritans.org. Se trata de una organización que brinda apoyo emocional a cualquiera que arrastre algún trauma en países anglosajones. En España se puede acudir a los teléfonos de prevención del suicidio de asociaciones como Barandilla. Encontrará más información aquí: https://tuteticontigo. com/telefonos-de-prevencion-del-suicidio-en-espana/.

La OMS brinda también su ayuda desde este enlace: https://www.who.int/mental_health/prevention/suicide/suicideprevent/es/.

AGRADECIMIENTOS

*M*uchísimas gracias a todo el equipo que ha ayudado a que mis libros vean la luz: a todos en la agencia literaria de Madeleine Milburn (Maddy, Giles, Hayley, Georgia, Liane-Louise y Alice); al equipo de Lake Union de Amazon Publishing, en especial a Sammia, Laura, Bekah y Nicole; a los editores que han ayudado a pulir mi manuscrito (Mike Jones, Laura Gerrard, Becca Allen y Silvia Crompton).

Gracias muy especialmente a mi amiga y autora colega Ann Lindsay, que tan generosamente ha compartido conmigo sus experiencias de trabajo en París en una casa de moda de alta costura en los años inmediatamente posteriores a la guerra y que me dio información muy valiosa y con mucho detalle, lo que me ayudó a dar vida a los personajes de Claire, Vivi y Mireille. Cualquier error o incongruencia que haya relativos a los hechos es de mi responsabilidad únicamente.

El Birnam Writer's Group me proporcionó apoyo, ánimo y observaciones constructivas: Drew Campbell, Tim Turnbull, Fiona Ritchie, Lesley Wilson, Jane Archer y Mary MacDougall; además, Frazer Williams, de The Birnam Reader Bookshop, me proporcionó el espacio perfecto para las reuniones y unos pastelillos deliciosos.

Como siempre, muchísimas gracias de todo corazón a todos los amigos y familiares que me han animado y me han dado amor, ginebra y abrazos, especialmente a Alastair, James y Willow.

Descarga la guía gratuita de este libro en:
https://librosdeseda.com/